IL DIAVOLO DEI SETTE MARI

I PIRATI DI KING'S LANDING
LIBRO III

LAUREN SMITH

Traduzione di
REBECCA ADAMI

LAUREN SMITH
BOOKS

PROLOGO

1735 CORNOVAGLIA, INGHILTERRA

Gavin Castleton si aggiustò la redingote verde bottiglia e diede un'occhiata alla sala da ballo gremita. I suoi genitori erano impegnati con gli ospiti e non lo avrebbero cercato per un po'. Si affrettò a sfuggire alla calca di ballerini che volteggiavano al centro della sala e scivolò fuori da una porta sul retro nei giardini della grande tenuta della sua famiglia, Castleton Hall.

Le note melodiose dell'orchestra si diffondevano fin nei giardini profumati dai fiori, conferendo alla serata primaverile un'aria di magia e romanticismo che persino lui, un giovane di diciannove anni, poteva apprezzare. I suoi occhi scrutarono nell'oscurità del crepuscolo e intravidero delle luccicanti gonne di seta che svanivano dietro un'alta fila di siepi.

Lei era lì. Era venuta come lui le aveva chiesto. Il suo cuore sobbalzò di gioia. Quella sera... Quella sera le avrebbe rivolto la domanda che avrebbe cambiato per sempre la vita di entrambi.

Il cuore di Gavin batteva forte per l'eccitazione mentre inseguiva la donna che l'aveva conquistato due anni prima.

«Charity», sussurrò mentre rincorreva il suo amore. Era un gioco a cui avevano giocato molte volte da quando avevano diciassette anni. Inseguimenti e baci rubati in giardino. Mentre girava intorno all'ennesima siepe, Gavin sentì una leggera risatina e intravide le gonne scomparire ancora una volta dietro un arbusto. Il lungo e svolazzante strascico dell'abito era una tentazione. Voleva prenderla, infilare le mani sotto quelle gonne, proprio come aveva fatto tante volte prima.

«Ti ho presa!» ansimò, gioioso, mentre la afferrava da dietro. Charity ridacchiò e poi gemette mentre lui le posava soavi baci sul collo.

«Oh, sì... Per favore... Sì», lo incoraggiò mentre armeggiava con le sue voluminose gonne. «Ti prego, prendimi, Griffin.»

Gavin si bloccò e le mani gli caddero lungo i fianchi. *«Griffin?»* La sua testa cominciò a riempirsi di uno strano ronzio.

Charity si voltò tra le sue braccia, il bel viso una maschera di confusione e poi di vergogna. «Gavin? Io... pensavo che tu fossi...»

«So chi pensavi che fossi», disse lui sottovoce, mentre il cuore gli si spezzava a metà. «Da quanto tempo preferisci mio fratello a me?»

Le sopracciglia della giovane donna si aggrottarono per la confusione. «Da quanto tempo?»

«Da quanto tempo Griffin ti corteggia?»

«Da quando lo fai tu, più o meno. Tu ed io non abbiamo mai parlato di essere...»

«Essere fedeli l'una all'altro?» terminò Gavin, il tono gelido ed estraneo alle sue stesse orecchie.

«Non me l'hai mai chiesto, Gavin. Non mi hai mai chiesto di sposarti.» Charity lo guardò accigliata. «Non permetterò che tu mi faccia sentire in colpa. Ho il diritto di essere corteggiata da chiunque fino a quando non accetto una proposta.»

Gavin aveva pianificato di chiederle la mano quella sera, ma non glielo avrebbe detto. Non dopo quello che aveva scoperto.

«E mio fratello? Ti ha chiesto di sposarlo?» domandò.

«Lo avrei fatto questa sera». La voce di Griffin risuonò alle sue spalle. Il suo gemello era più giovane di lui di soli sei minuti, ed erano quasi identici nell'aspetto. Solo chi li conosceva bene sapeva scorgere le minime differenze nei loro lineamenti.

«Dunque, che accadrà ora, mia signora?» chiese a Charity, incapace di trattenere il disprezzo dalla voce. Amava ferocemente suo fratello, ma quello... Quello pareva un tradimento. Era stato il primo a incontrare Charity due anni prima, quando la famiglia di lei si era trasferita lì da Londra. Era stato amore a prima vista, un amore selvaggio. Lei non era semplicemente bella. Era audace, spensierata, intelligente. Gli aveva fatto desiderare di essere un uomo migliore, qualcuno degno di sposarla. Quando l'aveva incontrata, aveva detto a Griffin che un giorno l'avrebbe sposata. Aveva sempre pensato che Charity sarebbe stata sua. Ma oh, quanto si era sbagliato.

«Io...» La giovane alternò lo sguardo tra loro, con gli occhi pieni di lacrime. Gavin la conosceva abbastanza bene da sapere che quelle lacrime erano autentiche. Poteva vedere sul suo viso che si stava rendendo conto di aver reciso, con le sue azioni, il legame tra due fratelli, e se ne pentiva.

«Oh, Gavin», sussurrò, e lui capì in quel momento che non l'avrebbe scelto. Non era con lui che desiderava passare la vita.

Gavin spostò lo sguardo dal viso di Charity a quello di suo fratello. Griffin sembrava sconvolto, come se potesse sentire il dolore che gli lacerava l'anima. In quanto gemelli, avevano condiviso mille segreti tra loro ed erano sempre stati in grado di percepire i sentimenti l'uno dell'altro.

«Fratello, aspetta...» cominciò Griffin.

«No», sbottò Gavin. «No, Griffin. No.» Si voltò e fuggì. Non poteva restare e vederli insieme senza che il suo cuore si spezzasse ulteriormente. Sembrava che una palla di cannone gli avesse trapassato il petto. Non aveva più un'anima. Barcollò verso la casa. Evitando la sala da ballo e gli ospiti festanti, si precipitò in camera da letto. Sbatté la porta e vi si appoggiò con la schiena, folgorato da un'orribile consapevolezza.

Charity avrebbe sposato Griffin, e avrebbero vissuto lì... o forse a Meadow Cross Cottage, ma sarebbero stati comunque vicini. Un giorno Gavin avrebbe ereditato il titolo di suo padre e sarebbe diventato conte di Castleton, ma quel titolo e i privilegi che ne conseguivano non avrebbero avuto alcun significato senza la donna che amava.

Partire... Quell'unica parola gli echeggiò nella mente.

Partire... Senza mai guardarsi indietro...

Poteva farlo? Avrebbe potuto abbandonare i suoi genitori e il suo gemello? Ma che altra scelta aveva, con quel dolore nel petto?

Senza pensarci troppo, prese una valigia da viaggio e cominciò a riempirla di vestiti prima di rovesciare tutte le monete che aveva in una borsa di pelle e legarla alla cintura.

Quando aprì la porta della stanza, trovò suo fratello in piedi, con la mano alzata come per bussare.

Griffin si fermò alla vista di lui che stringeva la valigia piena di effetti personali. «Te ne vai?»

«Sì.» Era l'unica parola che riusciva a dire.

«Non volevo amarla», disse Griffin, altrettanto a corto di parole.

«Ma è accaduto», dichiarò Gavin.

«All'inizio, credo di averla amata perché *tu* l'amavi. Suppongo che sia perché siamo gemelli. Ma poi il mio cuore ha cominciato a desiderare la sua compagnia. Questa sera le ho detto che dovrebbe scegliere te, assumere il titolo di contessa e vivere qui. È quello che merita.»

«E lei come ha reagito?» Gavin intuì la risposta quando il viso di Griffin si adombrò.

«Ha comunque scelto me.»

«Prendila allora, e prenditi anche quel dannato titolo», replicò in tono tagliente. «Prenditi tutto. Puoi considerarmi morto, fratello. Prenditi tutto, perché non mi è rimasto più nulla.»

«Gavin, ti prego. È ridicolo. Non potrei prendere il titolo nemmeno se volessi, e io non voglio», rispose.

«Se io sarò considerato morto, tu diventerai l'erede di nostro padre. Non mi vedrai mai più.» Diede una spinta al suo gemello per lasciare la stanza, ma poi si fermò, la voce più dolce. «Di' alla mamma che le voglio bene, e anche a nostro padre. Di' loro che mi dispiace e che il figlio migliore resterà qui e sarà l'erede di cui hanno bisogno.»

Griffin lo afferrò per un braccio quando cercò di andarsene.

«Gavin, qualunque cosa accada tra noi, questa sarà sempre la tua casa. Sempre.»

Anch'io ti voglio bene, fratello. Ti vorrò bene per sempre. Ma non posso rimanere qui con il cuore spezzato.

Gavin sgattaiolò via senza che Griffin provasse più a fermarlo. Se ne andò dalla tenuta e si diresse verso il mare e il futuro incerto che lo attendeva. I tuoni rimbombavano in lontananza, segnalando l'avvicinarsi di una tempesta.

CAPITOLO 1

1742 – SETTE ANNI DOPO -
CORNOVAGLIA, INGHILTERRA

Non c'era niente di peggio che essere la sorellina di un famigerato pirata.

Josephine Greyville, nascosta in un angolo oscuro della sala da ballo, posò gli occhi su suo fratello, Dominic, e la moglie, Roberta, mentre ballavano. L'invidia e il desiderio la colpirono al petto come un dardo sparato da una potente balestra.

Josephine voleva avere una vita di avventure come Dominic. Suo fratello era andato per mare per quattordici anni, aveva visto il mondo e, secondo la madre, aveva causato anche un bel po' di guai... Dopotutto, era ciò che facevano i famigerati pirati. Vivere un'avventura era sempre stato il sogno di Josephine... un sogno che sapeva di non poter realizzare. Le signorine perbene non potevano scappare per mare e diventare *pirati*.

A diciotto anni, era grande a sufficienza per sposarsi, ma troppo giovane per vivere la vita come desiderava. E tutto perché era una donna. Suo fratello gemello, Adrian, aveva molte più opportunità di lei, e solo perché lei doveva indossare la gonna e recitare la parte che il destino le aveva assegnato come figlia di un conte.

Non che le dispiacesse indossare abiti graziosi, come quello di seta verde che portava in quel momento. La sottogonna color crema e il corpetto dorato ricamato con motivi floreali erano squisiti. Si sentiva bella quando indossava abiti del genere, ma che importanza aveva la bellezza quando la vita era priva di eccitazione e gioia? Gli uomini semplicemente non capivano quanto una donna potesse sentirsi intrappolata in una vita limitata alle attività domestiche, senza la possibilità di fare nient'altro.

E a lei sembrava che la sua stesse per finire. Quella sera si trovava nell'elegante dimora del bel conte di Castleton per essere presentata a lui come la sua futura sposa.

«Eccoti qui, mio piccolo amore.» Sua madre, Lucia, aveva scoperto il suo nascondiglio dietro una statua greca. Lucia era una madre meravigliosa, una focosa bellezza spagnola che sapeva tenere testa all'affascinante marito, Aaron, suo padre, il conte di Camden.

«Ciao, mamma», sospirò Josephine.

La donna le afferrò il mento e la costrinse a voltarsi. «Che succede? Sembra che tu abbia pianto.»

Josephine lo aveva fatto, ma non voleva ammetterlo. Si allontanò delicatamente dalla madre. «Sto bene.»

«Tuo padre ha parlato con Lord Castleton e il fidanzamento è stato siglato. Anche la tua dote è stata concordata. Ho pensato che ti avrebbe fatto piacere ballare con lui ora che i documenti sono stati firmati».

«Devo proprio?» chiese lei in un sussurro disperato.

Gli occhi marroni di sua madre si addolcirono. «Lord Castleton è giovane e bello, ma è anche un brav'uomo, mio piccolo amore. È stato un buon vicino per noi per molti anni, ed è solo. È un buon partito, migliore di chiunque tu possa trovare a Londra. Quando lo sposerai, vivrai qui, proprio accanto a noi, così io e tuo padre saremo vicini, e tu sarai libera di farci visita e di portare anche i nostri nipotini.»

I nipotini? Josephine si sentiva troppo giovane per pensare al matrimonio e ai figli.

«Vieni a ballare con il tuo promesso sposo.» Lucia la condusse fuori dal suo nascondiglio e la accompagnò da un uomo alto, con una bella redingote bordeaux, che stava guardando gli ospiti danzare.

Lord Castleton era senza dubbio un bell'uomo. A ventisei anni, era il signore di una delle tenute più ricche lungo la costa della Cornovaglia. La sua famiglia e quella di lei avevano condiviso un confine per più di un secolo. Con i suoi caldi occhi marroni e i lunghi capelli castani, raccolti in una coda da un nastro bordeaux, Castleton era il tipo di uomo che ogni donna avrebbe sognato di sposare. I suoi lineamenti sembravano scolpiti da angeli invidiosi, ma una certa tragicità aleggiava intorno a lui. Josephine sapeva che era stato sposato da giovane con una donna che aveva amato. Era morta di parto, insieme al figlio che portava in grembo, e lui non si era più sposato. Il cuore di Josephine soffriva per lui, anche se quella non era la vita che voleva.

«Lord Castleton, l'ho trovata», esclamò Lucia con una risatina piena di brio. «Si nascondeva dietro una statua.»

«Madre!» sibilò Josephine.

Lord Castleton aveva un sorriso perplesso sulle labbra mentre si chinava a baciarle la mano.

«Spero di non essere così spaventoso?» C'era un'ilarità nei suoi occhi che calmò almeno in parte i nervi di Josephine. Le sue labbra erano calde sulle nocche e lei desiderava potersi innamorare di lui, vivere in quella stupenda casa e crescere insieme dei graziosi figli.

Ma per quanto lo desiderasse, sapeva che non sarebbe accaduto.

«Vi andrebbe di ballare?» chiese lui.

Josephine annuì. Non poteva rifiutare un ballo a un gentiluomo, certamente non a uno che avrebbe presto sposato.

Lord Castleton la prese sottobraccio e la scortò al centro della sala da ballo. Il quartetto di musicisti aveva appena terminato una canzone e gli uomini stavano sussurrando tra loro, le parrucche incipriate accostate le une alle altre, per scegliere la successiva. Poi, essendo giunti a una conclusione, alzarono gli archi e cominciarono a suonare una dolce melodia. Castleton la prese tra le braccia e lei scoprì di essere in grado, almeno per un attimo, di dimenticare il suo destino. Passò accanto a Dominic e Roberta mentre volteggiava con il fidanzato, e suo fratello maggiore le fece l'occhiolino.

Adorava Dominic ed era così felice che fosse finalmente a casa. Lei e Adrian erano bambini quando il fratello era fuggito, troppo giovani per ricordarsi veramente di lui, ma erano cresciuti udendo innumerevoli storie. Dominic se n'era andato quando aveva solo quattordici anni ed era diventato uno dei pirati più feroci dell'epoca. Non che Josephine o la sua famiglia lo avessero saputo fino all'anno precedente. Per tutto il mondo, il primogenito di Lord Camden era scomparso per quasi quindici anni. I suoi genitori avevano sofferto molto durante la sua assenza.

Josephine non avrebbe mai dimenticato quel bel giorno di primavera dell'anno precedente, quando lui aveva varcato la soglia della loro casa. Lei aveva dato un'occhiata a quell'uomo moro e affascinante e aveva visto il fratello perduto da tempo. Si era gettata tra le sue braccia, così felice di averlo a casa. Suo padre aveva condiviso con lei la storia di Dominic, ma Josephine sapeva che aveva tralasciato molti dettagli a causa delle sue orecchie apparentemente delicate. Adrian sapeva più di lei di ciò che era accaduto, ma si era rifiutato di raccontarglielo.

Josephine era sempre stata interessata ai pirati. In quanto figlia della Cornovaglia, aveva il mare nel sangue. Sapeva tutto di Barbanera, Kidd, Bonnet e altri famigerati pirati dell'età dell'oro, forse anche più del gemello, ma discutere di certi argomenti con altre signorine davanti al tè era considerato a dir poco disdicevole.

La voce di Castleton si intromise nei suoi pensieri erranti. «A cosa state pensando?»

«Pirati», rispose lei prima di aver riflettuto a dovere.

Alzò coraggiosamente lo sguardo, aspettandosi una sorta di rimprovero, ma gli occhi dell'uomo parevano più che altro incuriositi.

«Davvero? E cosa di loro attira la vostra attenzione?»

Continuarono a ballare e lei si morse il labbro prima di rispondere. «Vivono grandi avventure in luoghi lontani.» Quella era un'opinione abbastanza innocua. Non aveva intenzione di confessare che ciò che davvero invidiava ai pirati era la libertà. Oh, quanto sognava di avere la possibilità di vivere senza sottostare all'autorità di nessuno...

«Mi ricordate qualcuno che ho amato molto tempo fa, qualcuno che era affascinato dai pirati e dalle storie di tesori nascosti.» Castleton sorrise, l'espressione in qualche modo addolcita dal dolore.

«Vi riferite alla vostra prima moglie?» osò chiedere.

«No, a mio fratello.»

La musica finì e lei incespicò. «Avete un fratello?» Qualcuno aveva mai accennato all'esistenza di un secondo figlio? Scavò nella memoria, ma non vi trovò nulla. Non aveva mai incontrato il fratello di Castleton e nessuno gliene aveva mai parlato. Ne era abbastanza certa.

«Lo avevo, un tempo. Se n'è andato da sette anni ormai.» Il tono di Castleton era grave e colmo di dolore. «Venite, lasciate che vi accompagni a cena.»

Con quelle parole, l'uomo pose fine alla discussione e lei non osò insistere, anche se avrebbe voluto domandargli se per "andato" intendesse "morto".

I festeggiamenti si spostarono in sala da pranzo, che ospitava trenta ospiti su due grandi tavoli. Il vino scorreva a fiumi e sembrava che tutti si divertissero, tutti tranne Josephine. Lei non aveva appetito, perciò, sgattaiolò via, con la scusa di sentirsi poco bene.

Vagò per il corridoio illuminato dalle candele e si fermò davanti a un'alta finestra affacciata sul viale che portava alla tenuta.

Un fulmine illuminò improvvisamente il mondo esterno e lei si allontanò dal vetro, spaventata dal lampo accecante. Il cuore le balzò in gola al violento fragore del tuono che seguì un istante dopo. Era solo una tempesta. A lei piacevano le tempeste, ma quel fulmine era caduto molto vicino alla casa.

Quando un secondo fulmine rischiarò il cielo, Josephine rimase senza fiato alla vista di una figura nell'oscurità dietro di lei, riflessasi brevemente nel vetro. Si voltò, ma non c'era nessuno. La sala era vuota, tranne che per un dipinto appeso alla parete di fronte a lei.

Era un grande ritratto, ma nonostante le dimensioni, c'era una certa intimità nel soggetto e nel modo in cui era stato dipinto. Riconobbe immediatamente l'uomo. Era il suo futuro marito.

Poi si corresse. No, non era lui. C'erano piccole differenze nei lineamenti. Sarebbe stato facile presumere che il pittore avesse semplicemente fallito nel dipingere con esattezza il soggetto, ma quando lesse il nome sottostante, capì che i suoi sospetti erano fondati.

La piccola targa d'oro sotto il ritratto recitava: *Gavin Castleton, 1735.* Gavin, non Griffin. Era il fratello. Dovevano essere stati gemelli, proprio come lei e Adrian, gemelli identici.

Gavin... Il nome le fece rizzare i peli sulle braccia. Quello era il fratello di Castleton. Dato l'anno sulla targa, doveva avere circa diciannove anni quando era stato dipinto. Un anno più grande di lei in quel momento...

«È un bel ragazzo, non è vero?» disse una voce profonda, e Josephine sobbalzò.

Suo fratello Dominic era in piedi a pochi metri di distanza e stava studiando il ritratto insieme a lei. «Ebbi modo di conoscerlo quando eravamo più giovani. Era un bravo ragazzo, ma un po' selvaggio... come me.» Dominic sorrise a un vecchio ricordo e il cuore di Josephine si strinse. A volte odiava essere così giovane. Dominic aveva avuto un'intera vita mentre lei era una bambina. Ed era lo stesso con Lord Castleton. Aveva ventisei anni e dunque non era molto distante da lei in termini di età, dato che molte giovani donne sposavano uomini sulla quarantina. Eppure, quando era vicina a lui, avvertiva un antico dolore che li allontanava di secoli.

«Che cosa gli è successo?» chiese.

«Nessuno lo sa con certezza. Lui e Griffin litigarono una

notte durante un ballo molto simile a questo, e Gavin se ne andò. Scomparì nel nulla.»

Josephine guardò accigliata il fratello maggiore. «Stai cercando di spaventarmi.» Dominic le lanciò un'occhiata curiosa e lei ebbe la strana sensazione che non le stesse dicendo tutto.

«Non lo farei mai, piccola farfalla», dichiarò, abbastanza seriamente, usando il suo nomignolo fraterno per lei. «È la verità. Nessuno in questa casa lo ha mai più rivisto dopo quella notte. Alcuni pensano che sia annegato, altri pensano che sia stato ucciso dai contrabbandieri, ma...»

«Ma cosa?» Josephine gli afferrò il braccio. «Cosa, Dom?»

«Io *penso* che sia andato per mare, come me», disse lui con calma, come se stesse riflettendo ad alta voce sulla questione. Il modo in cui lo disse, però, era strano, come se fosse più una certezza che una supposizione.

«Ma non è mai tornato. Deve essersene andato.» Non disse *morto*. Per qualche ragione, Josephine non riusciva a usare quella parola in riferimento all'uomo del dipinto. Anche l'olio sulla tela sembrava respirare in quel silenzioso corridoio rischiarato solo dalle candele, mentre fuori la tempesta continuava a infuriare.

«Non tutti gli uomini dispersi in mare sono morti... alcuni sono semplicemente smarriti», commentò Dominic. Per la prima volta da quando era miracolosamente tornato, Josephine vide un po' dell'oscurità che il fratello doveva aver affrontato in quei quattordici anni in cui era stato lontano da casa.

«Allora un giorno potrebbe tornare?» chiese.

«Dipende», replicò lui.

«Da cosa?»

«A volte tutto ciò di cui un uomo ha bisogno è la luce per trovare la strada verso la riva, ma non tutti cercano quella luce. Alcuni uomini preferiscono rimanere intrappolati nel buio.»

Lei e Dominic rimasero a fissare in silenzio il ritratto di Gavin Castleton fino a quando un tuono non scosse la casa.

Dominic le mise un braccio intorno alle spalle. «Vieni, Josie, andiamo a cena.»

Josephine si lasciò condurre dal fratello nella sala da pranzo, ma ebbe la strana sensazione che gli occhi nel ritratto di Gavin la seguissero. Le parole di suo fratello le riecheggiavano senza sosta nella testa.

Non tutti gli uomini dispersi in mare sono morti... alcuni sono semplicemente smarriti...

❦

AL LARGO DELLA COSTA DELLA CORNOVAGLIA

«*Capitano!*» La voce di Ronald Phelps risuonò attraverso la tempesta. «Dietro di te!»

Gavin Castleton balzò via mentre un membro del suo equipaggio cercava di affettarlo con una scimitarra. Il cassero di poppa della sua nave, la *Lady Siren*, era pieno di pirati in guerra. Gavin brandì la sua lama, colpendo l'uomo più vicino al braccio e tagliandogli il bicipite. L'urlo di dolore della vittima fu inghiottito dal mare in tempesta e da un tuono sopra le loro teste.

Beauchamp e i suoi uomini erano stati sciocchi ad ammutinare nel bel mezzo di una burrasca. I pirati venivano sballottati da una parte all'altra mentre furibonde onde grigio-nere si abbattevano sui ponti. La *Lady Siren* era una nave robusta, una nave veloce, ma in una tale bufera, senza un equipaggio a occuparsene, gli alberi si sarebbero presto spezzati e tutti loro sarebbero affondati.

«Ronnie!» urlò al suo quartiermastro. L'uomo dai capelli rossi agitò una lama prima di pugnalare un uomo allo stomaco e prenderlo a calci sul fianco.

«Capitano?» ribatté.

«Abbandona la nave!» ordinò Gavin.

Il quartiermastro obbedì all'ordine e iniziò a farsi strada verso la piccola scialuppa che pochi uomini leali stavano tentando di calare in acqua. Gavin aveva un solo obiettivo: salvare la *Siren*. E l'unico modo per farlo era lasciarla. Beauchamp era un discreto marinaio e poteva raddrizzare la nave prima che la tempesta la capovolgesse, ma ciò significava che avrebbe dovuto smettere di cercare di uccidere Gavin, e non l'avrebbe fatto finché lui fosse rimasto a bordo. Beauchamp avrebbe vinto la battaglia, maledizione a lui.

Gavin giurò a sé stesso che un giorno avrebbe trovato la strada per tornare alla sua nave e, quando l'avesse fatto, avrebbe ucciso tutti gli uomini che avevano osato portargliela via. Lui era l'Ammiraglio Nero, dannazione, il capo dei pirati nei Caraibi. Ci sarebbero state conseguenze da parte dei Fratelli della Costa per un tale ammutinamento.

«Castleton!» gridò Beauchamp in segno di sfida mentre marciava verso di lui. L'usurpatore era più basso di Gavin, ma era robusto come un toro. Impugnava due lame e le maneggiava senza sforzo, nonostante l'inclinazione del ponte. Gavin strinse la presa sulla sua.

«Ci siamo offerti di abbandonarvi su un'isola», disse Beauchamp, mostrando i denti ingialliti in un sorriso beffardo.

«E io ho gentilmente declinato l'offerta», ricordò lui al

nemico. «Ronnie e io non gradivamo l'idea di rimanere bloccati insieme su un'isola con una pistola e un proiettile tra di noi.»

Beauchamp si scagliò su di lui con le due spade alzate. Gavin reagì e usò la propria per parare entrambe in un potente clangore. Tutto quello che doveva fare era sopravvivere abbastanza a lungo da permettere a Ronnie di calare la scialuppa in acqua. Beauchamp lo colpì alla spalla con la punta di una spada. Affondò abbastanza in profondità da causargli un forte dolore in tutto il corpo, ma Gavin non si arrese e agitò la sua arma, costringendo l'altro pirata a indietreggiare ed estrarre la lama.

Beauchamp avanzò di nuovo, menando ripetuti fendenti, e Gavin dovette arretrare di un passo. Ma, mentre lo faceva, afferrò una corda dalla randa e si sollevò in aria con il braccio buono, fuori dalla portata dell'altro uomo, proprio mentre un'onda invadeva il ponte. Gavin riuscì a sfuggire alla furia della tempesta, ma Beauchamp non fu altrettanto fortunato. L'acqua scura lo fece cadere sul ponte e lui si schiantò contro diverse casse legate alla ringhiera. Se non ci fossero state, sarebbe precipitato in mare.

Che bastardo fortunato.

Gavin si lasciò cadere di nuovo sul ponte e notò che la lotta si era placata.

«Ronnie?» Non riusciva a scorgere il suo quartiermastro da nessuna parte, né la scialuppa né il resto della ciurma che lo aveva difeso durante l'ammutinamento. Gavin poteva solo pregare che l'altro uomo fosse riuscito a calare la barca in acqua. I rivoltosi rimasti si erano stretti intorno a lui in semicerchio, intrappolandolo con la schiena contro il parapetto.

«Uccidetelo!» ordinò Beauchamp mentre si alzava in piedi. «Speditelo da Davy Jones!»

Gavin sapeva di non poter restare sulla *Siren*, ma non era tipo da girarsi e fuggire, soprattutto non quando in ballo c'era qualcosa che amava. La *Lady Siren* era la sua amante, il suo amore, la sua anima. Era stata quella nave a salvarlo tanti anni prima, quando era fuggito da casa con il cuore spezzato. E ora era costretto a lasciarla nelle mani dei suoi nemici.

«Avanti, salta! Il mare ti ucciderà per me», sogghignò Beauchamp mentre si univa agli uomini che lo avevano circondato.

Gavin osservò la riva lontana dietro di lui e scorse una scogliera familiare e una casa le cui luci tremolavano nella tempesta.

«Oh, Beauchamp, è sempre stato questo il tuo problema. Dimentichi che sono morto da sette anni. Non puoi uccidere un fantasma!»

Detto ciò, si tuffò dal fianco della nave. L'acqua si sollevò in un'onda scura per andargli incontro e, con le braccia tese sopra la testa, lui vi si gettò a capofitto con la disinvoltura di un ragazzo che era cresciuto in acque tempestose e insondabili come quelle.

Mentre il mare intorno a lui turbinava, Gavin scalciò e nuotò fino a risalire in superficie. Intravide la sagoma della scialuppa che ondeggiava a poca distanza e si avviò verso di essa. Come previsto, Beauchamp e i suoi uomini si affrettarono a virare e a guidare la *Lady Siren* lontano dalla costa rocciosa della Cornovaglia. Quando finalmente Gavin raggiunse la barca, Ronnie lo aiutò a issarsi su.

«Cristo, capitano, sei ferito.» Il suo quartiermastro allungò la mano per toccargli la spalla, ma Gavin lo fermò.

«Dove sono gli altri?» Si aspettava di vedere almeno alcuni dei membri più fedeli dell'equipaggio sulla barca con Ronnie.

«Li ho persi. Mi hanno aiutato a mettere la scialuppa in acqua, poi si sono girati per combattere per darti il tempo di scappare. Un'onda li ha gettati giù.»

Gavin recitò una preghiera sommessa al mare, chiedendo pace per gli uomini che erano morti in sua difesa.

«Raggiungiamo la riva. Gli sciacalli tengono d'occhio le navi che naufragano su questo tratto di spiaggia in cerca di tesori. Potremmo rimanere uccisi se venissimo avvistati qui, anche se non abbiamo nulla che valga la pena rubare.»

«Conosci questa terra?»

«Sì, Ronnie, è... un posto in cui sono stato molte volte.» Gli era quasi sfuggita dalle labbra la parola "casa". Ma quella aveva smesso di essere casa sua molto tempo prima.

Remarono nella direzione indicata da Gavin. Una volta che furono fuori dalla portata delle onde che si infrangevano furiose, lui esortò Ronald a fermarsi.

«Che cosa facciamo adesso, capitano?» chiese l'uomo. Ansimava un po' mentre respirava. Essendo sulla quarantina, aveva visto e fatto molto come marinaio, e Gavin aveva la fortuna di definirlo un amico leale.

«Tu devi andare in città e trovare un equipaggio e una nave. Poi insieme andremo a caccia di Beauchamp e ci riprenderemo la *Siren*.»

«Ben detto», replicò Ronnie. «Quali sono i miei ordini?»

«Rema lungo la costa finché non vedi un sentiero su per le scogliere. Ti condurrà in un villaggio. C'è una locanda ai margini della città, la Stag Antlers. Di' a Mary McGiver, la donna che la gestisce, che sei un mio vecchio amico. Saprà prendersi cura di te. Ti contatterò presto. Ho una cosa di cui occuparmi prima.» Gavin fissò l'ingresso della grotta.

Ronnie seguì il suo sguardo. «Che cosa devi fare, capitano?»

«Devo vedere mio fratello. Poi, quando tutto sarà pronto, io e te partiremo.» Porse al quartiermastro il sacchetto di monete che teneva sempre legato alla cintura. «Stai attento e aspettami in paese.»

«Signorsì, capitano», disse Ronnie.

Gavin scese dalla barca e nuotò verso la riva in modo che l'amico potesse continuare a remare. Una volta raggiunta la parete rocciosa e l'ingresso nascosto della grotta, si fermò e si toccò la spalla, le dita inzuppate di sangue. C'era la possibilità, si rese conto cupamente, che non sarebbe sopravvissuto abbastanza da raggiungere Ronnie al villaggio. Per questo motivo, voleva vedere suo fratello un'ultima volta. C'erano questioni che gravavano sul suo cuore e aveva bisogno di liberarsi.

Cosa sarebbe accaduto dopo? Solo il destino e il mare potevano dirlo.

CAPITOLO 2

Josephine giaceva in un grande letto, con una candela accesa sul comodino, a fissare senza realmente vedere le pagine di un libro molto noioso. Lo aveva scelto proprio perché sperava che l'avrebbe aiutata ad addormentarsi, ma si era rivelato così noioso da fallire anche in quel semplice compito. Fuori la tempesta imperversava ancora, ma il vento aveva almeno smesso di scuotere le finestre. Dopo un lungo momento, si arrese e spense la candela.

Si strinse nelle coperte e rifletté su come quella notte non fosse andata secondi i piani. Ripensò al ballo, alla cena e poi all'arrivo della tempesta che l'aveva trattenuta nella tenuta di Lord Castleton. Ora si trovava in un letto sconosciuto in quella casa che non avrebbe mai sentito come sua. Era quello il futuro che l'attendeva? Vivere in quella tenuta, dormire in un letto che non le pareva il suo e fingere di essere qualcuno che non era?

Era una sciocchezza, ovviamente. La tempesta aveva costretto tutti gli ospiti a rimanere per la notte. Probabilmente anche gli altri si sentivano a disagio quanto lei, essendo così lontani dalle loro dimore.

Eppure, non poteva scacciare il dubbio che la teneva sveglia. Una volta sposata con Lord Castleton, avrebbe trovato il modo di accettare quella vita? Quella sarebbe diventata la sua casa. Tutto ciò che conosceva e a cui era abituata sarebbe svanito.

Non incolpava Lord Castleton per il suo disagio. Come poteva? Si era comportato da gentiluomo per tutta la sera. L'aveva persino scortata fino alla stanza, spiegandole che era stata la sua da ragazzo prima che il padre morisse e lui si trasferisse nell'ala opposta della casa. Le aveva augurato la buonanotte e le aveva dato un bacio sul dorso della mano.

Con un sibilo frustrato, Josephine si girò sulla schiena e fissò il soffitto, sperando di addormentarsi.

Un colpo improvviso alla porta la fece irrigidire. Qualcuno stava tentando di irrompere nella stanza? O era la sua immaginazione? Le vecchie case scricchiolavano e gemevano spesso. Sicuramente un tonfo o due durante una tempesta erano normali? La maniglia si mosse con un cigolio e la porta si aprì sul corridoio buio.

Josephine rimase immobile, terrorizzata, mentre una figura scura barcollava verso il letto. Doveva essersi addormentata e stava avendo un incubo. Aveva sempre avuto paura dei fantasmi, e quello pareva proprio un fantasma.

Una mano le strinse forte la spalla, dandole una violenta scossa.

«Griffin...» gemette una voce profonda. «Griff... *aiuto*...» La figura si accasciò sul pavimento accanto al letto a baldacchino.

Non si trattava di uno spettro. Era un uomo, un uomo

che stava cercando il suo futuro marito. La paura svanì e Josephine scattò in azione. Individuò l'acciarino e si affrettò ad accendere una lampada, non una candela, in modo da poter vedere meglio il visitatore inaspettato. Spostò la luce fino al punto in cui l'uomo si era accasciato contro il letto.

«Chi siete?» Si chinò in avanti, cercando di vederlo in viso, e poi ansimò. Era Castleton... ma non lo era. In un lampo, si rese conto che doveva essere il gemello perduto. *Gavin.*

«Dov'è... Griffin?» La voce dell'uomo era talmente sommessa da risultare a malapena udibile.

«Griffin? Intendete Lord Castleton?»

L'uomo trasalì. «Sì, Lord Castleton, maledizione.» Poi crollò con la schiena sul pavimento. Fu allora che Josephine vide il sangue che gli inzuppava la spalla sinistra.

«Oh, cielo! Siete ferito.» Appoggiò la lampada sul comodino e gli toccò la fronte e la guancia con il palmo, cercando di capire se avesse la febbre. Gli occhi dell'uomo erano annebbiati dal dolore mentre la fissava. Erano così simili a quelli di Lord Castleton. Eppure, come li vide, Josephine si sentì come se stesse cadendo da una scogliera. Inspirò mentre qualcosa nel profondo di lei si agitava. Sapeva che avrebbe fatto di tutto per salvarlo.

Lo fece adagiare sulla schiena e appoggiò la lampada sul pavimento accanto a lui. Era pallido e il sangue gli impregnava la spalla. Per fortuna, Josephine aveva uno stomaco forte, così gli tolse la camicia strappata per vedere meglio la ferita. Era uno squarcio abbastanza profondo, come se qualcuno lo avesse pugnalato con una lama. Come aveva fatto a procurarsi una ferita del genere? Doveva svegliare Griffin e fargli chiamare un dottore.

Gavin gemette e sbatté le palpebre. In qualche modo, Josie riusciva ad avvertire dentro di sé il dolore di quell'uomo.

«Per favore, resistete. Sveglierò vostro fratello e farò chiamare un dottore.» Gli sfiorò la fronte con la punta delle dita nel tentativo di confortarlo. Lui, però, sollevò una mano e la afferrò per un braccio per impedirle di andarsene. Le lunghe dita dell'uomo si strinsero intorno al suo polso in maniera incredibilmente ferrea, dato il suo stato. La fissò con lo sguardo molto più cosciente di prima.

«Niente dottori, nessuno deve saperlo. *Per favore...*» Le sue parole erano un chiaro comando, ma il "per favore" aggiunto alla fine suonava come una supplica; una supplica che lei non poteva ignorare.

«Perché?» chiese Josephine. Non era né sarebbe mai stata una donna che faceva ciò che le veniva ordinato senza chiedere spiegazioni.

Gli occhi di Gavin sembrarono scrutarla per un tempo infinito prima che rispondesse, in tono pacato: «Perché tutti qui mi credono morto, e così deve rimanere».

Josephine pensò a ciò che Dominic aveva detto a proposito di Gavin, che era andato per mare e si era smarrito. Se avesse finto di morire, o avesse lasciato che la voce si spargesse, ciò gli avrebbe garantito la libertà di vivere la vita nel modo in cui desiderava, proprio come aveva fatto suo fratello.

«Siete un pirata?» chiese.

Le labbra dell'uomo si incurvarono in un sorriso stanco. «Sì, lo sono. Un temibile pirata senza legge. Vi conviene stare lontana. Me ne andrò non appena starò meglio.»

Josephine cercò di nascondere il barlume di eccitazione

che la situazione le dava. «Beh, è ridicolo. Non ho minimamente paura dei pirati. Ne conosco parecchi.»

Gavin inarcò un sopracciglio. «Ah, davvero, ragazza?»

«Sì», rispose Josephine in tono sbrigativo. «Ora, se non volete che chiami un dottore, qualcuno dovrà occuparsi della vostra ferita. Perché non vi sedete sul letto?»

«No, non possono trovarmi qui. C'è una stanza... da dove sono venuto. Ha un letto. Posso riposare lì senza che nessuno mi scopra.» Finalmente, le lasciò il polso.

«D'accordo, ma dovrete farmi strada». Gli posò la mano sul fianco illeso e lo aiutò a rialzarsi. «Mettete il braccio intorno alla mia spalla.»

Lui lo fece, e lei sentì l'acqua fredda del mare sulla sua pelle e la ruvidità salmastra del sale essiccato sui suoi vestiti. Avrebbe dovuto spogliarlo prima che gli indumenti bagnati si irrigidissero, e non voleva che nulla sfregasse contro la ferita, aggravandola.

Uscirono dalla camera da letto e attraversarono il corridoio. Gavin indicò un punto davanti a loro.

«Lì... Dietro l'arazzo, c'è una porta nascosta nei pannelli di legno.» Gavin le spiegò dove premere e una porta segreta si aprì. Si accovacciarono sotto l'arazzo e attraversarono un tunnel fino a raggiungere una stanza buia. Una luce lontana proveniva da qualche parte sul lato opposto rispetto a dove erano entrati. Sembrava l'ingresso di un altro tunnel che conduceva verso il basso.

«Ecco. Il letto dovrebbe essere... qui.» Gavin crollò, trascinandola con sé, su qualcosa che lei non riusciva a vedere al buio. Una nuvola di polvere si sollevò, facendola tossire. Josephine lottò per soffocare il suono, per timore che qualcuno potesse udirla.

Si fece strada a tentoni nella stanza. Le sembrò di intravedere un tavolo con una lampada a olio nella penombra. Inciampando, sbatté il dito del piede nudo contro una roccia e imprecò, travolta da un dolore inaspettato.

La risatina arrugginita di Gavin risuonò nel buio alle sue spalle. «Dove ha imparato espressioni del genere una signorina come voi?»

«Dai miei fratelli», rispose lei. «Dove siamo esattamente?»

«In una camera segreta in cima all'ingresso della grotta.»

«Grotta? Dev'essere per questo che sento l'odore del mare. È da lì che proviene la luce? Immagino che conduca alla spiaggia?» Quando si vive sulla costa, si sente sempre l'odore del mare, ma lì era più potente, come se si trovassero a pochi centimetri dall'acqua.

«Sì, c'è una grotta ai piedi delle scogliere che conduce fin qui.»

«La vostra nave è fuori nella tempesta?» Josephine andò a sbattere contro il tavolino mentre cercava la lampada e l'acciarino per rischiarare quello spazio buio.

«No... La mia nave non c'è più.» Il tono di Gavin suggeriva di non indagare ulteriormente.

Quando Josie si voltò verso di lui con la lampada in mano, vide che era seduto su un vecchio letto basso e coperto da lenzuola polverose.

«Non potete dormire qui!»

«Perché no? È un posto come un altro.» L'uomo non sembrava per nulla infastidito dalle condizioni del letto e dalle vecchie lenzuola.

«Restate qui.» Josephine lasciò la lampada sul tavolo e uscì dalla camera segreta. La casa era così silenziosa, nonostante il rombo della tempesta che si allontanava. Sembrava che tutti gli altri occupanti fossero scomparsi, lasciando lei e Gavin da soli. Era... *intimo*, ma in un modo che non aveva mai provato prima, il che le provocò un brivido di eccitazione. Josephine, tuttavia, represse rapidamente l'emozione e si concentrò sul compito da svolgere. Aveva un uomo ferito da aiutare e non poteva lasciare che le sue sciocche fantasie prendessero il sopravvento.

Recuperò delle lenzuola di riserva dall'armadio nella sua camera da letto e tornò nella stanza segreta. Poi ordinò a Gavin di alzarsi e sostituì quelle impolverate.

«Dobbiamo liberarci di questi vestiti», disse, guardando con preoccupazione i panni fradici.

«Sono lusingato, ragazza, e in altre circostanze sarei ben felice di gettarti sul letto e farti urlare di piacere, ma temo di non essere all'altezza dell'impresa in questo momento.»

L'effetto delle sue arroganti parole scemò quando Josephine vide quanto fosse stanco. Si trattava solo di pura spavalderia maschile per nascondere quanto stesse soffrendo. In qualche modo, la scena la colpì dritta al cuore, riempiendola di un calore e una tenerezza inaspettati. Si avvicinò a lui, dimentica di essere in biancheria da notte. Gli afferrò la camicia e la strappò per esaminare la ferita.

Gavin si scrollò di dosso l'indumento ormai lacero. «Piano, ragazza! Sei davvero forte, eh?»

Josephine alzò le spalle. Non era minuta, anche se non particolarmente alta, ma di certo era forte per una nobildonna. Per anni, suo padre le aveva insegnato a tirare di scherma insieme a suo fratello e sua madre l'aveva incoraggiata a fare lunghe passeggiate, durante le quali lei finiva spesso per correre per sfogare la sua illimitata energia. Ciò l'aveva resa più forte della maggior parte delle signorine della sua età. Si inginocchiò ai piedi di Gavin e gli tolse gli stivali mentre lui si appoggiava al tavolo. Poi gli afferrò i calzoni.

«Meglio se me ne occupo io...» L'uomo la spinse via e, con una mano, si slacciò i bottoni prima di far scivolare giù i calzoni, rimanendo in mutande. Nonostante la ferita, aveva un corpo straordinario, come un muro di muscoli.

Josephine deglutì a fatica, la bocca improvvisamente asciutta. Si schiarì la gola e indicò il letto.

«Ora puoi sederti», ordinò.

Lui obbedì, e si lasciò sfuggire un sospiro esausto. Josephine si chinò per esaminare di nuovo la ferita. Mentre lo faceva, si rese conto che lui la stava studiando di rimando.

«Come ti chiami?» le chiese.

«Josephine», replicò lei.

Fece del suo meglio per non guardarlo in faccia. Era inquietante quanto assomigliasse a Griffin. Il suo promesso sposo era un uomo affascinante e gentile; Gavin, invece, pur essendo altrettanto seducente, appariva molto più rude. Josephine si era sentita al sicuro tra le braccia di Griffin. Quando quell'uomo che aveva davanti la toccava e la guardava come stava facendo in quel momento... si sentiva come in balia di una tempesta furibonda. Toccarlo sarebbe stato come essere colpita da un fulmine.

«Sdraiati. Vado a prendere dell'acqua calda e dei panni puliti. Dovremo lavare la ferita.»

Lui obbedì e si sdraiò con gli occhi chiusi. Nonostante la posa rilassata, continuava a emanare pericolo. Non si trattava, però, di un pericolo che la faceva temere per la sua incolumità... Era qualcos'altro.

«Grazie, Josephine», disse lui.

«Josie, puoi chiamarmi Josie», si ritrovò a rispondere lei,

anche se era scandaloso concedere a uno sconosciuto il permesso di chiamarla come faceva la sua famiglia.

«Josie», sospirò Gavin.

«Tornerò presto», promise lei, poi uscì per cercare qualcosa da usare per la sua ferita.

GAVIN CHIUSE LE PALPEBRE, A METÀ TRA IL SONNO E LA veglia; gli occhi grigi e luminosi di Josephine erano tutto ciò che riusciva a vedere. Chi era? Perché stava dormendo nella camera da letto di suo fratello? Navigò per parecchio tempo nel mare dell'incoscienza prima che il dolore alla spalla lo riportasse a galla. Sbatté le palpebre per abituarsi alla luce tremolante della lampada, troppo vicina al suo viso dopo tanta oscurità. Si spostò, lottando contro il disagio e il dolore.

«Stai fermo, dannazione», esclamò una voce femminile piena di frustrazione.

Gavin si rese conto che Josephine era lì, a pulirgli la ferita. «Fa un male cane.»

«Posso immaginare.» La donna gli mostrò una bottiglia di scotch. «L'ho trovato in un armadietto nella sala da biliardo.» Riprese a tamponare la ferita sulla sua spalla con il panno cosparso di scotch.

Gavin la fissò mentre lavorava. Era sollevato di avere una creatura così bella da guardare mentre soffriva. Josephine era una donna incantevole, con la pelle olivastra e i folti capelli castano scuro che le ricadevano sulle spalle in morbide onde. Aveva lineamenti classici ed eleganti che contenevano un pizzico di malizia. Lei lo intrigava più di quanto volesse ammettere. Allungò il braccio buono e si avvolse una delle sue ciocche intorno al dito, meravigliandosi di quanto fossero setosi.

«L'ho pulita meglio che posso, ma penso che dovrò ricucirla.» Sollevò un piccolo ago da cucito in modo che lui potesse vederlo e tirò fuori un rocchetto di filo di seta dall'aspetto robusto.

«Sai come ricucire una ferita?» chiese lui sospettoso.

Josephine lo guardò senza scomporsi. «Me la cavo abbastanza bene con il ricamo, non penso che sia molto diverso.»

«Ricamo?» Gavin scoppiò in una risata che gli fece dolere la spalla. «Cristo, ragazza, è della mia pelle che stiamo parlando, non di un cuscino.» Non gli piaceva l'idea che lei lo punzecchiasse con l'ago. Forse avrebbe dovuto sgattaiolare fuori di lì e dirigersi verso il villaggio. Se fosse riuscito a trovare Ronnie e un dottore, sarebbe potuto guarire.

«Se non lo faccio, l'emorragia non si fermerà. Ti fidi di me?» chiese lei.

Gavin incontrò il suo sguardo alla luce della lampada e vide la concentrazione nei suoi occhi grigi. Aveva una piccola ruga tra le sopracciglia scure, come se stesse già immaginando il compito di ricucire la ferita, e qualcosa in quella concentrazione e serietà lo spinse a fidarsi davvero di lei. Quasi sorrise alla vista dell'ostinata inclinazione del mento della donna mentre aspettava il verdetto.

«Suppongo di doverlo fare», ammise.

L'alternativa sarebbe stata quella di chiamare un medico, e lui non poteva rischiare. Nessuno in Cornovaglia sapeva che era vivo. Il suo ritorno avrebbe sollevato delle domande. Era ricercato nei Caraibi e al largo delle coste delle colonie americane per pirateria. Se le autorità locali avessero iniziato a indagare su di lui, la Royal Navy avrebbe presto appreso la sua ubicazione. Ciò significava che chiunque in quella casa poteva essere ritenuto colpevole di aver ospitato e aiutato un pirata. Era tornato in quella stanza solo una volta negli ultimi sette anni, quando aveva pensato di essere pronto ad affrontare il passato. Ma si era sbagliato, perciò era rimasto invisibile a chiunque avrebbe potuto riconoscerlo e se n'era andato con la prima marea. Non voleva correre il rischio di essere scoperto.

«Procedi, allora», disse. Ma quando lei si allungò verso di lui, lui la fermò. «Un momento.» Recuperò la bottiglia di scotch e ne bevve diversi sorsi. Poi la rimise sul pavimento e fece a Josephine un cenno rigido con la testa, invitandola a continuare.

Lei si mise al lavoro per ricucire il taglio inflittogli dalla lama di Beauchamp. Faceva molto più male di quando lo avevano accoltellato.

Fitte acute e dolori sordi si alternavano mentre il filo si muoveva attraverso la sua pelle sensibile. Gavin prese la stessa ciocca con cui aveva giocato in precedenza e la strofinò tra le dita, concentrandosi sulla setosità e sulla morbidezza di quei capelli, sul modo in cui il colore scuro catturava la luce della lampada. Lo calmava e lo distraeva dal dolore.

Quando ebbe finito, Josephine tamponò ancora una volta la ferita con un panno pulito e rimosse il sangue rimasto.

«Sembra che si stia coagulando. Credo che sia una buona cosa.»

Gavin era meravigliato dalla capacità della donna di gestire la vista del sangue e di ricucire una ferita senza angoscia.

«Quanti anni hai, ragazza?» chiese.

Lei lo aiutò a tornare a letto e lui si sdraiò, poi gli rimboccò la coperta di lana fino al collo come se fosse un bambino. Il gesto gli fece battere forte il cuore nel petto. Non riusciva a ricordare l'ultima volta che qualcuno si era preso cura di lui in quel modo.

«Ho diciotto anni», rispose, con la voce un po' più dolce.

«Ah. Così giovane», sospirò Gavin. Era davvero giovane, ma aveva gestito bene la crisi, meglio di come avrebbero fatto molte donne con il doppio dei suoi anni.

«E tu, invece, sei decisamente vecchio, a quanti, ventisei anni?» chiese lei imbronciata.

«Come fai a sapere la mia età?» Chiuse gli occhi mentre il suo corpo pian piano cedeva alla stanchezza.

«Gavin...» mormorò lei. E lui riaprì le palpebre di scatto.

«Come fai a conoscere il mio nome?» La fissò, chiedendosi se potesse costituire una minaccia.

La donna indietreggiò un poco, come se temesse che lui la afferrasse. La udì deglutire, il viso in penombra. Per un istante, Gavin si pentì del tono tagliente che aveva usato; quando lei rispose, però, non c'era traccia di esitazione nella sua voce.

«Ti ho riconosciuto dal ritratto che ho visto in corridoio. Non è stato difficile indovinare chi sei.»

Ah... il dipinto che suo padre aveva commissionato poco prima del ballo. Lui e Griffin erano stati entrambi ritratti quell'anno. Avrebbe dovuto strapparlo dal muro e bruciarlo. Ma forse lei non costituiva un vero pericolo. Era una donna sola in una notte tempestosa. Se avesse cominciato a raccontare storie... Era possibile che nessuno le avrebbe creduto. Le tempeste in Cornovaglia giocavano brutti scherzi alla mente delle persone.

«Josephine, non devi dire a nessuno che sono qui», insistette, afferrandole la mano e stringendola tra le sue. «Me lo devi giurare.»

Si era recato lì per parlare con suo fratello, ma... non era più sicuro di volerlo fare. Perché, una volta che l'avesse fatto, se fosse sopravvissuto, sarebbe dovuto fuggire, e lui non voleva rinunciare a quei brevi momenti con Josephine. Si stava rapidamente affezionando alla sua gentilezza, al suo coraggio e alla pace che gli dava.

«Giuro che non lo dirò a nessuno.»

«Bene...» Finalmente, Gavin si arrese al sonno e allo sfinimento. Mentre si addormentava, vide un paio di adorabili occhi grigi che riuscivano a leggergli nell'anima.

❦

JOSEPHINE STRINSE LA MANO DI GAVIN FINCHÉ NON FU sicura che stesse dormendo. Poi andò nella stanza che le era stata assegnata per prendere un'altra coperta e un cuscino e tornò da lui. Aveva troppa paura per lasciarlo solo dopo aver ricucito la ferita. Era un pensiero sciocco, ma per qualche strana ragione credeva che, se fosse rimasta con lui quella notte, sarebbe andato tutto bene. Considerò per un istante di dire a Dominic della presenza di Gavin, ma se lo avesse fatto, suo fratello maggiore le avrebbe impedito di vederlo di nuovo. Di certo non l'avrebbe lasciata dormire accanto a un pericoloso pirata e Josephine desiderava ardentemente quel tempo con Gavin. Bramava l'avventura e l'eccitazione che quel salvataggio segreto le dava.

Accatastò le coperte sul pavimento, si sdraiò e chiuse gli occhi, tentando di prendere sonno. A un certo punto, dopo un violento boato, Gavin si sporse oltre il bordo del letto, cercandola. Il palmo di lui le accarezzò il braccio finché non trovò la sua mano e poi la strinse, e lei vi si aggrappò come se cercasse riparo dalla notte tempestosa.

Il vento soffiava in lontananza e inquietanti suoni salivano dal tunnel che portava alla spiaggia. Il rumore le fece sognare lupi che ululavano alla luna in foreste proibite. Poi sognò una bellissima nave che sfidava gli elementi per raggiungere mari più tranquilli.

Più tardi, nella notte, sogni di altro genere si insinuarono nella sua mente. Labbra calde, mani grandi e ruvide sulla sua pelle, e una passione che non comprendeva appieno, ma che comunque bramava. Sussurrò il nome di Gavin nel buio come una fervente preghiera. Il pirata ferito si era introdotto nella sua testa e aveva aizzato la sua immaginazione.

Non c'era traccia nei suoi sogni dell'uomo che avrebbe dovuto sposare o della vita ordinaria alla quale avrebbe dovuto arrendersi. C'erano solo pirati, baci appassionati, mare aperto e *libertà*.

CAPITOLO 3

La nebbia, seppur rada, avvolgeva il cimitero inzuppato di pioggia. La tempesta era salita dal mare e aveva infuriato sulla terraferma, lasciando l'erba umida e l'aria gelida. Gavin emerse dal bosco e camminò lentamente verso le pietre tombali erette nel terreno consacrato. Le pietre lo chiamavano, gettando nuove ombre sul suo cuore, bloccando quella luce che un tempo ardeva così ferocemente dentro di lui. La sua anima era alla deriva.

Avvolto dal terrore come un sudario, contò le lapidi appartenenti alla famiglia Castleton. Tre nuove pietre riposavano tra le altre. Deglutì a fatica mentre si avvicinava, spaventato all'idea di leggere i nomi incisi su di esse. Il primo che intravide fu un colpo al cuore... suo padre. Gavin era stato lontano dalla Cornovaglia per sei anni e, in quel periodo, aveva perso, senza saperlo, il suo amato padre.

Fu con una paura primordiale che, dopo qualche istante, si volse verso le altre due lapidi. La statua di un angelo sovrastava la più grande, le ali curvate in maniera protettiva intorno a essa, mentre piangeva per l'anima perduta che lì riposava.

Gavin sussurrò ad alta voce le parole incise su quella pietra: «Charity Castleton... La vita è un sogno meraviglioso, ma troppo breve». Cadde in ginocchio, la testa china. Se n'era andata; lei, la luce a cui lui si era aggrappato nelle notti più buie. Aveva sposato suo fratello, ma l'amore era amore, e non conosceva confini. Gavin l'aveva imparato molto tempo prima: quando una persona ama profondamente e sinceramente, l'amore è infinito come il mare.

«Che cosa vuoi che faccia adesso, amore mio?» chiese alla pietra senza vita davanti a lui. «Mi hai lasciato a soffrire nella mia odiosa solitudine.»

Raccolse il poco coraggio che gli restava per guardare la pietra più piccola accanto a quella di Charity. Un bambino. Aveva perso un figlio. Notò che le date di morte di Charity e del bambino coincidevano. Doveva essere morta mettendo al mondo il figlio di Griffin, e il piccolo era morto con lei.

Sulla lapide del bambino erano cresciuti dei rampicanti e Gavin li strappò via con cautela per poter leggere il nome.

"Gavin Castleton: prende il nome da suo zio, un grande avventuriero che si è smarrito in mare."

La vista delle tombe di Charity e di quel nipote a cui era stato dato il suo nome, ma che lui non avrebbe mai potuto incontrare, era straziante. Sia Charity che Griffin lo avevano voluto lì e, sapendo che non poteva restare, avevano chiamato il loro bambino in sua memoria.

Gavin inspirò, i polmoni così compressi che gli pareva di essersi tuffato troppo in profondità sotto la superficie del mare. L'oscurità e la pressione schiacciante dell'acqua... All'improvviso, non riuscì più a sopportarlo e gridò, sfogando tutto il suo dolore e la sua rabbia, fino a quando il suo viso non fu rigato di lacrime. Non gli rimaneva altro che la sofferenza nel cuore.

Premette per un lungo momento la fronte sulla lapide di Charity in ricordo, poi si rialzò lentamente e si asciugò gli occhi.

«Eri il mio sogno», le sussurrò. «Ma so che Griffin era il tuo.»

In quanto gemelli, avevano condiviso tutto per la maggior parte della vita, ma Charity non poteva essere condivisa. Lei aveva dato il suo cuore a Griffin e lui comprendeva il perché, anche se nel farlo gli aveva spezzato il cuore.

Aveva accettato la sua scelta, l'aveva capita come solo un gemello poteva fare. «Anch'io lo amo e mi dispiace molto di avervi lasciato entrambi. Perdonami.»

Cosa sarebbe accaduto se fosse rimasto? Non riusciva a immaginarlo, ma c'era una parte enorme di lui che si pentiva di essersene andato. Forse, se fosse rimasto, Charity non sarebbe morta...

Era vano e sciocco pensare che avrebbe potuto cambiare il suo destino. L'amore che nutriva per lei non era svanito... Si era semplicemente trasformato in dolore. Ed era un dolore profondo come il mare che lo chiamava.

La nebbia cominciò a diradarsi quando una brezza fresca raggiunse il cimitero, portando con sé l'eco degli infiniti segreti del mare. Gavin si voltò verso la riva lontana. Il mare lo aveva sempre chiamato; quel desiderio di navigare più lontano, per vedere cosa ci fosse oltre l'orizzonte... Chiuse gli occhi. Poteva quasi sentire Charity che sussurrava.

"Insegui il tuo futuro fuori dai bordi della mappa..."

Le era piaciuto molto parlare delle avventure che avrebbero potuto vivere nelle terre esotiche raffigurate sulle mappe e negli atlanti che avevano scoperto nella vasta biblioteca della sua famiglia. Avevano passato ore rannicchiati su un divano insieme, l'atlante steso sulle ginocchia di lui, mentre lei si appoggiava alla sua spalla per tracciare quelle linee oltre cui il mondo conosciuto svaniva. Gli aveva raccontato storie di avventure immaginarie che Gavin non avrebbe mai potuto concepire da solo. Charity non aveva paura di nulla, o almeno così aveva creduto lui.

Le sue labbra si incurvarono in un sorriso dolceamaro mentre *ricordava come lei parlasse del desiderio di cercare un tesoro e della gloria di essere un pirata che solcava i Sette Mari. Charity era stata il suo tesoro. E se n'era andata. Lo splendore che emanava era svanito per sempre perché il sole della sua vita era tramontato.*

«Riposa in pace», disse con dolcezza, sfiorando ancora una volta la lapide. Per quanto desiderasse sdraiarsi e morire accanto a lei, il destino aveva altri piani per lui.

Il rumore degli zoccoli lo fece girare di scatto. Una figura lontana stava trottando lungo il sentiero verso il cimitero. Gavin lasciò le lapidi e corse a nascondersi nel bosco. Non era sicuro del perché, ma qualcosa lo spinse a voltarsi ancora una volta a guardare.

Il cavaliere si fermò ai margini del terreno consacrato e smontò. Quella connessione invisibile che era sempre esistita tra Gavin e il suo gemello tremò. Era Griffin.

L'uomo si diresse verso le stesse tombe che Gavin aveva visitato pochi minuti prima. Quando le ebbe raggiunte, si guardò intorno, come se fosse in grado di sentire la sua presenza. O forse si era accorto che qualcuno aveva da poco rimosso i rampicanti.

«Gavin?» chiamò Griffin. Lui quasi rispose, ma si fermò all'ultimo istante. Le spalle di Griffin si incurvarono e si voltò verso le tombe per lasciare un mazzo di fiori su ciascuna prima di montare di nuovo a cavallo e allontanarsi.

«Griffin!»

Gavin si alzò di scatto, il nome di suo fratello sulle labbra, e si rese conto che era stato tutto un sogno. Un sogno che era un ricordo della sua ultima visita lì, un anno prima, quando ancora non aveva perso la nave in un ammutinamento. La ferita alla spalla pulsava, ricordandogli ciò che lo aveva spinto a tornare a casa.

«Gavin?» disse una voce femminile assonnata. «Ti fa male?»

Lui sospirò, cercando di ritrovare l'orientamento. Era nella grotta segreta collegata alla tenuta della sua famiglia e non nel passato. Mentre la sua mente scavava tra i ricordi degli ultimi giorni, qualcuno gli strinse la mano e la voce femminile parlò di nuovo, chiedendogli della sua spalla. Gavin fissò per un istante la mano, poi salì lungo il braccio e su fino a un viso illuminato solo da una singola lampada a olio. La donna lo stava guardando negli occhi, chiaramente preoccupata, ma lui non riuscì a trovare le parole per rispondere.

Josephine.

Il nome aveva strani effetti su di lui, come se fosse in grado di suonare le corde del suo cuore. Inspirò di nuovo, il petto serrato mentre continuava a guardarla, poi abbassò gli occhi verso le loro mani giunte.

Il palmo di lei era caldo e si adattava perfettamente al suo, quasi come se le loro mani fossero state create per stringersi l'un l'altra. Il pensiero lo colse alla sprovvista, facendogli martellare il cuore contro le costole. Non aveva mai pensato di potersi sentire così, non dopo aver perso Charity. Eppure, quello che provava... era qualcosa che non riusciva né a spiegare né a negare.

«Che succede?» chiese.

La guardò di nuovo e si rese conto che era sdraiata su un giaciglio di fortuna sul pavimento accanto al letto.

«Io...» Incapace di parlare, Gavin cambiò argomento. «Hai dormito qui tutta la notte?» chiese mentre lasciava con riluttanza la presa sulla sua mano. Una pallida luce filtrava dal tunnel che scendeva verso la spiaggia, il che significava che l'alba era vicina.

«Sì. Avevi bisogno di qualcuno che ti sorvegliasse e si assicurasse che non soccombessi alla febbre.» La giovane si mise a sedere e fece scorrere le dita tra i capelli aggrovigliati, pettinando le ciocche scure e selvagge, prima di raccoglierli sulla nuca e legarli con un nastro dorato che teneva al polso. Per qualche ragione, lo divertiva l'idea che lei tenesse un nastro intorno al polso nel caso ne avesse avuto bisogno proprio in circostanze del genere.

Gli occhi di Gavin si spostarono poi sulla camicia da notte che indossava. Era leggera e quasi trasparente. La vista dei seni e dei fianchi generosi gli fece ricordare brevemente che una volta era stato un gentiluomo, e si schiarì la gola e distolse lo sguardo.

«Dovresti tornare nelle tue stanze prima che qualcuno si accorga della tua scomparsa. Metterebbero a soqquadro la casa per cercarti e sarebbe la mia condanna.» Era un po' drammatico, ma aveva bisogno che quella bellezza seducente se ne andasse prima che le sue emozioni già in fermento gli facessero fare qualcosa di avventato e sciocco, come sedurla.

«Hai ragione... Vesper si preoccuperà di certo se non riuscirà a trovarmi.»

Gavin domandò: «Vesper?»

«La mia cameriera personale. Ti porterò del cibo dalle cucine più tardi, se riuscirò a prenderlo.»

«Grazie.» Gavin si mosse rigidamente, attento a non esercitare alcuna pressione sulla spalla in via di guarigione mentre si spostava verso il bordo del letto. I suoi movimenti attirarono gli occhi di Josephine, il cui sguardo brillò di innocente desiderio. Sembrava apprezzare il suo petto nudo.

«E vedrò di trovarti anche dei vestiti da indossare. I tuoi sono piuttosto rovinati.» Indicò con un cenno gli indumenti laceri, insanguinati e sporchi di salsedine che giace-vano sul pavimento.

Gavin la fissò a lungo, godendo del suo disagio, e quando i suoi occhi così innocenti tornarono ancora una volta su di lui, le rivolse un sorriso arrogante.

«Faresti meglio a smettere di arrossire, ragazza. È una vista che fa nascere in un uomo il desiderio di farti arros-sire di più e in posti molto più *interessanti*.» Lasciò che il suo sguardo scendesse sul corpo di lei fino ai seni prima di risalire lentamente al viso.

«Oh!» ansimò Josephine, consapevole all'improvviso di indossare una camicia da notte che le copriva a malapena le gambe. «Sei molto più spudorato di tuo fratello», rispose.

«E che ne sai tu di mio fratello?»

«Io... beh... La mia famiglia vive qui vicino. Ecco perché sono in visita. Siamo stati invitati a un ballo ieri sera. Ma il tempo è peggiorato e lui ha offerto ospitalità a tutti gli invitati.»

«Ti ha invitata a un ballo?»

«Sì, tutta la mia famiglia. Io... Dovrei andare...» La donna si precipitò fuori dalla stanza così in fretta che lui si chiese se non fosse solo un altro dei suoi sogni dolceamari.

Gavin desiderava più di ogni altra cosa di non essere ferito. Voleva saltare giù dal letto e afferrarla per un braccio per impedirle di andarsene. C'era qualcosa che non gli stava dicendo. La sua Josie aveva dei segreti... Ma quali segreti poteva avere una giovane donna così innocente? Vide che l'olio della lampada si stava rapidamente consumando e, con un'imprecazione, lasciò lo stretto letto e attraversò la stanza fino al piccolo armadietto nell'angolo. Si inginocchiò e aprì le ante per estrarre una bottiglia di olio di riserva.

Non voleva passare il resto della giornata al buio. L'aveva spaventata?

No, tornerà... Non può *a resistere alla tentazione.* Aveva detto di aver conosciuto *molti* pirati. Non poteva averla scandalizzata così tanto da impedirle di tornare, no?

Josephine, con quei caldi occhi grigi e quelle labbra che imploravano di essere baciate... sarebbe tornata da lui. Se lo sentiva nelle ossa.

❧

«DEVO ESSERE IMPAZZITA», MORMORÒ JOSEPHINE MENTRE rimetteva a posto l'arazzo e si precipitava nella sua camera. Non appena mise piede all'interno, fu accolta da un urlo.

«Mia signora!» gridò Vesper. Gettò a terra l'abito da ballo che aveva in mano e si precipitò verso di lei per stringerla in un feroce abbraccio.

Vesper Lyndon, una ragazza poco più che ventenne, era una vera bellezza con gli occhi verdi e i capelli dorati. Josephine ricambiò l'abbraccio della cameriera e sorrise di sollievo per essere riuscita a rientrare nella stanza senza essere vista da nessuno tranne che da lei.

«Dove diavolo siete stata?» chiese Vesper come una mamma chioccia.

«Io...»

«Non rifilatemi bugie, mia signora», la avvertì. «Il vostro vaso da notte è vuoto, il vostro cuscino è sparito, e voi siete coperta di polvere, e oh, cielo... È sangue quello?» La voce della cameriera salì di un'ottava mentre pronunciava le ultime parole.

Josephine rimise la testa in corridoio per assicurarsi che

non ci fosse nessuno. Era ancora vuoto. Chiuse la porta con il chiavistello prima di affrontare la cameriera.

«Vesper», cominciò in tono rassicurante. «Non devi dirlo a nessuno...»

«Dire cosa? Oh, cielo... Mi licenzieranno. Che cosa avete combinato?»

Josephine strinse la mano della ragazza nella sua. «Un uomo è entrato nella mia stanza la scorsa notte.»

Gli occhi di Vesper si fecero rotondi. «Un uomo?»

«Era ferito e stava cercando Lord Castleton. Ha trovato me invece.»

«Dov'è adesso? È morto?» chiese la cameriera con voce diffidente.

«No, è stato accoltellato in una rissa. Ho pulito la ferita e l'ho ricucito. Sta riposando in una stanza segreta.» Le strinse le mani. «Ti prego, non dirlo a nessuno. La sua vita è in pericolo. Chiunque venga sorpreso ad aiutarlo sarà in pericolo.»

«Che razza di uomo è? Un ladro? Un assassino?»

«Nessuno dei due. Beh... forse entrambi. Onestamente non lo so.»

La sua cameriera la fissò, in attesa di una spiegazione.

«È un pirata.»

«*Un pirata!*» strillò Vesper.

Josephine la zittì. «Abbassa la voce.»

«Lady Josephine, un pirata non è un animale domestico! Qualcuno lo scoprirà e voi finirete nei guai.»

«Nessuno lo saprà se mi aiuti», replicò Josephine con uno sguardo speranzoso.

«Aiutarvi a nascondere un pirata? Certo che no! Avete un matrimonio a cui pensare. Lord Castleton...» Per un istante, gli occhi della cameriera si addolcirono, pieni di malinconia e desiderio, prima che bandisse ogni emozione. «Tutti abbiamo i nostri doveri, mia signora. E il vostro è nei confronti di Lord Castleton.»

«*Ti prego*, Vesper. Dobbiamo aiutarlo.»

La donna incrociò le braccia sul petto. «Perché?» Vesper sapeva essere davvero testarda e Josephine ne era pienamente consapevole.

«Perché... perché è il fratello di Lord Castleton.»

La cameriera sgranò gli occhi. «Non vi riferirete forse a...?»

«Gavin», confermò Josephine.

«Il gemello di Sua Signoria...» Vesper si lasciò cadere sul letto, pallida in volto. «Oh, mia signora, dobbiamo dirglielo. Deve sapere che suo fratello è vivo.»

«Lo faremo, ma non ora. Gavin è ferito. Dobbiamo attendere che guarisca prima di discutere con suo fratello. Se combattono e Griffin gli ordina di andarsene e lui non guarisce a dovere...»

Vesper la fissò, ma la sua mente sembrava a miglia di distanza. «Oh, povero Lord Castleton. Non sa nemmeno che suo fratello è vivo.»

Approfittando della distrazione della cameriera, Josephine recuperò una sottoveste e un abito puliti dall'armadio per cambiarsi. Vesper portava sempre un cambio nel caso in cui dovessero passare la notte da qualche parte, anche quando erano ospiti in una tenuta così vicina a casa. Josephine aveva sempre pensato che fosse sciocco, ma ora ne era grata.

«Aiutami a vestirmi. Devo aver saltato la colazione.»

Mezz'ora dopo, Josephine indossava un abito rosa

acceso e azzurro cielo con ampie gonne e una morbida sottogonna color crema rifinita con pizzo belga. Vesper le aveva pettinato i capelli in morbide onde e li aveva raccolti con un nastro di raso rosa. Non sembrava più una creatura arruffata che aveva dormito in una grotta in riva al mare.

«Tornerò presto.» Josephine salutò la cameriera con un bacio sulla guancia e si precipitò in sala da pranzo.

Metà degli ospiti stava ancora mangiando quando arrivò, compresi i suoi genitori e Lord Castleton. Nel momento in cui la vide, il padrone di casa si alzò e le tirò indietro la sedia accanto alla sua. Josie si sedette e l'uomo si offrì immediatamente di prepararle un piatto di cibo. Stava per rifiutare con educazione, ma sua madre le rivolse un cenno di incoraggiamento. Ah, quindi doveva accettare l'offerta. Proprio come una vera signora.

Soffocando un sospiro, abbassò la testa con aria pudica. «Lo apprezzerei molto, mio signore.»

Sopravvisse al pasto e alla conversazione educata degli altri ospiti. Quando ebbe finito, si alzò, ma Castleton le afferrò la mano.

«Mi fareste l'onore di passeggiare con me nei giardini? Ho il permesso di vostro padre di parlare con voi in privato.»

«Sì, certo», concordò, e poi lasciò che lui la scortasse fuori. Le nuvole erano ancora dense nel cielo e cariche di pioggia, anche se la tempesta era passata da un pezzo. L'umidità esaltava l'aroma di una dozzina di varietà di rose in fiore intorno a loro.

Josephine appoggiò delicatamente la mano nell'incavo del braccio di Castleton mentre percorrevano il sentiero in silenzio. Era un uomo affascinante, eppure il suo volto era una maschera di solennità.

«Voglio che tu sia felice, Josephine. Desidero che tu sia mia moglie. So che anche i tuoi genitori lo desiderano, ma cosa vuoi *tu*?»

Josephine non riusciva a credere che qualcuno le stesse chiedendo la sua opinione. D'altra parte, Castleton era un gentiluomo in tutti i sensi. Non c'era da stupirsi che pensasse al bene degli altri.

«Mio signore...»

«Griffin, per favore», la corresse con un sorriso incoraggiante.

«Griffin... quello che voglio è essere libera. Voglio...» Ingoiò il groppo in gola. «Voglio una vita che non posso avere.»

Si fermarono al centro dei giardini e Griffin la girò con delicatezza verso di lui. Le sfiorò teneramente la guancia con le dita.

«Mi ricordi la mia defunta moglie. Charity era vibrante, così piena di vita e di sogni. Il mio mondo è finito la notte in cui lei e nostro figlio sono morti. Comprendo più di quanto tu possa immaginare cosa significhi perdere la propria libertà.»

Lo stupore balenò sul volto di Josephine.

Griffin ridacchiò mestamente. «Ti ho sorpresa.»

«Beh, sì. Voglio dire, tu sei un uomo. Puoi fare tutto ciò che vuoi nella vita. Una donna non può. È vincolata dalle regole che gli altri le impongono.»

«Posso, in un certo senso, ma il mio titolo mi lega a queste terre e a questa casa. Non avrei dovuto divenire conte, sai. Come te, avevo un gemello, Gavin. Era il primogenito, destinato a vivere questa vita, ma...» Il suo sguardo si volse verso il giardino e le rose in fiore.

«Ma cosa?»

«Ho commesso un grave errore. Ci siamo innamorati della stessa donna. Dovevano sposarsi, ma gliel'ho rubata.»

Josephine ansimò, il suo cuore pieno di sofferenza sia per gli uomini che per la donna che era morta. «Gavin era innamorato di tua moglie?»

«Sì. È stata sua molto prima di essere mia. Gli si è spezzato il cuore quando lei è stata costretta a scegliere tra noi e ha scelto me. Se n'è andato quella notte, e da allora non l'ho più rivisto. Quando nostro padre è morto, in assenza di Gavin, io ne ho ereditato il titolo. Ma non è stata la benedizione che si potrebbe supporre. Sono stato punito due volte per aver spodestato mio fratello. Sono stato costretto a prendere il suo posto come conte dopo la morte di nostro padre e ho perso Charity insieme a nostro figlio.» Griffin sorrise tristemente e il suo sguardo, prima distante, si concentrò di nuovo su di lei. «Credo che l'amore possa sbocciare tra di noi, se gliene diamo il tempo. Se ci diamo una possibilità.»

Josephine sentì una fitta al cuore. Griffin le prese il mento tra le mani e si chinò lentamente, dandole tutto il tempo per allontanarsi, ma lei non lo fece. E poi la baciò. Le labbra dell'uomo erano calde e morbide, e lei sentì un fremito dentro di sé. La promessa di una vita dolce, una vita di amore, tenerezza e calore. Sapeva che poteva essere felice come sua moglie, abbastanza felice, ma nel momento in cui lui approfondì il bacio, il viso di Gavin le balenò nella mente e lei si allontanò di scatto.

«Mi dispiace. Non avrei dovuto approfittare della situazione», si scusò lui, con un accenno di colore sugli zigomi aristocratici.

«No, non si tratta di questo», insistette Josephine. Tutto quello a cui riusciva a pensare era quanto profondamente sarebbe stata ferita se suo fratello l'avesse lasciata per sette anni e poi fosse tornato in segreto senza dirglielo. Era un dolore che non avrebbe potuto perdonare.

Prima che potesse considerare le conseguenze, sbottò: «Gavin è vivo».

CAPITOLO 4

Gavin esaminò i vestiti che aveva indossato il giorno precedente, ammucchiati in un'orrenda pila sul pavimento accanto al giaciglio abbandonato di Josephine. Aveva davvero passato la notte accanto a lui nel caso avesse avuto bisogno di aiuto? Una strana emozione gli si agitò nel petto, come le potenti correnti sottomarine. Erano anni che nessuno si preoccupava per lui in quel modo.

Gavin si alzò dal letto con un grugnito e recuperò i calzoni. Non fu facile indossarli, ma per fortuna ci riuscì senza riaprire la ferita. Erano induriti dalla salsedine, ma lui vi era abituato. Quando si viveva su una nave, i vestiti erano spesso soggetti agli effetti negativi dell'acqua di mare. Prese la camicia, ma poi si rese conto che era troppo strappata per poter essere di qualche utilità. Accarezzò il bordo sfilacciato della stoffa e sorrise al ricordo delle mani di Josephine che la squarciavano. Solo una ragazza davvero forte avrebbe potuto fare a pezzi una camicia in quel modo. Gavin si ritrovò a pensare a come avrebbe potuto restituire il favore e lacerarle i lacci del corsetto per raggiungere la pelle nuda durante il loro successivo incontro. Il pensiero di lei svestita e alla sua mercé gli strappò un sorriso a trentadue denti.

Si voltò verso il corridoio che conduceva alla tenuta quando il rumore dei passi lo avvertì dell'avvicinarsi di qualcuno. Forse avrebbe potuto realizzare il suo desiderio prima del previsto...

Non fu, tuttavia, Josephine a varcare la soglia, ma suo fratello.

Quando lo vide, Griffin si fermò, gli occhi che cercavano di abituarsi alla luce fioca, le labbra socchiuse per lo stupore. Proprio dietro di lui c'era Josephine, i graziosi lineamenti tesi dalla preoccupazione. Era la prima volta che Gavin la vedeva con qualcosa di diverso da una camicia da notte. L'abito a righe rosa e blu la faceva sembrare una caramella di una pasticceria di Londra. Eppure, per quanto volesse guardarla, la sua attenzione era concentrata su Griffin. Non si vedevano da sette anni e la tensione aleggiava nell'aria.

«Sei... *qui*.» Il modo in cui lo disse, come se non riuscisse a credere che Gavin fosse vivo, riaprì in lui tutte quelle vecchie ferite che si era convinto di aver curato. Per qualche istante, non riuscì a respirare e i suoi polmoni iniziarono a bruciare. Il petto gli doleva per il rimpianto degli anni persi e sapeva che il suo gemello stava provando emozioni simili.

«Sette anni. Dio mio...» Griffin si strofinò la mascella, incredulo. Era ancora sulla soglia, con Josephine al suo fianco che alternava ansiosamente lo sguardo tra loro.

«Griffin.» La voce di Gavin suonò rauca, come se non parlasse da un secolo.

Suo fratello si avvicinò di un passo. «Perché ora?»

Quando furono a non più di un metro di distanza, Gavin sentì un vecchio e familiare strattone al cuore. Il legame che lo univa al suo gemello era ancora lì tra loro, nonostante gli anni di lontananza.

«La mia nave è...» cominciò, ma poi ingoiò le parole che si vergognava a pronunciare. «Avevo bisogno di un posto dove riposare per qualche giorno.»

Griffin indicò la sua spalla con un cenno del capo. «Che cosa è successo?»

«Sono caduto su una spada.» Gavin si mantenne sul vago. Meno suo fratello sapeva della faccenda, meglio era. «Josephine mi ha ricucito.»

Griffin guardò da lui alla donna con occhi sospettosi.

«Dovresti sapere che non si corre con le armi in mano. Papà ti avrebbe tirato le orecchie.»

«Sì, lo avrebbe fatto», concordò Gavin in tono solenne.

Josephine aprì la bocca, ma poi la richiuse, come se non volesse interrompere il loro teso scambio. Griffin, infine, distolse lo sguardo da lui per guardare la giovane che aveva accanto.

«Ti ringrazio per avermi parlato di mio fratello. Potresti gentilmente lasciarci da soli? Ho bisogno di un momento per discutere con Gavin, e tuo padre si arrabbierebbe se sapesse che ti lascio stare in presenza di un uomo seminudo.»

Josephine sembrava riluttante ad andarsene, ma Gavin le fece un cenno con la testa.

«Va', ragazza. Andrà tutto bene.»

Solo allora lei sollevò le gonne e sgattaiolò via. Gavin sentì la sua mancanza non appena ebbe varcato la soglia. Era stata come un breve raggio di sole in quella stanza buia, anche se non aveva fiatato. Qualcosa nel suo silenzio lo turbava. Non era stata sé stessa in quei pochi istanti, lui lo sapeva, nonostante avessero passato poco tempo insieme. Era sembrata... chiusa, più come una vera signora rispettosa nei confronti del padrone di casa, che in quel momento era Griffin. Mentre la notte precedente e quella mattina era stata focosa e loquace, *viva*.

Gavin era così perso nei suoi pensieri sul comportamento di Josephine che non vide arrivare il pugno di Griffin, che lo colpì duramente in faccia.

«Dove diavolo sei stato?» gli ringhiò il fratello, con gli occhi pieni di furia.

Gavin barcollò all'indietro, sorpreso dal dolore inaspettato, e imprecò quando sentì i punti sulla spalla allentarsi. Si toccò il labbro, che si era spaccato, e sentì il sapore del sangue sulla lingua.

«Sono morto», rispose.

«No, papà è morto. *Charity* è morta. Il mio...» Gli si spezzò la voce per l'angoscia e distolse lo sguardo, incapace di continuare.

«Tuo figlio è morto», terminò Gavin per lui, nella voce un'eco del dolore che sapeva che Griffin provava.

«Sono tornato qui un anno fa, nella speranza di farmi perdonare. Ho visto le lapidi nel cimitero.»

Finalmente, Griffin lo guardò di nuovo in faccia. «Quindi c'eri davvero. Per settimane ho creduto di essere pazzo. Pensavo di aver immaginato la tua presenza.» I suoi occhi erano pieni di lacrime. «Mi hai lasciato. Ci hai lasciati... Non posso perdonarti per questo.»

Gavin cercò di parlare tra i frammenti di vetro che gli pareva di avere in gola. «Io... Non ti chiedo di farlo.» In quel momento si sentiva come se stesse navigando con la sua nave attraverso una tempesta, pregando di vedere la luce su una spiaggia lontana che lo guidasse a casa. Ma tutto ciò che riusciva a scorgere davanti a sé erano i lampi, unico chiarore nell'oscurità che permeava il suo mondo interiore.

Mille parole aleggiavano nell'aria tra loro, ma nessuno dei due osava pronunciarle. Un tempo avevano condiviso tutto, dal momento in cui le loro vite erano iniziate nel grembo materno. Ma dopo tutto quello che era successo, qualcosa tra loro si era spezzato, e Gavin temeva che la frattura non si sarebbe mai sanata.

«Mi assicurerò che tu guarisca abbastanza da andartene», disse infine Griffin. «Ti porterò del cibo e dei vestiti. Hai bisogno di un dottore?»

Gavin studiò la spalla, sollevato dal cambiamento di argomento. La pelle intorno alla ferita non era infiammata. La ragazza aveva fatto un ottimo lavoro.

«No, niente dottore, ma gradirei dei vestiti e del cibo», disse. Non gli piaceva accettare la carità di nessuno, nemmeno di suo fratello, ma aveva dato tutti i soldi a Ronnie.

Griffin rimase lì per un momento, con una guerra silenziosa che si svolgeva sul suo volto.

«Ha chiesto di te... alla fine. Avrebbe voluto vederti un'ultima volta.»

Quelle parole, senza dubbio pronunciate con buone intenzioni, furono per Gavin come una pugnalata al cuore. Si lasciò cadere sul letto, la camicia strappata ancora stretta tra le mani. Sembrava una metafora appropriata per lo stato in cui si trovava il suo cuore.

«Si è pentita così tanto di quello che è successo quella notte. L'abbiamo fatto entrambi.» Griffin si sedette su una delle sedie disposte intorno al tavolo. La luce fioca della lampada a olio combatteva contro le ombre sul suo volto mentre fissava la fiamma.

«Non ti sei mai risposato?» chiese Gavin.

«Charity è l'unica donna che io abbia mai amato. Ma presto mi sposerò di nuovo.»

Un improvviso, terribile presentimento si fece strada nella mente di Gavin.

«Con chi?» domandò, la sua voce un po' ruvida, sforzandosi di non tradire alcuna emozione.

«Josephine.»

Ancora una volta, si sentì pugnalare al cuore. Doveva scagliarsi contro qualcosa o qualcuno per distogliere la mente dall'agonia, e suo fratello era l'unico lì per sopportare il suo veleno.

«Quella donna è troppo selvaggia per te, fratello. Persino Charity era più mansueta di lei. Vi renderete infelici a vicenda.» Josephine non era una donna che poteva essere domata. Lui lo sapeva, nonostante avessero trascorso poco tempo insieme.

Come se avesse intuito le sue intenzioni, Griffin gli rivolse uno sguardo torvo. «Sono ben consapevole del temperamento di Josephine. I suoi genitori mi hanno scelto proprio perché sperano che la aiuterò a calmarsi. A volte una mano gentile può placare anche la più selvaggia delle creature.»

Gavin venne colpito da un ricordo di lui e Griffin che domavano i cavalli insieme. Il tocco gentile di suo fratello riusciva quasi sempre a conquistare gli animali più impetuosi, ma c'era stato uno stallone che non era stato in grado di ammansire con la gentilezza. Così Gavin gli era salito in groppa e gli aveva dato la possibilità di sfogarsi, avevano cavalcato insieme, selvaggi e liberi, finché il cavallo non aveva imparato a fidarsi di lui. Lo stallone non era mai stato addomesticato, ma Gavin era sempre stato in grado di cavalcarlo. Non tutte le creature possono essere domate, né dovrebbero esserlo. Sarebbe stato crudele spezzare lo spirito di una donna come Josephine.

Gavin mise da parte la camicia strappata. «Quand'è il matrimonio?»

«Presto.»

Presto. Serrò la mascella.

«Non temere. Io me ne sarò già andato da un pezzo.»

Griffin raddrizzò la schiena. «Che diavolo è successo, Gavin? Non nascondermi la verità. Ci sono solo io qui e sai che ti puoi fidare.»

Suo malgrado, Gavin si ritrovò a confessare al fratello dell'ammutinamento di Beauchamp e della fuga dalla sua amata nave.

«Presto mi incontrerò con il mio uomo e me ne andrò appena avremo trovato una nave.»

«Per *trovare una nave*, intendi...?»

«È meglio che tu non lo sappia», rispose Gavin. Non aveva soldi per comprarne una, ammesso che ce ne fosse una in vendita, ma rubare era la specialità dei pirati.

«Non essere sciocco, Gavin. La Royal Navy pattuglia la costa e ha due vascelli attraccati nel porto più vicino. La scorsa settimana ho ospitato un ammiraglio a cena, insieme a molti dei suoi capitani. Stanno dando la caccia ai *pirati*.» Lasciò che la parola aleggiasse nell'aria, carica di significato, prima di incontrare il suo sguardo.

«Ti ringrazio per l'avvertimento, ma non posso restare qui.» Gavin strinse le mani a pugno sulle cosce mentre rifletteva su come aggirare la marina britannica che pattugliava la costa.

«Dove andrai?» domandò Griffin.

«Per prima cosa, andrò a cercare la mia nave. Farò assaggiare a Beauchamp la mia lama. Sarà diretto verso le Indie Occidentali. Dopodiché, beh, ho una vita altrove.» Sorrise un po' pensando alla minuscola isola al largo della costa delle Bahamas che chiamava casa. L'Isola del Canto. Era l'unico posto che sentiva veramente suo.

«Darei qualsiasi cosa per farti restare... se le cose fossero diverse», sussurrò Griffin.

«Le cose sono quello che sono... e non potrei restare nemmeno se non lo fossero», rispose Gavin.

I due rimasero seduti a lungo in silenzio fino a quando lui non osò parlare di nuovo del passato.

«Papà mi ha mai perdonato per essermene andato?»

Griffin tracciò i bordi del manico della lampada a olio. «Certo che l'ha fatto. Ti voleva bene e capiva che non potevi restare.»

Gavin avvertì un nodo alla gola. Aveva la terribile sensazione di essere a corto di tempo, come se la sabbia nella clessidra della sua vita si stesse riversando troppo in fretta.

«Mi dispiace, fratello.» Ce l'aveva fatta. Aveva finalmente pronunciato le parole che lo avevano spinto lì nella tempesta.

«Dispiace anche a me», rispose Griffin, e poi si alzò. «Tornerò con vestiti puliti e cibo. Avrai bisogno di più lampade per vedere fino a quando non te ne andrai. È troppo buio qui dentro.»

Con un ultimo sguardo malinconico, Griffin lo lasciò da solo nella camera segreta. Mentre sedeva in silenzio, Gavin avrebbe giurato di poter sentire il rumore della sabbia che cadeva da quella clessidra invisibile diventare sempre più forte. Cosa avrebbe dovuto fare prima che il tempo finisse?

⁂

JOSEPHINE TORNÒ CON RILUTTANZA NELLA SALA DA pranzo dopo che Griffin l'aveva congedata dalla stanza segreta. Non aveva mangiato molto durante la colazione, e ora alcuni degli ospiti erano seduti per un pranzo anticipato.

«Coraggio, Josie.» Il suo gemello, Adrian, posò un piatto pieno di cibo sul tavolo e si unì a lei. «Sembri sconvolta, cara sorella.» I suoi occhi grigi brillavano di malizia e il suo buon umore riuscì quasi a strapparle un sorriso.

«Non sei tu che devi sposare uno sconosciuto», disse, con voce più irritata di quanto avesse voluto. Adrian aggrottò le sopracciglia. Non capitava spesso che lei e suo fratello litigassero, ma Josie era di malumore quella mattina e ferita nell'orgoglio.

Il gemello le coprì la mano con la sua. «Ho cercato di convincere papà ad abbandonare quest'idea, ma lui mi ha risposto con una predica sui miei doveri matrimoniali.» Il tono di Adrian si fece più duro. «Da quando Dominic è tornato in Inghilterra, sembra quasi che vogliano liberarsi di entrambi noi.»

«Sai che non è vero. È solo che... beh, un giorno Dominic diventerà il nuovo conte di Camden. Lui e Roberta avranno una casa piena di bambini, e tu ed io saremmo d'intralcio, non credi?» Lei e Adrian avevano riflettuto molto sulle mutate dinamiche, dopo che il loro fratello maggiore, rimasto lontano per quattordici anni, aveva ripreso il suo posto all'interno della famiglia.

«Papà mi ha suggerito di arruolarmi in marina. Riesci a crederci? Grazie a Dio, Nicholas Flynn lo ha dissuaso. È una sciocchezza. Sarei stato frustato a morte per ribellione entro la prima ora.»

«Tu in marina? Una sciocchezza davvero», concordò Josephine. Molti gemelli avevano caratteri opposti, ma lei e Adrian erano piuttosto simili. Come lei, Adrian non amava seguire gli ordini. La vita in marina sarebbe stata un disastro per lui.

«Ci ho riflettuto, però. Dom ha detto che avrà bisogno di uomini per capitanare la sua nuova flotta mercantile, e io ho pensato che avrei potuto unirmi a uno dei suoi equipaggi e farmi strada fino a diventare capitano tra qualche anno. Il duro lavoro non mi spaventa, soprattutto sapendo di poter avanzare di grado e fare carriera. E poi, non dovrei pagare una nomina.»

«Non potrei venire con te? Mi vestirei da ragazzo, come in quelle storie che Roberta ci ha raccontato, quando interpretava il mozzo di Dom», disse, divertita. Si abbandonò brevemente alla fantasia di indossare calzoni da uomo e di scalare il sartiame di una nave con un coltello tra i denti mentre i cannoni nemici sparavano su di loro.

«Credo che tuo marito potrebbe notare la tua scomparsa», ridacchiò Adrian. Alla vista dell'espressione di lei, però, si affrettò ad aggiungere: «Sembra un brav'uomo, Josie».

«Lo è, e suppongo che sia questo il problema. Che tipo di vita potrei avere con un uomo gentile e educato come lui?»

«Una vita sicura?» ribatté Adrian. «Non può essere così male, no?» Eppure, nemmeno lui sembrava convinto. Il richiamo dell'avventura era irresistibile come il canto di una sirena per tutti i membri della loro famiglia.

«Vorrei navigare verso le Indie Occidentali come Dominic. Vorrei...» Si fermò prima di esprimere altri desideri sciocchi.

«Che cosa vorresti?» Lo sguardo di suo fratello si fece serio mentre spingeva via un piatto di cibo mangiato a metà.

«È stupido...»

«Niente di quello che dici è stupido», rispose lui. «Che succede? Sembri diversa da ieri sera. Ho visto che Dominic ti è venuto dietro quando sei uscita dalla sala da ballo. Ti ha detto qualcosa?»

Adrian non aveva idea di quanto avesse ragione. Dominic aveva detto qualcosa... a proposito di uomini smarriti e del mare, e poi Gavin era naufragato sulla riva e, in qualche modo, aveva imboccata la strada per recarsi fino a lei. E *tutto* nella sua vita era cambiato in una maniera che non riusciva a spiegare, nemmeno al suo gemello.

«Non voglio una vita normale.»

«E chi la vuole?» Il tono di Adrian era canzonatorio, ma lei scosse la testa.

«Non sono fatta per stare seduta in un salotto a cucire stupidi ricami fino a farmi sanguinare le dita e comportarmi come se non potessi offrire nient'altro al mondo.»

Suo fratello le strinse di nuovo la mano. «Dubito fortemente che questo sarà il tuo destino. Tu sei una Greyville, Josie. Come me, come Dominic, come mamma e papà. Siamo destinati all'avventura. Dalle tempo, e vedrai che la tua vita cambierà.»

«Promettimi che questo matrimonio sarà felice...» lo implorò.

Il volto di suo fratello era solenne. «Te lo *prometto*, Josie. Sposerai Castleton e avrai la vita che hai sempre sognato.

Solcherai i mari e vivrai avventure e tutte le altre cose che potresti mai desiderare.»

Josephine voleva credergli, ma sapeva che Adrian era sempre terribilmente ottimista. In quanto donna, lei non aveva lo stesso lusso dei fratelli di inseguire i propri sogni e l'avventura.

Terminò il suo leggero pasto e lasciò che la mente vagasse verso l'argomento che, fino a quel momento, aveva accuratamente evitato. Era stato un errore dire a Griffin che suo fratello era vivo? Di sicuro non l'avrebbe tradito e consegnato alle autorità. Spinse via il piatto e si alzò.

«Dove vai?» chiese Adrian.

«Da nessuna parte.» Quando suo fratello inarcò un sopracciglio, lei alzò gli occhi al cielo. *«Da nessuna parte»*, ripeté prima di lasciarlo a finire il pasto.

Era a metà della grande scalinata quando vide Griffin che scendeva di volata. Si incontrarono nel mezzo.

«Ah, eccoti qui, Josephine.» L'uomo la prese sottobraccio e la scortò su da dove era venuto. Quell'improvvisa determinazione la stupì. Solo poche ore prima, il tocco del suo promesso sposo era stato esitante. Ora c'era un'urgenza in lui che la turbava. Era successo qualcosa a Gavin? Le condizioni della ferita erano peggiorate? Josephine pensava che si sarebbero fermati davanti all'arazzo che copriva il passaggio segreto, ma Griffin proseguì verso un'altra stanza più in fondo al corridoio.

«Mio signore...»

«Griffin», la corresse rapidamente lui mentre la trascinava in un salotto vuoto e chiudeva la porta.

«Che succede?»

«Hai...?» Si schiarì la gola. «Mio fratello...?»

«Che cosa?»

«Non ti ha sedotta ieri sera, vero?» chiese infine, con la schiena dritta e rigida in attesa di una risposta.

«*Sedotta?* No, Griffin, tuo fratello era gravemente ferito. Mi sono occupata della spalla e sono rimasta con lui la notte per assicurarmi che stesse bene.» Era furiosa. «È questo tutto ciò che conta per te? Che la mia virtù sia intatta?»

Le guance di Griffin divennero rosse. «No», rispose. «Ma mio fratello è più assertivo di me nei suoi desideri, e so quanto sa essere affascinante. Temevo che potesse averne approfittato...»

«Sono più che in grado di gestire le *avances* di un uomo ferito, non che ce ne sia stato bisogno.» Josephine fece per dire che sapeva come usare spade e pistole ed era perfettamente in grado di badare a sé stessa, ma poi ci ripensò.

«Mi fa piacere. Voglio semplicemente dire che è meglio che tu stia lontana da lui.» Le prese le mani tra le sue e le portò alle labbra per un bacio. «Volevo anche dirti che oggi parlerò ai tuoi genitori del matrimonio. Credo che dovremmo sposarci prima del previsto.»

«Prima del previsto?» Josephine sentì il polso accelerare, travolta dal terrore.

«Sì. Tra due giorni.»

Due giorni... e poi sarebbe stata una donna sposata. Due giorni e le catene della schiavitù domestica si sarebbero strette intorno ai suoi polsi.

«Gavin se ne sarà andato per allora, e io e te potremo riprendere la nostra vita.» Le baciò di nuovo le mani e la studiò in viso, e lei dovette lottare per celare il panico che provava al solo pensiero.

Voleva urlare che non era pronta, che aveva bisogno di un decennio o più prima di prendere in considerazione il matrimonio. Ma tenne le proteste per sé, come le era stato insegnato.

«Non devi preoccuparti per mio fratello. Andrà tutto bene. Mi sono assicurato che abbia cibo e vestiti, e continuerò a provvedere a lui fino a quando non se ne andrà. Perché non ti unisci alle altre signore al piano di sotto? Credo che abbiano in programma una passeggiata nei giardini prima di prendere il tè.» Le accarezzò la guancia con un dito e poi si inchinò per congedarsi.

«Una passeggiata nei giardini?» Josephine non aveva alcuna voglia di camminare e spettegolare tra i cespugli di rose con le altre signore. Poteva vedere chiaramente la sua vita con Griffin svolgersi davanti a lei. Giri dei giardini, pettegolezzi scambiati dietro i ventagli, ore di ricamo senza fine, l'occasionale bambino nato e subito allontanato per essere cresciuto dalle balie... e teneri baci nel buio della notte mentre facevano l'amore. Le sue orecchie presero a ronzare; quel futuro avanzava verso di lei come una ineluttabile marea.

Chiuse gli occhi, sforzandosi di respirare. In un lampo, Gavin riempì la sua mente come una fiamma ardente. Lei si allungò verso di essa, verso di lui, nella sua mente, inseguendo la gioia della scoperta e dell'avventura. I baci del pirata erano come un fuoco selvaggio che le avrebbe incendiato l'anima. Lui non l'avrebbe messa in gabbia, non l'avrebbe addomesticata. L'avrebbe semplicemente inseguita come inseguiva ogni nuovo orizzonte.

La stretta al petto si allentò e l'aria le riempì di nuovo i polmoni, scacciando il panico dalla sua mente mentre lasciava il salotto. Si fermò in cima alle scale e guardò verso l'arazzo che conduceva a Gavin e al mare.

«Non sei ancora mio marito, Castleton», disse sottovoce mentre si dirigeva verso il passaggio segreto.

Quando entrò nella stanza nascosta, vide tre lampade accese sul tavolo, che davano all'ambiente un aspetto molto meno tetro. Gavin era vestito con pantaloni puliti, una camicia bianca e un panciotto di pelle, che aveva lasciato sbottonato. Era seduto sul letto e si stava infilando gli stivali che Griffin doveva avergli fornito. Al suo ingresso, l'uomo alzò lo sguardo e la valutò languidamente da capo a piedi.

All'improvviso, Josephine si rese conto di quanto fosse piccola la stanza con loro due al suo interno e arrossì selvaggiamente. Volse lo sguardo dall'altra parte, consapevole di averlo sorpreso in un momento di intimità, mentre si stava vestendo, e cercò di comportarsi come se niente fosse, raddrizzando le lampade sul tavolo, anche se non ce n'era alcun bisogno. Fece del proprio meglio per ignorare la sensazione dello sguardo di lui sulla schiena.

«Sospetto che mio fratello ti abbia proibito di tornare qui», disse Gavin.

Josie cercò di non sembrare sorpresa dalla sua corretta supposizione. «L'ha fatto.»

L'uomo ridacchiò mentre si alzava lentamente in piedi. «Eppure eccoti qui...»

«Eccomi qui.» Lo fissò, colta da un pensiero ardito e imprudente. Griffin, informandola che si sarebbero sposati entro due giorni, aveva scatenato una sorta di follia dentro di lei.

"Non ti ha sedotta ieri sera, vero?" La domanda del suo fidanzato le riecheggiò nella mente. Forse *era* stata sedotta... dall'idea di vivere un'avventura con quell'uomo. Voleva sapere tutto di lui e della sua vita in mare, ma voleva

anche altre cose. Come la conoscenza femminile del suo bacio, del suo tocco. Avvertiva un bisogno febbrile di conoscere quell'uomo in tutti i modi, di appartenergli e di rivendicarlo come suo; era un bisogno così opprimente che le sembrava di essere vittima di un incantesimo. L'avvolgeva, sussurrandole che si sarebbe dovuta avvicinare a lui.

Camminò verso Gavin come in un sogno. C'erano solo loro due in quella stanza. Nessun futuro. Solo le onde lontane e la brezza salmastra che saliva dal tunnel che conduceva alla spiaggia. Tutto ciò che esisteva erano loro e il mare.

Si fermò a pochi centimetri di distanza e lui la fissò, all'improvviso serio, mentre leggeva ciò che lei sperava che i suoi occhi gli stessero dicendo, lo stessero *implorando* di fare. Alzò una mano e le accarezzò la guancia, poi le afferrò la nuca per tenerla ferma e abbassò la testa.

Reclamò la sua bocca con foga, facendola sussultare per la sorpresa. Immerse la lingua dentro di lei, assalendo i suoi sensi con un delizioso miscuglio di meraviglia ed eccitazione. Il sangue le ribolliva nelle vene e il calore dentro di lei cresceva con il protrarsi del bacio.

Le loro bocche si separarono per un istante e lui ne approfittò per osservarla. Josephine sbatté le palpebre, stordita, poi gli afferrò la camicia, tirandolo di nuovo a sé, prendendolo con la stessa foga con cui lui aveva preso lei.

Gli occhi di Gavin bruciavano, ma le sue labbra erano delicate mentre faceva l'amore con la bocca di lei. Josephine avvertì una strana sensazione nel ventre quando lui le afferrò il fondoschiena con il palmo e la tirò contro di sé. Gavin emise un suono grave in fondo alla gola e lei tremò, travolta dalle vertigini. Le attenzioni di lui erano inebrianti, era una sensazione di cui non si sarebbe mai stancata.

Perché nessuno le aveva mai detto che un bacio poteva evocare mille nuovi sogni nella mente e nel cuore? Stava notando cose che prima aveva sempre ignorato, come l'odore della pelle di Gavin e la setosità dei suoi capelli quando vi affondava le dita. Il sapore della sua bocca, dolce ma con un pizzico di vino e sale marino.

Sentì la sua virilità dura e spessa premuta contro di lei e, per la prima volta in vita sua, seppe cosa significasse essere bramata da un'altra persona. Sentì un'ondata di potere e passione al pensiero di influenzare Gavin in quel modo.

Josephine si accorse solo vagamente che lui la spingeva verso il muro più vicino. Poi si rese conto di essere prigioniera, impotente contro il piacere peccaminoso della seduzione sensuale di Gavin. Lui continuò a baciarla, come se potesse farlo per mille anni e non smettere mai. Di certo lei non voleva che lui smettesse.

Quando finalmente si allontanò, la guardò negli occhi.

«Stai giocando con il fuoco, ragazzina», la avvertì. Entrambi dovettero riprendere fiato, ansimando forte nella stanza illuminata dalle lampade.

Lei sollevò il mento. «Non sono una ragazzina.»

Lo sguardo di Gavin in quel momento era decisamente piratesco. «No, non lo sei. È solo che io ho vissuto nel mondo, e tu no. Tu non conosci i pericoli della passione... del lasciarsi guidare da essa.»

Lei si allontanò dal muro e lui fece un passo indietro, quel tanto che bastava per lasciarla passare e camminare verso la porta che conduceva alla casa.

«Forse è vero... ma lo desidero», mormorò, con il petto dolorante. Quindi quella era la fine. Non avrebbero fatto nulla di più nonostante ciò che c'era tra loro?

«Me l'ha detto», disse Gavin in tono grave.

Josephine si fermò a guardarlo da sopra la spalla. «Che cosa?»

Negli occhi di lui ardeva un fuoco minaccioso. «Che sei *sua*.»

Josie sentì la rabbia montare dentro di lei. «Non appartengo a nessun uomo, solo a me stessa.»

Gli occhi di Gavin divennero più scuri, come se fosse eccitato dalla sfida.

«Stai attenta, Josie. Non dire mai a un pirata che non può avere qualcosa», la avvertì. «O avrà la tentazione di rubarla.»

Quando capì cosa stesse suggerendo, lei addolcì la voce. «Vorrei poterti credere...»

Voleva, no, desiderava *disperatamente* che lui la portasse via, ma lui non avrebbe osato. Era la futura sposa di Griffin, e lui non avrebbe rapito la fidanzata di suo fratello. Fuggì dalla stanza; non poteva restare, o avrebbe ceduto e si sarebbe arresa di nuovo a lui. Ora sapeva cosa le mancava, la passione e il fuoco che desiderava così tanto... e che non avrebbe mai avuto con Griffin.

Non le sfuggiva la terribile ironia del suo destino. L'unico uomo a cui avrebbe dato la sua anima... era un pirata.

CAPITOLO 5

«Sì, è delizioso.»

Josephine guardò il volto soddisfatto di sua madre mentre lisciava le eleganti gonne di quello che doveva essere il suo abito da sposa. Era bellissimo: un corpetto color crema tempestato di perle e gonne di raso azzurro impreziosite da ricami d'oro, scintillanti alla luce del tramonto. Era un abito degno di una principessa e qualsiasi donna sarebbe stata felice di indossarlo. Anche Josephine lo sarebbe stata, se avesse sposato un uomo che amava veramente.

Volse il viso verso l'alto specchio collocato nell'angolo della stanza e studiò il proprio riflesso in silenziosa miseria. Le pulsava la testa e voleva disperatamente chiudere gli occhi e fuggire da quel luogo. E da cosa sarebbe successo a breve.

I due giorni trascorsi da quando avevano lasciato la tenuta di Griffin erano volati troppo in fretta.

Josephine aveva sbattuto le palpebre e si era ritrovata in procinto di sposarsi.

Uscita dalla stanza segreta, dopo quel bacio che l'aveva cambiata per sempre, aveva trovato i suoi genitori che si preparavano per il rientro. L'annuncio che si sarebbe sposata entro due giorni l'aveva privata di ogni possibilità di dire addio a Gavin. Da quel momento in poi, Vesper e sua madre non l'avevano mai persa di vista, come se temessero che potesse fuggire.

E ora eccola lì, due giorni dopo, con indosso l'abito più bello che avesse mai visto e con la sensazione di appassire come una rosa piantata in un terreno mai bagnato dalla pioggia.

Adrian si appoggiò allo stipite della porta della sua camera da letto e osservò la madre e Vesper che si affannavano per sistemarle l'abito. I suoi occhi grigi erano più scuri del solito.

Salvami, lo implorò silenziosamente lei.

Lo sguardo del suo gemello diceva che lo avrebbe fatto volentieri, se avesse potuto.

«Come ti sembra, amore mio?» le chiese la madre mentre le metteva le mani sulle spalle. Lucia era raggiante e il suo sorriso era per Josie come una lama invisibile nel cuore. Voleva godersi quel momento, rendere felice sua madre e sentirsi come se fosse il giorno più lieto della sua vita, ma sarebbe stata una bugia.

Sembra una prigione, pensò. «Va bene», riuscì invece a dire.

«Meraviglioso. È tutto pronto per domani mattina.» Sua madre le baciò la guancia. «Vesper, vieni con me. Voglio che tu mi aiuti con una cosa.» Lucia fece cenno alla cameriera di seguirla fuori dalla stanza. Adrian indietreggiò per far passare entrambe le donne e poi raggiunse la sorella davanti allo specchio.

«Raccontami una bugia», lo implorò Josephine in un sussurro tremante. «Dimmi che questo matrimonio sarà l'inizio di una grande avventura.»

Adrian sorrise tristemente; era l'unico che pareva capirla. «Sarà un viaggio meraviglioso. Tu e Castleton navigherete in tutto il mondo e visiterete i luoghi che hai sempre sognato. Troverai tutto ciò che cerchi.»

Josie poteva quasi credergli. «Grazie.»

Adrian l'abbracciò. «Cerca di dormire.»

«Resterai con me domani fino a quando non saremo costretti a separarci?» Non poteva immaginare di sopravvivere al matrimonio senza di lui. Erano sempre stati presenti l'uno per l'altra.

«Finché posso», promise lui. Nessuno dei due voleva pensare al giorno in cui Adrian sarebbe dovuto partire per lavorare su una delle navi di Dominic. Di nuovo un secondogenito, e non più l'erede che era stato cresciuto per essere dalla scomparsa del fratello, aveva il dovere di fare la propria fortuna, proprio come lei aveva il dovere di sposare l'uomo scelto da suo padre.

Josephine e Adrian avevano trascorso tutta la vita insieme, ma l'indomani lei sarebbe stata separata da lui per sempre. Da quel momento in poi, avrebbero avuto solo brevi visite. Adrian era il suo migliore amico. Come avrebbe fatto senza di lui e senza i suoi preziosi consigli?

Si aggrappò ancora un istante al fratello, restia a lasciarlo andare.

«Dormi bene. E cerca di non preoccuparti», mormorò lui prima di uscire silenziosamente dalla porta.

Rimasta sola, Josie si guardò intorno; desiderava che Vesper si sbrigasse a tornare e ad aiutarla a togliersi l'abito, in modo che potesse cercare di dimenticare il matrimonio, almeno fino al mattino. Si sedette alla toeletta vicino alla grande vetrata della sua camera da letto e sfiorò il filo di perle che sua madre le aveva preparato per l'indomani. Le piccole sfere bianche brillavano nella scatola di velluto in cui erano incastonate. Toccò ogni perla, una per una, mentre la sua mente ripercorreva quel bacio che aveva condiviso con Gavin. Nient'altro sembrava reale, tranne quel singolo ricordo. Era l'unica cosa che le sarebbe rimasta di quella che era stata la sua vita? Quel singolo momento in cui si era sentita davvero viva?

Un tuono rimbombò in lontananza, provocandole un brivido. La tempesta non sarebbe arrivata da quella parte, lo capiva dal modo in cui si muoveva il vento, ma il suono le aveva riportato alla mente il vivido ricordo della prima volta che aveva visto il ritratto di Gavin, e poi l'improvvisa apparizione dell'uomo nella sua stanza, e il modo in cui aveva trascorso la notte addormentata accanto a lui, le loro mani intrecciate. Erano stati perfetti sconosciuti, eppure quella notte si era sentita come se, per la prima volta nella sua vita, potesse finalmente respirare davvero.

Gavin aveva già lasciato la grotta? E se fosse stato ancora lì al suo arrivo come sposa di Griffin? Il ricordo di quel bacio delizioso e ardente era impresso nella sua anima, e sapeva che sarebbe corsa in quella stanza per cercarlo, anche solo per dirgli addio. Sollevò la collana dalla scatola di velluto e lasciò che le morbide perle le sfiorassero la pelle prima di legarla al collo.

I suoi occhi si chiusero mentre si accarezzava la gola con la punta delle dita, immaginando che fosse la mano di Gavin. Il dolore che provava era così intenso che le sue labbra tremavano e i suoi occhi bruciavano di lacrime per il profondo, insondabile desiderio di ciò che non avrebbe mai avuto. Voleva sentirsi sé stessa, sentirsi come quando lui l'aveva baciata. Tutto era sembrato possibile nel momento in cui la bocca di lui aveva incontrato quella di lei, *tutto*. Per la prima volta nella sua vita, si era sentita libera come un falco e non come un uccellino in gabbia.

Josephine inclinò la testa all'indietro mentre immaginava le labbra di Gavin sulla sua guancia, sul suo collo, e come le dita di lui le avrebbero stretto i capelli, avrebbero tirato le ciocche quel tanto che bastava per tenerla prigioniera mentre la esplorava. Non le avrebbe fatto del male, ma non sarebbe stato gentile nel suo desiderio di baciarla. Le piaceva il fatto che la bramasse così tanto da non trattarla come una creatura fragile e delicata, ma piuttosto come una sua pari. Il desiderio che lei nutriva era altrettanto selvaggio.

La fantasia divenne così reale che iniziò a sentire il suo profumo, l'odore della pioggia, delle foreste e delle coste della Cornovaglia. La avvolse, rendendo quel sogno a occhi aperti così reale. Riusciva persino a udirlo parlare con quella voce bassa e burbera che le faceva tremare le ginocchia.

«Sei un tesoro che vale la pena rubare», mormorò il suo Gavin immaginario prima di stuzzicarle l'orecchio con la lingua. Josephine provò una forte fitta di bisogno e ansimò, gli occhi spalancati. Il suo viso arrossato brillava nello specchio della toeletta.

Non era sola. Un altro volto la fissava. Qualcuno era in piedi dietro di lei.

Le sue labbra si aprirono, pronte a lasciar uscire un grido di sorpresa, ma una mano le coprì la bocca. Gavin le rivolse un sorriso ferino.

Non era un sogno a occhi aperti. Lui era *lì*. Nella sua

camera da letto. Con una mano ancora appoggiata sulla sua bocca per farla tacere. Josie spalancò gli occhi quando vide la grande sciabola ingioiellata che teneva infilata nella cintura. In quel momento, era davvero un feroce pirata e non l'uomo ferito di cui si era presa cura nella grotta in riva al mare.

«Toglierò la mano a patto che tu prometta di non urlare», sussurrò.

Josephine non aveva paura, perciò annuì in segno di assenso.

«Bene.» Lui la lasciò andare e lei si girò sulla sedia per affrontarlo.

«Che ci fai qui?» chiese in un sussurro frenetico. «Qualcuno potrebbe vederti!»

«Ti preoccupi per me?» la prese in giro.

«Certo che mi preoccupo! Non ti ho ricucito la spalla solo per vederti appeso al cappio, maledetto idiota!» disse, urlando più di quanto fosse saggio, dato che stava cercando di non far sapere a nessuno che il suo "pirata domestico" si era intrufolato nella stanza. Gavin si limitò a sorridere.

«Cosa c'è?» domandò lei, non gradendo la sua espressione. Si sentiva come esclusa da uno scherzo.

«*Tu*... Hai un tale fuoco quando sei con me», disse. Nella sua voce c'era un pizzico di possessività che le fece accelerare i battiti.

«Gavin, devi andartene.»

L'uomo appoggiò un braccio sullo schienale della sedia e si chinò per afferrarle il mento. «È questo che vuoi? Che io ti lasci al tuo destino?» Era come se potesse leggerle nella mente.

Quale voleva che fosse il suo destino? Oh, era una domanda pericolosa. Gavin non aveva idea di quanto lei desiderasse gettargli le braccia al collo e implorarlo di baciarla... fino a farle dimenticare che il dovere le imponeva di sposare Griffin, suo fratello.

«Quello che voglio non ha importanza», sussurrò, smarrendo un po' del proprio fuoco.

Il volto di Gavin si adombrò. «Ce l'ha, invece. In questo momento, è tutto ciò che conta.» Le accarezzò la gola, poi scese a sfiorare la collana di perle e giù fino ai seni. Il respiro le si bloccò a quell'intima carezza e il suo petto si sollevò in risposta.

«Dio mio, tu mi tenti», sospirò lui. «Non ho mai voluto rubare nulla in vita mia quanto voglio rubare *te*.»

La confessione le fece tremare le ginocchia per l'eccitazione.

Un'ombra attraversò gli occhi di Gavin. «Griffin ha avuto Charity... Ha avuto la sua occasione di essere felice. Questa è la *mia*», mormorò tra sé prima di estrarre una striscia di stoffa dalla tasca dei calzoni.

Josephine era troppo distratta dal desiderio mentre lui la baciava di nuovo per rendersi conto di ciò che aveva pianificato, fino a quando non fu troppo tardi. Le strinse i polsi e li legò con la stoffa, imprigionandola.

«Gavin...» Voleva dirgli che non era necessario, che sarebbe andata con lui volentieri.

«Zitta, ragazza.» Finì di legarle le mani e la sollevò dalla sedia.

Stava davvero per rapirla? Il pensiero le provocò un'ondata di eccitazione.

«Gav...» Lui la zittì infilando un secondo pezzo di stoffa tra le sue labbra socchiuse e glielo legò dietro la testa, imbavagliandola.

«Nel caso qualcuno ci veda. Non abbiamo molto

tempo.» Le prese il braccio e la guidò verso la finestra che dava sui giardini. Aprì il vetro e poi le cinse la vita e la mise sul davanzale. Si arrampicò accanto a lei e si lasciò cadere a terra prima di allungare la braccia per afferrarla. Una volta che furono entrambi fuori, indicò un cavallo fermo in lontananza, che brucava l'erba tra gli alberi.

Gavin corse verso l'animale e lei cercò di tenere il passo come meglio poteva.

«Ti aiuterò a salire», le disse, e Josie allungò la mano verso il pomo per mantenere l'equilibrio mentre lui la sollevava. Quando fu in sella, Gavin montò dietro di lei e le avvolse un braccio intorno alla vita mentre con l'altro prendeva le redini. Josephine si rilassò contro di lui e il cavallo iniziò a muoversi.

Sta succedendo davvero? Gavin l'aveva appena rapita la notte prima del matrimonio con il suo gemello. Voleva chiedergli dove la stesse portando, ma il bavaglio glielo impediva. Durante la cavalcata, la guancia dell'uomo sfregò più di una volta contro la sua mentre si sporgeva in avanti per guidare il destriero. La corta barba sul suo viso le graffiava la pelle, ma non era una sensazione sgradita. Il vento le sferzava le guance e il cuore le batteva forte nel petto mentre cercava di elaborare la situazione.

Sembrava che avessero cavalcato per secoli quando apparve davanti a loro in lontananza un paesino che lei riconobbe come Jack's Cove, vicino alla baia di St. Ives. Raggiunsero il piccolo villaggio sul mare che lei stava tremando di freddo. Gavin sfilò un mantello dalla bisaccia e glielo avvolse intorno alle spalle. Il cuore di Josephine si riscaldò al pensiero che lui tenesse al suo benessere. Fino a quando non abbassò lo sguardo e notò che il modo in cui lui l'aveva stretta nel mantello nascondeva le mani legate. La liberò dal bavaglio e lei si leccò le labbra secche.

«Ricordati di stare zitta, ragazza. Non vogliamo lanciare alcun allarme», la avvertì.

Josephine era tentata di dirgli che non avrebbe urlato, ma rimase in silenzio perché c'era troppa quiete per strada. Temeva che anche un semplice sussurro avrebbe svegliato l'intero villaggio addormentato.

Era buio, con solo un frammento di luna nel cielo, il che aiutava a nascondere lei e Gavin mentre si fermavano vicino a una locanda.

L'uomo balzò giù dalla sella e l'aiutò a scendere. Ma attese a lungo, osservando l'oscurità in cerca di qualcosa che lei non riusciva a vedere. Poi raddrizzò le spalle quando una figura emerse dalle ombre.

«Capitano?»

«Sono qui», rispose Gavin sottovoce.

Un uomo dai capelli rossi uscì dal vicolo accanto alla locanda e guardò Josephine con curiosità prima di concentrarsi di nuovo su Gavin.

«Dov'è la nave?» chiese questi allo sconosciuto mentre si avvicinava a loro e gli stringeva la mano con un ampio sorriso.

«Lì, nella baia. Dovremo remare per raggiungerla. Ha già un equipaggio a bordo.»

«Bene. Assicurati che questo cavallo venga riportato a Castleton Hall e poi raggiungici sulla scialuppa.»

L'uomo dai capelli rossi afferrò le redini e condusse la bestia verso alcune stalle in fondo alla strada. Gavin accompagnò Josephine lontano dalla locanda e giù per un piccolo molo fino a dove era ormeggiata una barca. La aiutò a salire e poi cominciò a srotolare le corde che li tenevano legati al molo. Gavin raccolse i remi proprio mentre l'altro uomo balzava sulla barca con loro. Josephine osservò i due remare insieme in perfetta sincronia mentre si dirigevano verso la nave lontana.

Quando la raggiunsero, Gavin le slegò le mani.

«Non credo che ci serviranno ancora, non è vero?» chiese, con un accenno di avvertimento nella voce, ma Josephine sapeva che non erano mai state necessarie. Non aveva intenzione di chiedere aiuto.

Annuì, con il cuore che le batteva forte contro le costole mentre fissava l'imponente mole della nave. Una lunga scala era stata gettata verso di loro.

«Prima le donne», disse Gavin. «Sarò proprio dietro di te.»

Josephine si issò sulla scala. Non era facile salire con le gonne tra i piedi, ma in qualche modo riuscì a sollevare la stoffa fino alle ginocchia con una mano e usare l'altra per arrampicarsi. Fu, tuttavia, un'esperienza laboriosa e l'uomo dai capelli rossi continuava a borbottare di gonne e altre sciocchezze. Ma che colpa ne aveva lei? Gavin non le aveva esattamente dato l'opportunità di cambiarsi d'abito.

Raggiunta la nave, Josie si appoggiò con la schiena alla ringhiera per riprendere fiato. Gavin e l'altro uomo si lasciarono cadere senza quasi emettere un suono sul ponte accanto a lei. Molti membri dell'equipaggio se ne stavano fermi a guardarli in attesa.

«Porterò il mio *bottino* disotto, Ronnie. Fai in modo che l'equipaggio si prepari subito a salpare. Di' loro che mi presenterò più tardi.»

«Signorsì, capitano.» L'uomo dai capelli rossi si diresse nella direzione opposta, verso l'equipaggio in attesa, mentre Gavin afferrò Josephine per il braccio e la condusse sottocoperta. Lei aveva familiarità con le navi e si rese conto che si stavano dirigendo verso quella che probabilmente era la cabina del capitano a poppa.

«Gavin...»

«Zitta, non ancora.» Aprì la porta della cabina all'estremità della nave. Era una grande stanza con alte finestre che si affacciavano sul mare. Un letto con una testiera dorata era addossato alla parete. C'era anche un tavolo coperto di carte nautiche, una bussola e un sestante, tutti disposti in maniera ordinata. La nave sembrava *nuova*. Josephine notò che ogni superficie era levigata e il legno splendeva. Non poteva essere la nave che Gavin aveva perso.

L'uomo chiuse la porta a chiave prima di voltarsi verso di lei. Era finalmente sicuro parlare?

«Gavin, perché mi hai presa?» chiese. Il sangue le scorreva ancora troppo velocemente per l'eccitazione della fuga e la ripida salita sul fianco della nave. Le rendeva difficile pensare con la lucidità che desiderava.

Lui le si avvicinò per afferrarle delicatamente il mento, il sorriso cupo e minaccioso mentre i loro sguardi si incrociavano, ma lei non si lasciò intimidire.

«Perché *volevo*. Ci godremo la reciproca compagnia mentre navighiamo verso le Indie Occidentali, e poi, una volta che avrò reclamato la mia nave, tu sarai libera di fare ciò che vuoi, di andare dove vuoi.» I caldi occhi marroni di Gavin si posarono sulle sue labbra con un'intensità che la fece tremare. Le sfiorò il labbro inferiore con il pollice e la sensazione fu incredibilmente sensuale. Non le sfuggì il fatto che non avesse menzionato un possibile ritorno per sposare suo fratello.

«Non mi lasceresti andare a casa se ti implorassi?» chiese, anche se una vocina nella mente le sussurrava che non era affatto quello che voleva. Tornare a casa significava sposare Griffin. Ma doveva sapere quanto Gavin volesse davvero tenerla con sé.

La bocca del pirata si contrasse in un mezzo sorriso oscuro. «No, nemmeno se tu mi implorassi con tanta dolcezza da far piangere gli angeli. Mio fratello ha avuto la sua occasione per sedurti e non l'ha colta.» Il sorriso si fece più ampio mentre si avvicinava a lei, ogni movimento di una sensualità pericolosa che quasi le fece cedere le ginocchia. «Quanto a me, *ti voglio*, ragazza. E ti avrò.»

Le parole la colmarono di speranza ed eccitazione.

«Non ci sarà posto per la Cornovaglia nella tua mente.» Si chinò per sussurrare: «Non quando posso mostrarti tutto ciò che vale la pena provare in questa vita». Le afferrò i fianchi e la girò in modo che potesse vedere il mare scuro attraverso le finestre. Premette il corpo contro di lei da dietro e si allungò per afferrarle il collo, ma la presa era delicata, rassicurante piuttosto che minacciosa.

«Non ti accadrà mai nulla di male quando sarai con me. Ci sarà solo piacere per te, dolce Josie.»

Senza dubbio Gavin poteva sentire il battito frenetico del suo cuore e avrebbe potuto scambiare l'eccitazione per paura. Si sentiva stranamente accalorata al pensiero che lui prendesse il controllo in quel modo, facendola piegare dolcemente alla sua volontà. Josephine non poté fare a meno di testarne i limiti. Doveva essere sicura che Gavin la volesse veramente, non solo per sottrarla al fratello, ma perché la desiderava.

«E se dicessi di no a questa tua grande offerta?»

Una fragorosa risata rimbombò dietro di lei, seguita da una scia di delicati baci sul collo. Il calore del corpo dell'uomo era sul punto di accendere un antico fuoco dentro di lei.

«Sono un pirata, ragazza, e i pirati si prendono ciò che vogliono. E io voglio *te*.» Le morse il lobo dell'orecchio e l'accenno di dolore le strappò un gemito. Si inarcò verso di lui, chiedendo di più.

Gavin le girò la testa con una mano sulla guancia e la baciò. Fu un bacio duro, spietato, piratesco fino al midollo. Josie gemette, impotente, e si sciolse. Una vera signora gli avrebbe resistito, combattendo come un gatto selvatico e gridando aiuto, ma lei non era una vera signora, per quanto i suoi genitori ci avessero provato a educarla. La verità era che voleva sia l'uomo che l'avventura che le offriva. Si sentiva sollevata all'idea di essere stata rapita e salvata dal matrimonio, ma anche eccitata oltre ogni dire. Quella era la sua occasione per vivere, anche se sapeva che sarebbe finita nel letto di Gavin. Sì, nessun gentiluomo l'avrebbe più sposata se avesse perso la verginità. Ma lei credeva che tutto ciò fosse solo una terribile sciocchezza.

Perché le donne non avrebbero dovuto godere delle stesse libertà degli uomini? Era quello che Roberta e Brianna, la piratessa che il migliore amico di suo fratello, Nicholas, aveva sposato, sussurravano sempre quando non c'erano uomini nella stanza. Non immaginavano che lei le avesse udite, ma Josie era della stessa opinione. Le donne meritavano la libertà, soprattutto la libertà di godersi il proprio corpo e la propria vita come facevano gli uomini. Così distratta dai suoi pensieri, non si rese subito conto che Gavin non la stava più baciando. Invece, la stava studiando con attenzione.

«A cosa stai pensando?» chiese. «Sembri così seria.» Le

accarezzò le sopracciglia come per appianare le sue preoccupazioni.

«Solo che... Sono libera.»

A quel punto lui sorrise e le sollevò il mento. «Sei mia prigioniera», le ricordò con voce seducente, chinandosi per baciarla di nuovo. Josephine non poté fare a meno di sorridere mentre pensava: *"E tu sei mio... anche se non lo sai ancora"*.

Dopo qualche istante, Gavin smise di baciarla e la strinse per un lungo momento, il suo respiro ansante come quello di lei. Premette la fronte contro la sua, gli occhi chiusi mentre sembrava tornare in sé. Poi fece un passo indietro.

«Devo organizzare la partenza e parlare con l'equipaggio.» Con un ultimo sguardo rovente, uscì dalla cabina.

Josephine sentì la porta chiudersi, ma non se ne curò. Lei era una prigioniera consenziente, che lui le credesse o meno. Attraversò la stanza fino al letto e vi si lasciò cadere sopra, travolta da un'ondata di sollievo. Non ci sarebbe stato nessun matrimonio il giorno seguente. Era al sicuro. Era *libera*. Si sdraiò sul letto, sopraffatta dalla stanchezza, e lasciò che il dondolio delle onde la cullasse. Cercò di non pensare a cosa avrebbero fatto la sua famiglia o Griffin una volta che si fossero resi conto che era scomparsa.

Sono libera... Beh, abbastanza libera. Questo è tutto ciò che conta.

GAVIN ATTRAVERSÒ IL PONTE PER UNIRSI A RONNIE. L'equipaggio si era radunato all'estremità opposta per incontrarlo.

«Che nave è questa?» chiese a bassa voce per non farsi sentire.

«Una buona, capitano, una *nuova*.» Ronnie lo guardò raggiante e pieno di orgoglio mentre accarezzava la ringhiera più vicina. «Qualche ricco sciocco l'ha appena fatta costruire per la sua nuova flotta mercantile. Non aveva ancora assunto un capitano, solo l'equipaggio. Ho detto a tutti che sei tu il capitano.»

«Cosa?» Gavin non riusciva a credere alla propria fortuna. «Quale idiota lascerebbe una nave con un equipaggio completo senza un capitano nel porto?»

«Un pazzo di nome Greyville», ridacchiò Ronnie.

Il sorriso di Gavin svanì. «Non Dominic Greyville?»

«Ehm... Non lo so, capitano. L'ho sempre sentito chiamare Greyville.»

La consapevolezza lo colpì come il martello di una fucina che colpisce un'incudine.

«Maledizione, amico! Dobbiamo andarcene. *Ora!*» Gavin corse verso gli uomini a bordo, impartendo ordini senza preoccuparsi di presentarsi. Dovevano partire e prendere il largo il prima possibile.

Ronnie si affannò dietro di lui. «Perché?»

«*Perché?*» sibilò Gavin, afferrando il quartiermastro per le spalle. «Perché abbiamo rubato la nave di un altro pirata e io ho rapito la sua sorellina per farne la mia amante. Greyville è il vero nome di *Dominic Grey*.» Gavin sapeva che era abbastanza sconsiderato rubare la sorella di un altro pirata, ma contava sul fatto che Dominic non avrebbe indovinato che era stato lui. La scomparsa della sorella *e* della nave, invece, non potevano essere considerate una coincidenza e il misfatto sarebbe stato presto attribuito a lui, se Griffin avesse rivelato a Dominic del suo ritorno. Non sarebbe stato arduo mettere insieme i pezzi.

Ronnie sbiancò. «Non *quel* Dom Grey...?»

«Proprio lui.» Gavin e Dominic erano stati amici d'infanzia, e come pirati avevano nutrito un rispetto reciproco. Ronnie aveva incontrato l'uomo di sfuggita quando le ciurme erano sbarcate sull'Isola Nera per i raduni dei Fratelli della Costa. Dominic era una leggenda per tutti i pirati delle Indie Occidentali. Se non si fosse sposato con la figlia di un ammiraglio nella Royal Navy, probabilmente sarebbe diventato l'Ammiraglio Nero al posto di Gavin.

Ronnie iniziò a contare i loro peccati sulle dita intorpidite. «Abbiamo preso la sua nave, il suo equipaggio e sua sorella... Oh, capitano, siamo uomini morti.»

«Solo se non usciamo da questo maledetto porto!»

La nave prese vita mentre l'equipaggio si precipitava alle postazioni assegnate per eseguire gli ordini che Gavin aveva impartito. Nessuno sollevò domande per quella folle fuga dalla baia, ma anche mentre navigavano verso il mare aperto, Gavin continuava a guardarsi indietro, temendo di vedere una seconda nave che li inseguiva.

Nessuno poteva solcare i mari più veloce di Dominic Grey una volta che aveva gli occhi puntati su qualcosa... tranne Gavin... con la nave giusta. Dominic si era da poco ritirato dalla pirateria, ma ciò non significava nulla. *Pirata una volta, pirata per sempre.* L'uomo sarebbe stato abbastanza furioso una volta scoperta la sparizione di Josephine, ma almeno non avrebbe potuto immaginare il coinvolgimento di Gavin. Ma se Griffin gli avesse raccontato del suo ritorno a casa e poi lui avesse scoperto che anche la nave era svanita, i due uomini avrebbero potuto unire i pezzi e...

«Dannazione!» imprecò Gavin nel vento mentre le vele

si spiegavano e la nave iniziava ad allontanarsi dalla costa della Cornovaglia. Pregò che l'imbarcazione potesse volare come il vento, altrimenti la Royal Navy che si aggirava nelle acque circostanti a caccia di pirati sarebbe stata l'ultima delle sue preoccupazioni.

Una volta che si fossero trovati al sicuro in mare aperto, avrebbe fatto le dovute presentazioni, dichiarandosi il nuovo comandante della *Cornish Pixie*. Doveva convincere l'equipaggio di essere stato assunto da Dominic per capitanare la nave.

Gavin lasciò Ronnie a gestire la ciurma e si ritirò nella cabina del comandante. Aprì la porta, aspettandosi di essere accolto da una donna furiosa per essere stata rinchiusa lì dentro. Quando entrò nella stanza, tuttavia, fu sorpreso di vedere che la sua feroce prigioniera giaceva sul letto in mezzo a una cascata di seta azzurra, profondamente addormentata, dolce come una gattina.

Le si avvicinò piano, beandosi della vista di lei. Indossava quello che senza dubbio doveva essere il suo abito da sposa. Era troppo elegante per un abito da giorno. Dalle perle incastonate nel corpetto e nelle maniche e dal sottile pizzo sui gomiti si capiva che quello era il vestito che Griffin avrebbe dovuto vederla indossare per il loro matrimonio. Gavin venne colpito al petto da una fitta di gelosia mista a compiaciuta arroganza. Suo fratello non la voleva davvero. Non l'avrebbe vista così. Sarebbe stata sua e solo sua.

«Mi dispiace, fratello, ma hai preso la mia donna. È giusto che io prenda la tua.»

La graziosa fanciulla addormentata nel suo letto non si mosse, ma a lui non dispiaceva che riposasse quella notte. Li attendeva un lungo viaggio per inseguire la *Lady Siren*.

Non gli sarebbero mancate le notti per sedurre il suo tesoro. Con un sorriso malizioso, Gavin si sedette sul bordo del letto e si tolse gli stivali. Si tolse anche i calzoni e si sdraiò accanto a Josephine, stringendola a sé. Seppellì il viso tra i suoi capelli. Aveva l'odore di un giardino subito dopo un temporale. Il profumo di rose e lavanda gli riempì le narici mentre inspirava.

«Sì, penso che ti terrò con me, mia cara Josie», le mormorò all'orecchio.

La donna emise un leggero sospiro, come se lo avesse udito, e si voltò per accoccolarsi contro di lui. Gavin avvertì una fitta nel cuore da tempo spezzato, ma la ignorò. Non avrebbe mai più amato nessuno. Nemmeno quella donna ammaliante con il fuoco sulle labbra e gli occhi pieni di sogni che navigavano come velieri tra le nuvole.

CAPITOLO 6

«Cosa vuol dire che se n'è *andata*?» Griffin era in piedi dietro la scrivania nel suo studio. I tre uomini che lo fronteggiavano non parevano per niente intimiditi dal suo tono irato. Il padre di Josephine, Lord Camden, il fratello gemello, Adrian, e il fratello maggiore, Dominic, erano giunti alla sua porta due ore prima dell'incontro fissato in chiesa.

Cercò di calmare l'improvvisa paura che avvertiva nel petto per la donna a cui aveva pianificato di legare la sua vita. «Dov'è? Ha lasciato una lettera?» Dopo aver parlato con suo fratello, non stentava a credere che Josephine potesse nascondersi per evitare di sposarlo. Anche se il suo orgoglio ne aveva risentito, era più turbato dal pensiero che lei potesse essere in pericolo che dall'essere stato abbandonato.

Lord Camden e i due figli si scambiarono sguardi preoccupati.

«Non abbiamo idea di cosa le sia successo, temo», continuò Camden. «Mia figlia stava provando il suo abito da sposa ieri sera quando mia moglie l'ha vista l'ultima volta. Mia moglie e la cameriera personale di Josephine si sono allontanate per preparare i vostri regali di nozze che le avremmo dato oggi dopo la cerimonia. Quando la cameriera è tornata nella stanza, l'ha trovata vuota e con la finestra aperta.»

«La cameriera è qui? Posso parlare con lei? Forse è stata testimone di qualcosa che può aiutarci a trovare Josephine», suggerì Griffin.

«Sì, è fuori nel corridoio. Adrian, va' a prenderla», ordinò Camden.

Adrian tornò un attimo dopo con una giovane donna al suo fianco, che presentò come Vesper Lyndon. La fanciulla aveva la testa china in segno di rispetto ed era chiaramente troppo spaventata per guardare qualcuno negli occhi. Griffin fece il giro della scrivania e le si avvicinò. Lei si irrigidì quando lui le si fermò di fronte.

«Signorina Lyndon?» chiese, incerto.

«Sì, mio signore?» La voce della donna era dolce, ma Griffin vi sentì una nota di forza. Non aveva paura di lui, temeva per la sicurezza della sua padrona. Sollevò il viso rigato di lacrime per guardarlo negli occhi.

La luce del sole le sfiorò i capelli dorati e due occhi verdi lo colpirono come un fulmine. Per un attimo Griffin non riuscì a respirare. Gli girava la testa, eppure allo stesso tempo si sentiva ancorato a terra, come un albero antico che affonda le sue radici in profondità nel terreno in modo da poter continuare a vivere per sempre. Cosa gli stava succedendo?

Buon Dio, pensò, con la testa annebbiata.

Vesper lo stava ancora fissando, in attesa, gli occhi verdi che sembravano bearsi della vista di lui, come lui aveva fatto con lei, come se non volesse mai distogliere lo sguardo, non *riuscisse* a distogliere lo sguardo.

«Io... ehm...» Griffin lottò con sé stesso per ritrovare la calma. «Quello che desidero chiedere è... L'ultima volta che hai visto Josephine, si è comportata in modo strano? Ha detto o fatto qualcosa che potrebbe fornire qualche indizio su cosa sia successo?»

Vesper si leccò nervosamente le labbra e il suo sguardo si fece lontano, come se stesse ripensando all'ultimo incontro che aveva avuto con la sua padrona.

«Sembrava... distratta durante la prova dell'abito. Non eccessivamente ansiosa, ma era come se fosse da un'altra parte. Non mi viene in mente altro», dichiarò.

«Ti ringrazio, Vesper», mormorò Griffin, allontanandosi da lei. Non si era reso conto di averle sfiorato il mento. Gli era sembrato così naturale che non se ne era nemmeno accorto.

«Mi dispiace di non aver visto altro, mio signore. Lady Camden ed io eravamo così entusiaste dei vostri regali di nozze. Doveva essere una sorpresa...» La voce della donna si spezzò.

«Ti prego, non piangere. Sono certo che sta bene. Josephine è una donna coraggiosa.»

«Sì, lo è», concordò Vesper. «Dovrei andare. Lady Camden potrebbe avere bisogno di me.» La giovane fuggì dalla stanza e Griffin rimase a fissare il punto in cui era svanita, con il cuore che batteva forte per la perdita di quella donna che non conosceva nemmeno.

«Beh, non ci è di molto aiuto», mormorò Dominic. «Tutto quello che sappiamo per certo, Castleton, è che non se n'è andata da sola. Ho trovato delle orme, le sue e quelle di un uomo, che conducevano nel bosco. Da lì, solo una serie di impronte di zoccoli, quindi deduco che sono partiti insieme su un cavallo.»

«Dobbiamo perlustrare le campagne», disse Griffin. «Potremmo dividerci e recarci nelle locande e nelle taverne più vicine per cercarla. Non può essere andata lontano.»

A quel punto, Adrian sbuffò, attirando l'attenzione di tutti i presenti. Griffin aveva trascorso poco tempo in compagnia del giovane, ma sapeva che era il gemello di Josephine e le era vicino come un tempo lui era stato vicino a Gavin.

«È scappata?» chiese Camden al figlio minore. «Dicci quello che sai, figlio mio.»

Adrian si schiarì la gola. «Onestamente, non so dove sia. Mi sono fermato in camera sua solo un istante dopo che la mamma e Vesper sono uscite. Ma, al posto suo, io l'avrei fatto.» Lanciò un'occhiata beffarda a Griffin. «Senza offesa, mio signore.»

«Perché sarebbe dovuta scappare?» chiese lui al ragazzo. «Le avrei dato tutto ciò che desiderava.» Si sarebbe impegnato a rendere il suo matrimonio con Josephine un matrimonio sano, con affetto e rispetto reciproci.

«Perché, nonostante il vostro titolo e le vostre buone intenzioni, non avreste mai potuto darle l'unica cosa di cui lei ha veramente bisogno.» Il viso di Adrian si tinse leggermente di rosso.

«Cosa?» chiese Griffin con circospezione.

«L'avventura.»

Quell'unica parola risuonò in lui come il rintocco di una grande campana. *L'avventura.* Conosceva una persona che viveva di avventura e passione. E lui e Josephine si erano incontrati.

«Sono stato un dannato idiota», mormorò Griffin.

Uscì rapidamente dallo studio, senza curarsi dei tre Greyville che gli stavano alle calcagna, e si diresse dritto verso l'arazzo che teneva celato l'ingresso del passaggio segreto. Il corridoio era freddo e buio. Nessun suono proveniva dall'interno della stanza. Gavin se n'era andato? Griffin si addentrò nella camera da letto e la trovò vuota. Proprio come si aspettava.

Una sola lampada era ancora accesa sul tavolo, ma la sua luce si stava affievolendo. Accanto c'era un pezzo di carta inchiodato al legno con un pugnale ingioiellato. Griffin afferrò la lama, liberò il foglio e lesse ad alta voce le parole.

«Tu hai preso il mio tesoro, quindi ora io ho rubato il tuo.»

«Cosa significa? Chi l'ha scritto?» chiese Lord Camden.

«Mio fratello. Sembra che abbia preso Josephine.»

«Tuo fratello?» ringhiò Dominic e i suoi occhi si restrinsero. «L'ultima volta che l'ho visto è stato...» Chiuse la bocca, rendendosi conto troppo tardi dell'errore che aveva commesso.

«Che cosa sai di mio fratello, Dominic?» domandò Griffin in tono duro. Da ragazzi, tutti e tre erano stati amici. Non così affiatati come Dominic e Nicholas Flynn, ma comunque abbastanza vicini da passare molto tempo insieme.

Dominic scambiò un'occhiata con suo padre prima di continuare. «Suppongo che tu abbia diritto alla verità... È stato nelle Indie Occidentali per molti anni. Ci incontravamo spesso. Quando ho sposato Roberta e sono tornato a casa, lui aveva appena assunto il ruolo di Ammiraglio Nero.»

«Ammiraglio *cosa*?» Griffin non aveva mai sentito parlare di un titolo del genere.

La voce di Dominic si abbassò fino a diventare un

sussurro, anche se nessuno, tranne i quattro uomini, poteva udire le sue parole in quella stanza nascosta.

«I pirati nelle Indie Occidentali sono più organizzati di quanto si possa immaginare. Per tenerli in riga, viene scelto un pirata per governarli. L'Ammiraglio Nero. Quando il precedente si è ritirato, si è votato per eleggere un sostituto. Che io sappia, si tratta di Gavin. Cosa ci faceva qui in Cornovaglia?»

Dal momento che Dominic era stato sincero con lui, Griffin sentì la necessità di essere altrettanto sincero su ciò che riguardava la situazione di Gavin. «A quanto pare, mio fratello ha dovuto fronteggiare un ammutinamento mentre era al largo della costa. È riuscito a salvarsi per un pelo. Gravemente ferito, è entrato in casa attraverso questo passaggio segreto. Era notte e lui mi ha cercato nelle mie vecchie stanze, dove alloggiava Josephine.»

Camden aggrottò le sopracciglia, ma Griffin continuò. «Josephine si è occupata delle sue ferite, poi mi ha portato a vederlo. Gavin mi ha detto che se ne sarebbe andato in pochi giorni. Pianificava di riprendersi la sua nave. Forse l'ha portata con sé.»

Lord Camden emise un sospiro addolorato. «Così la mia unica figlia è stata rapita da un pirata. E non un pirata qualsiasi, ma uno intenzionato a vendicarsi e che, guarda caso, è l'attuale *re* dei pirati delle Indie Occidentali?»

Griffin incontrò lo sguardo di Dominic, ma non riuscì a leggervi nulla.

«Perché nessuno dei miei figli può stare lontano dai guai?» esclamò Lord Camden. Lanciò un'occhiata ad Adrian, come se si aspettasse che confessasse di essersi unito anche lui a una ciurma di pirati. Il ragazzo scrollò le spalle con uno sguardo innocente.

«Non possono essere andati lontano senza una nave», disse Dominic. «Perché non ci sediamo ed elaboriamo un piano per recuperare Josie?»

Camden lanciò al figlio uno sguardo severo prima di indicare con il capo il pugnale ingioiellato nella mano di Griffin.

«Mia figlia è al sicuro con vostro fratello?»

Griffin strinse le dita intorno all'elsa della lama. «Onestamente non lo so. Non penso che le farebbe del male, ma da quello che ho capito, potrebbe esserci della passione tra loro.»

«Passione?» chiese Camden, confuso.

«Mio fratello è un seduttore, Lord Camden. E vostra figlia ha passato la notte in sua compagnia, curando le sue ferite. Credo che possa aver portato a... sentimenti tra loro, per quanto innocenti possano essere quelli di Josephine.» Griffin aveva trascorso abbastanza tempo in quella stanza insieme a loro per rendersi conto che Josephine era incuriosita, se non attratta da Gavin. Naturalmente, la giovane era troppo innocente per rendersi conto di ciò che il volto e le parole pronunciate tradivano.

«Se la tocca...» cominciò Camden, con la voce piena di furia a stento repressa.

«Affronterà l'ira di ogni uomo in questa stanza», promise Griffin.

Gavin, dannato idiota. Che cosa hai fatto?

Mentre i quattro uomini uscivano dal passaggio segreto, qualcuno li chiamò nel corridoio. Un messaggero era arrivato dalla tenuta di Camden con un biglietto per Dominic. L'uomo si precipitò verso il giovane in fondo alla grande scalinata, prese la missiva e la lesse, il suo volto rigido e minaccioso.

«È un messaggio di mia moglie. La mia nuova nave, la *Cornish Pixie*, che era ancorata nella baia di St. Ives, ha preso il largo la scorsa notte.» Accartocciò il biglietto nel palmo della mano. «A quanto pare l'equipaggio che ho assunto è stato notificato dell'arrivo di un nuovo capitano...»

«Che cosa stavi dicendo a proposito del fatto che non sarebbero andati lontano senza una nave?» chiese Adrian, con un pizzico di divertimento negli occhi. «Il fratello di Castleton avrà un discreto vantaggio su di noi.»

«Non c'è niente da ridere, ragazzo», esclamò Griffin. «Gavin una volta amava una donna che ha scelto di sposare me. Ora ha preso la mia futura sposa, tua sorella. Probabilmente la sedurrà prima che li raggiungiamo.»

L'umorismo di Adrian svanì quando ricambiò il suo sguardo. «Sì, quel bastardo probabilmente cercherà di sedurla, ma voi non conoscete Josie come la conosco io. È intelligente e testarda. Non è una creatura facile da addomesticare. Se lei è lì contro la sua volontà, lui sentirà le sue spine.»

«Spero che tu abbia ragione», disse Griffin. Se le fosse successo qualcosa a causa di Gavin, lui non se lo sarebbe mai perdonato.

«Allora, qual è il nostro piano ora che hanno una nave?» domandò Adrian.

«Dobbiamo inseguirli», rispose cupamente Dominic. «Una volta consideravo Gavin un amico, ma ora ha rubato la mia nave *e* mia sorella. Pagherà per entrambe le trasgressioni.»

«D'accordo», disse Lord Camden con altrettanta freddezza. «Nessuno rapisce mia figlia senza conseguenze.»

Griffin avrebbe cercato di salvare la vita di suo fratello,

se si fosse arrivati a tanto, ma sperava che quegli uomini sarebbero stati di umore migliore se Josie fosse rimasta illesa. Si augurava che fosse solo un'avventura innocente e la sua fidanzata tornasse a casa sana e salva.

«Abbiamo bisogno di una nave», disse Camden.

«Nicholas e Brianna sono qui. La nave di Brianna è nella baia. Immagino che sarà felice di aiutarci, dati i suoi trascorsi con Gavin», suggerì Dominic.

«Quali trascorsi?» domandò Griffin.

Dominic incontrò il suo sguardo con riluttanza. «Sono vecchi amici... e di tanto in tanto sono stati amanti.»

«Ah...» Quindi, suo fratello non aveva vissuto come un monaco per tutti quegli anni. Griffin lo aveva fatto, però. Da quando Charity era morta, non era più stato con nessun'altra donna. Non era stato tentato da nessuna.

Fino a oggi...

Si costrinse ad accantonare i pensieri sulla cameriera personale di Josephine o su come tutto il mondo si fosse inclinato quando aveva posato gli occhi su di lei. Aveva una promessa sposa di cui preoccuparsi e un pirata da inseguire.

«Prepariamoci subito a partire», disse agli altri. Strinse il pugnale tempestato di gemme preziose che teneva ancora in mano e giurò a sé stesso che lo avrebbe restituito a suo fratello in cambio della libertà di Josephine.

Un tesoro in cambio di un tesoro...

JOSEPHINE SI STIRACCHIÒ, POI GEMETTE PER IL DISAGIO. Coperte pesanti le schiacciavano le gambe e qualcosa le stringeva il petto, impedendole di respirare. Scalciò, cercando di liberarsi di tutto ciò che la teneva intrappolata e terribilmente al caldo.

«Ahi!» grugnì una voce profonda vicino al suo orecchio. I suoi occhi si spalancarono e si ritrovò a fissare la mascella di un uomo. Una bella mascella forte. Il suo sguardo seguì la linea di quella mascella fino all'orecchio e al naso e infine agli occhi. Gavin la fissava divertito. Quando la nebbia del sonno si diradò, Josephine si rese conto che erano sdraiati una di fronte all'altro in un letto che oscillava leggermente.

Per Dio... Dunque, la notte precedente non era stata un sogno? Gavin l'aveva davvero rapita alla vigilia del suo matrimonio con Griffin e l'aveva portata in mare? Guardò verso il basso e vide che indossava ancora l'elegante abito da sposa della notte precedente. Erano state le gonne voluminose aggrovigliate intorno alle gambe e il corsetto stretto intorno al petto a causarle un tale disagio al risveglio. Alzò gli occhi verso il viso di Gavin, ancora incredula di essere lì con lui. A quell'ora, si sarebbe dovuta trovare sulla strada verso la chiesa, non nel letto di un pirata.

«Hai dormito anche tu qui?» sbottò.

«Sì, e tu, cara creatura, ti distendi come una stella marina nel sonno... e scalci anche», disse con una risatina roca. «Avrò lividi sugli stinchi a causa della tua violenza.»

Josephine arrossì per la mortificazione. Sapeva di avere il sonno agitato, dato che si trovava con le lenzuola aggrovigliate ogni mattina, ma non aveva mai avuto nessuno che se ne lamentasse perché aveva sempre dormito da sola.

«Oh...» Dentro di sé, Josie imprecò per l'ondata di calore sul suo volto. Si sedette e lui rotolò sulla schiena, incrociando le braccia sotto la nuca, per poi sussultare e riabbassarle. Josephine diede un'occhiata alla ferita sulla spalla, ma non sembrava infiammata.

Cercò di pettinarsi i capelli con le dita. «Vedo che stai meglio.»

«Sì, è così.» Gli occhi di Gavin seguirono il movimento delle sue mani. «Mi piace quando lo fai», rifletté sottovoce.

«Che cosa?»

«Pettinare i capelli con le dita. Sembri una sirena che si gode il sole sulle rocce.» Il pirata appoggiò la testa sul braccio illeso mentre si sdraiava sul fianco per guardarla. Lei cercò, senza riuscirci, di non ammirargli il petto. Aveva la pelle abbronzata e muscoli ben definiti. La vista del suo addome scolpito le rese la gola incredibilmente secca. *Buon Dio...* Era davvero un bell'uomo. Non che Josephine ne avesse visti molti semivestiti, ma la donna che c'era in lei sapeva esattamente che aspetto avesse un maschio attraente. Alcune cose erano troppo radicate nella mente umana per essere eliminate dai dettami della società perbene.

«Una sirena?» chiese nel tentativo di distrarsi. «Ne hai mai vista una?»

«Sì, certo. Sono creature astute. Si nascondono nelle acque poco profonde di notte e cantano, ma nelle belle giornate di sole, quando non pensano di poter essere viste, amano prendere il sole sulle rocce. Io mi sono nascosto su una spiaggia e le ho guardate mentre si pettinavano.»

La stava prendendo in giro. Le sirene non esistevano, così come non esistevano i mostri marini. Ma le piaceva comunque immaginarle.

Josephine scese dal letto ed esplorò la cabina mentre lui la guardava divertito. C'era una cassa piena di vestiti da uomo ed eleganti abiti femminili. Una grande vasca di rame si trovava in un angolo della stanza, nascosta dietro un lenzuolo bianco, il che significava che una signora poteva fare il bagno conservando un minimo di modestia.

«Questa non è la tua nave, vero?» domandò. Lui le aveva detto di averla persa e lei si chiedeva se fosse riuscito a ritrovarla.

Come si fa a perdere una nave, in ogni caso?

«Lo è adesso. L'ho rubata», rispose lui con una risatina.

«L'hai rubata?» Josephine si chinò di nuovo sul baule per esaminare più da vicino gli abiti, poi si bloccò. Li conosceva. Li aveva già visti prima... su sua cognata.

«Come si chiama questa nave?» mormorò.

«*Cornish Pixie.*»

Si voltò verso di lui di scatto. «Hai rubato la nave di mio *fratello?*»

«Oh? È la nave di tuo fratello? Che divertimento. Immagino che sarà piuttosto furioso una volta che lo scoprirà.» Gavin sbadigliò con aria teatrale, come se la prospettiva di essere inseguito da un pirata irato non lo turbasse minimamente.

«Buon Dio...» Josie cominciò a camminare per la cabina, le sue gonne blu di seta che strusciavano sul ponte di legno lucido. Dominic e Roberta avevano in programma di salpare per le Indie Occidentali nel giro di poche settimane per controllare i loro possedimenti terrieri d'oltreoceano. Suo fratello aveva pianificato di capitanare la nave fino a quando non avesse trovato un uomo adatto.

Dopo qualche istante, Gavin si alzò e la afferrò per un braccio mentre lei gli camminava davanti. La strinse a sé e i loro sguardi si incrociarono.

«Abbiamo un discreto vantaggio. Tuo fratello non sarà in grado di prenderci.» Griffin le strofinò le mani su e giù per le braccia, facendola rabbrividire in preda a un'eccitazione che non avrebbe dovuto provare.

«Tu non lo conosci, Gavin. È un...» Si fermò prima di tradire suo fratello.

«È un cosa?» Gavin le girò il viso verso di lui quando lei cercò di distogliere lo sguardo. «Un pirata?» rispose, con gli occhi color miele ardenti. «Non c'è bisogno che tu mantenga il segreto, non con me. Conosco bene tuo fratello.»

«Sì, da ragazzi vi conoscevate...»

«No, come pirati. Prima che si sposasse, lui ed io ci incrociavamo spesso sul mare e bevevamo birra insieme e votavamo sulle questioni dei Fratelli della Costa. So quanto può essere pericoloso, mia cara.»

Josie spalancò gli occhi per la confessione e il modo in cui l'aveva chiamata "mia cara". Sapeva di Dominic? Poi si rese conto di quanto fosse stata sciocca. Era naturale. I pirati sembravano sempre conoscersi, o almeno aver sentito parlare gli uni degli altri. Poi la sua mente si soffermò sulle altre parole.

«Chi sono i Fratelli della Costa?»

«Pensalo come un parlamento pirata», spiegò Gavin, fissando la sua bocca in un modo che la distraeva parecchio.

«Un parlamento pirata?» fece eco lei. Iniziò a inclinarsi verso di lui, gli occhi socchiusi in attesa di un bacio.

«Dovrei andare a controllare i miei uomini», dichiarò con riluttanza Gavin prima di fare un passo indietro. «Devo portarti del cibo quando torno?»

Josie si riscosse e si lisciò le gonne nel tentativo di ritrovare la calma.

«Cosa? Oh sì, per favore. Sono piuttosto affamata.» Lo

guardò andarsene e, una volta sola, esaminò di nuovo i vestiti nella cassa. Non poteva scorrazzare su una nave pirata in abito da sposa. Doveva cambiarsi. All'improvviso, si trovò a desiderare la presenza di Vesper. La sua cameriera personale era sempre pronta ad affrontare situazioni del genere. Le avrebbe fatto trovare al risveglio un comodo abito da giorno, una sottoveste e calze pulite.

«Dovrò fare a meno di te, Vesper», mormorò tra sé e sé mentre frugava nella cassa.

Roberta era di qualche centimetro più bassa di lei, ma gli abiti avrebbero comunque coperto tutte le parti importanti. Che gliene importava di mostrare uno scorcio di caviglia ogni tanto? Tuttavia, non voleva indossare le gonne, almeno non in quel momento. Quella era la sua avventura e lei voleva più libertà di muoversi sulla nave.

Recuperò un paio di pantaloni di suo fratello, una camicia e un panciotto, molto simili a quelli che indossava Gavin, e li depose sul letto. Sapeva che uscire dall'abito da sposa sarebbe stata una vera e propria sfida. Per fortuna, Vesper legava sempre i lacci in basso e ne infilava le estremità nelle gonne. Con un po' di astuzia, riuscì a slegare il corpetto e togliersi il corsetto.

Probabilmente avrebbe dovuto tenere l'indumento intimo, ma una volta liberatasi, non era impaziente di indossarlo di nuovo. Invece, infilò la camicia e i calzoni, poi si abbottonò il panciotto bordeaux. Mentre si guardava allo specchio, Josephine pensò che sembrasse una donna pirata pronta a prendere d'assalto una nave e impadronirsi di un tesoro. Quasi ridacchiò all'immagine che aveva evocato.

Infine, cercò di infilare un paio di stivali di suo fratello, ma erano troppo grandi per lei; perciò, li sostituì con quelli di Roberta. Soddisfatta, si diresse verso la porta e girò la maniglia. Non si mosse. Gavin l'aveva chiusa dentro. Perché avrebbe fatto una cosa del genere? Se anche avesse voluto, non sarebbe potuta fuggire da lui o dalla nave.

Accidenti a lui! Diede un calcio alla porta e si diresse rabbiosamente verso il letto. Al suo ritorno, avrebbero discusso a lungo di quel comportamento idiota.

GAVIN ERA IN PIEDI SUL CASSERO DI POPPA E FISSAVA LA fila di marinai davanti a lui. La maggior parte sembrava essere di giovane età. C'erano, tuttavia, alcuni uomini più maturi. Ronnie tossì educatamente, attirando la sua attenzione, poi indicò l'equipaggio con un cenno del capo, suggerendogli di rivolgersi a loro.

«Giusto», mormorò Gavin tra sé e sé. Raddrizzò le spalle e parlò agli uomini riuniti. «Mi chiamo Gavin Castleton. Il proprietario di questa nave mi ha assunto per portarvi nelle Indie Occidentali. Questo è Ronald Phelps, il mio, ehm... primo ufficiale. Quando io sarò impegnato, prenderete ordini da lui.» Su una nave pirata, il quartiermastro era il secondo in comando dopo il capitano, ma Gavin doveva ricordare che, a bordo di un mercantile, Ronnie sarebbe stato il suo primo ufficiale.

Uno dei marinai più anziani, poco più che cinquantenne, si fece cortesemente avanti. «Capitano?»

«Sì? Il vostro nome e la vostra posizione?» chiese Gavin.

«Tom Greenwell, capitano. Nostromo», rispose.

«Che c'è, signor Greenwell?» domandò Gavin.

«Noi... cioè io e gli altri... Abbiamo visto che avete portato una donna sulla nave.»

«Sì, e quindi?» Gavin inarcò un sopracciglio.

«Beh...» Greenwood scambiò un'occhiata con gli altri marinai.

«Ehm...» Il suo volto si tinse di rosso. «È con voi? È solo che, beh, porta sfortuna avere una donna a bordo.»

Gavin fu sorpreso dalla domanda piuttosto personale, ma Ronnie intervenne prima che potesse replicare.

«Sì, lei sta con il capitano. È sua moglie e sarà trattata con il dovuto rispetto.»

Le parole suscitarono una serie di mormorii. Dentro di sé, Gavin gemette. Era l'ultima cosa di cui aveva bisogno.

«Sì, sua *moglie*», ringhiò Ronnie. «Qualsiasi uomo osi rivolgerle occhiate strane sarà gettato in mare.»

Gavin si trattenne a malapena dal roteare gli occhi e schiaffeggiare la nuca dell'amico. I borbottii sulla sfortuna cessarono bruscamente e gli uomini si rimisero sull'attenti.

«Inoltre, c'era già una donna a bordo. La signora O'Malley», ricordò Ronnie.

«Sì, ma è una cuoca», replicò Greenwell. «I cuochi portano *sempre* fortuna, che siano uomini o donne.»

Ronnie sembrava pronto a discutere ancora sulla questione, ma Gavin lo fermò con una mano sulla spalla.

«Grazie, signor Phelps», disse, poi si rivolse al resto dell'equipaggio. «Sì, mia moglie viaggerà con noi verso le Indie Occidentali. Mi aspetto che vi comportiate tutti al meglio, dato che è una signora. Mi assicurerò di ricompensarvi con razioni di rum extra una volta alla settimana e, quando arriveremo in porto, avrete un po' di tempo per divertirvi. Ora, suppongo che abbiamo un cannoniere e, si spera, un chirurgo a bordo?»

Altri due uomini si fecero avanti accanto a Greenwell.

Il nostromo li presentò indicandoli con la mano.

«Questo è il signor Mefford, il nostro cannoniere, e lui è il dottor Gladstone.»

«D'accordo, conoscete la vostra posizione sulla nave?» chiese Gavin. Entrambi gli uomini risposero con un cenno d'assenso convinto.

Per fortuna, Dominic aveva assunto un equipaggio competente. Una cosa in meno di cui preoccuparsi. Erano riusciti a lasciare l'Inghilterra la notte precedente senza problemi, ma solo il tempo avrebbe rivelato quanto sarebbe stata difficile la traversata verso le Indie Occidentali.

«Vi invito tutti e tre a cenare con me e mia moglie questa sera nella mia cabina alle otto.» Sapeva che sulle navi normali, quelle non capitanate da pirati, ci si aspettava che gli uomini di rango superiore cenassero occasionalmente con il comandante.

Una volta che tutti furono tornati al lavoro, Ronnie seguì Gavin, che si era fermato vicino al timone. Un giovane di nome Brandon lo manovrava con sicurezza. Non poteva avere più di ventuno o ventidue anni, ma era un tipo dall'aspetto robusto.

«Buongiorno, capitano», disse il giovane con voce allegra. Lo salutò con un cenno del capo, per non staccare le mani dal timone.

«Il signor Phelps ti ha dato le indicazioni sulla rotta?»

«Sì, l'ha fatto.»

«Eccellente.» Gavin si voltò a osservare gli altri uomini al lavoro. C'era una certa pace nelle giornate di bel tempo, quando gli uomini potevano stare sui ponti, scalare il sartiame, sistemare le corde e tutto il resto. Era un lavoro rilassante che gli era sempre piaciuto. Il vento gonfiava le vele e il cielo era sereno. Sospirò e la tensione nelle sue spalle si allentò.

«Capitano, qual è il nostro piano?» sussurrò Ronnie mentre si allontanavano dal timone. Gavin si avvicinò al parapetto per appoggiarvisi. Il quartiermastro gli si parò davanti, con le gambe divaricate e le mani giunte dietro la schiena in una postura che rivaleggiava con quella di un qualsiasi ammiraglio della Royal Navy.

«Il nostro piano?» domandò Gavin.

«Sì, hai una nave ora e una ragazza... ehm, *moglie*», si corresse rapidamente. «Qual è il nostro piano? Pensavo che dovessimo dare la caccia alla *Siren*?»

«Lo faremo», promise all'amico. «Beauchamp deve pagare per le sue azioni.» I volti del suo fedele equipaggio, morto combattendo nell'ammutinamento, aleggiavano ai margini della sua mente e lo perseguitavano. Aveva giurato che li avrebbe vendicati ed era una promessa che avrebbe mantenuto.

«Allora perché rischiare di portare a bordo una donna, capitano? Sarà solo d'intralcio.»

«Ci fermeremo prima sulla mia isola e la lasceremo lì. Sarà abbastanza al sicuro. Poi andremo a Sugar Cove e recluteremo degli uomini per riconquistare la *Siren*.» Indicò l'equipaggio intorno a loro. «Questi non sono pirati e io non voglio metterli in pericolo, o rischiare un altro ammutinamento.»

«Abbiamo bisogno di tagliagole», replicò saggiamente Ronnie.

«Esatto», concordò Gavin. «Adesso è meglio che vada a sfamare mia *moglie*.» Sottolineò la parola con una finta occhiataccia. «Per colpa tua, devo spiegarle che dobbiamo recitare il ruolo di una coppia sposata davanti all'equipaggio.»

«Mi dispiace, capitano. Ho pensato che fosse meglio

che non ti credessero quel genere d'uomo che si diverte a inseguire gonnelle. Potrebbe dare loro delle idee.»

Gavin ridacchiò. Non era mai stato quel genere d'uomo. Aveva accolto i favori di alcune donne negli anni, era vero, ma non era mai corso nei bordelli una volta raggiunto il porto come la maggior parte dei marinai. Aveva scoperto di preferire la compagnia di donne capaci come Brianna Holland, che era stata una piratessa con una propria nave. Gli era piaciuto il cameratismo di condividere il letto con qualcuno che capiva la vita in mare e sapeva come muoversi su una nave. Ma, ahimè, lei gli era sfuggita di mano e aveva sposato un ufficiale della marina britannica.

Augurava ogni bene a Brianna e al suo nuovo marito, ma si sentiva solo. Forse era stato quello a spingerlo a fare una cosa così folle come rapire Josephine? Aveva subìto troppe perdite – la sua nave, il suo fedele equipaggio – e aveva bisogno di qualcosa da rivendicare, anche se solo per un breve periodo.

Gavin lasciò Ronnie al comando e scese fino alla cambusa, dove la signora O'Malley, la cuoca, si stava dando da fare per sfamare l'equipaggio. Era una donna arzilla con i capelli scuri striati di grigio. Le sue mani forti stringevano un mattarello mentre si accingeva a fare il pane. La vista lo sorprese. Era raro che i cuochi preparassero pane a bordo. Aveva anche dei limoni freschi in una cassa e sembrava che li avesse spremuti in una bottiglia di vetro per ricavarne del succo. Un pollo, appena arrostito, riposava su un piatto di metallo, l'aroma sufficiente a fargli brontolare lo stomaco. Quando si rese conto di essere osservata, la cuoca mise da parte il mattarello.

«Voi dovete essere il capitano?» disse, studiandolo con occhio critico.

Gavin non poté resistere alla tentazione di rivolgerle un sorriso affascinante. «Sì, sono io.» Una cuoca felice significava cibo migliore. «Il mio nome è Gavin Castleton. È un piacere conoscervi.»

«Beh, se non siete un seduttore», ridacchiò lei. «Sono Olive O'Malley.» Recuperò uno dei frutti dalla cassa, lo tagliò e gliene diede uno spicchio.

«C'è un *signor* O'Malley?» la stuzzicò Gavin prima di assaporare il gusto aspro del limone. Alcuni marinai credevano che aiutassero a tenere a bada lo scorbuto. Era contento di vedere che la cuoca aveva avuto il buon senso di spremerli, poiché lui era tra quelli che credevano che aiutassero a mantenere un uomo in salute mentre era in mare.

«Oh, per favore!» La donna agitò uno straccio. «Certo che c'è, è il carpentiere della nave.»

«È un uomo fortunato», dichiarò Gavin prima di chinarsi sul pollo per inalarne il profumo, con lo stomaco che brontolava. «Posso rubare questo pollo dall'aspetto divino?»

«E condividerlo con la vostra amica, spero?» chiese la donna, inarcando un sopracciglio in segno di sfida.

«Sì, Josephine, mia moglie», replicò lui, non senza maledire silenziosamente l'amico per la farsa, anche se era stata la cosa più saggia da fare.

«Sì, prendetelo e condividetelo con lei. E prendete anche questa.» Gli diede una bottiglia di vino rosso con due bicchieri. «Non ho ancora avuto il tempo di recapitarla nella vostra cabina, ma mi è stato detto che dovreste averla voi.»

Gavin esaminò la bottiglia e notò che era un buon vino. Sorrise. Era l'ennesima prova del fatto che Dominic aveva pianificato di capitanare il viaggio inaugurale di quella nave e di portare Roberta con sé.

È un peccato che non ne avrà l'opportunità, pensò con un sorriso compiaciuto. Lui e Josephine avrebbero raccolto i frutti dell'attenta pianificazione di Dominic.

«Vi ringrazio, signora O'Malley.» Le fece l'occhiolino e raccolse il vassoio che la donna aveva preparato per lui prima di dirigersi verso la cabina del capitano. Mentre camminava, pensò a Josephine che lo aspettava ed ebbe un'idea improvvisa.

Sarebbero rimasti in mare per quaranta giorni o più, e lui non voleva affrettare la sua seduzione. Poteva facilmente avere quello che voleva. Josephine possedeva uno spirito indomito e rispondeva ai suoi baci, ma perché affrettare le cose? Gli erano sempre piaciute le sfide. Forse avrebbe dovuto attendere e alimentare pian piano il desiderio di lei fino a quando non lo avrebbe implorato di reclamarla. La loro unione sarebbe stata tanto più dolce quando si fosse finalmente realizzata. Sì, ciò avrebbe reso la traversata molto più divertente. Per quanto tempo poteva resistere un pirata senza prendere ciò che desiderava?

Con un sorriso, Gavin aprì la porta ed entrò.

«Ho del cibo, mia signora», disse mentre il suo sguardo perlustrava la stanza. Una stanza molto *vuota.*

Che diavolo? Si addentrò nella cabina, cercando di dare un senso alla scena. Josephine non c'era. Il suo vestito azzurro giaceva sul letto, ma lei non c'era.

«Josie?»

Gavin sentì la carezza del vento dietro di sé e si voltò, appena in tempo per vedere la porta chiudersi e il chiavistello scattare in posizione. Josephine gli era passata accanto e lui l'aveva intravista a malapena con la coda dell'occhio. Si era trattato davvero di lei? Sbatté il vassoio sul tavolo e tornò indietro verso la porta serrata.

«Fammi uscire, *adesso*!»

«Non è bello essere rinchiusi, non è vero?» gridò Josephine attraverso la porta, cercando di soffocare una risata.

«Aprila *subito*», ringhiò Gavin.

«O cosa, *capitano*?» chiese lei con voce zuccherina. «Penso che dovresti prenderti un po' di tempo per riflettere su come si trattano gli ospiti. Io ne approfitterò per fare un giro della nave.»

Gavin scosse violentemente la porta, consapevole che non avrebbe ceduto.

«*Josie!*» gridò, sebbene il suono dei suoi passi si stesse affievolendo. Diede un calcio al legno con un ringhio, ma era troppo robusto. Lanciò un altro grido, ma nessuno venne in suo aiuto.

Non appena fosse riuscito ad acchiapparla, le avrebbe scaldato il sedere. Digrignando i denti, si avvicinò al tavolo e si lasciò cadere su una sedia, poi iniziò a mangiare il pollo arrosto, pianificando mille modi malvagi per punire la sua "ospite" una volta libero.

CAPITOLO 7

Soddisfatta di sé stessa, Josephine sfilò il nastro di riserva che teneva al polso e si legò i capelli in una coda bassa. Poi si allontanò dalla cabina, canticchiando un allegro motivetto e ignorando le imprecazioni di Gavin che picchiava contro la porta.

Durante la prigionia, si era domandata perché Dominic avesse una porta sulla sua nave che si chiudeva dall'esterno. D'altra parte, conoscendo Roberta e il suo temperamento, se la nave fosse stata sotto attacco, Dominic avrebbe dovuto letteralmente mettere la moglie sotto chiave per tenerla al sicuro. Josephine sorrise al pensiero che era stata lei a beneficiare di quel chiavistello posizionato in modo insolito. Gli uomini erano creature sciocche; rinchiudevano sempre le donne, convinti che fosse la cosa giusta da fare.

Josephine si imbatté nella cambusa quasi per caso, seguendo l'odore del cibo. Una donna snella stava accendendo il fuoco in quella che pareva una stufa di ferro. Tutt'intorno c'erano superfici riscaldanti con pentole e bollitori. La stufa e le altre attrezzature erano da far impallidire, ma la donna lavorava come Josephine immaginava che un equipaggio di sei uomini avrebbe fatto durante una battaglia. Si voltò per controllare delle pentole piene di carne di maiale e di manzo bollente, a giudicare dai profumi che emanavano. Poi tolse il pane dal forno e lo sostituì con piccole patate a fette che profumavano di burro e aglio.

«Che cosa vuoi, ragazzo?» chiese in tono brusco la cuoca prima di alzare lo sguardo e ansimare. «Oh, non sei un ragazzo!» esclamò.

«No, è il mio unico grande fallimento avere la sfortuna di essere nata femmina», replicò Josephine con un sospiro drammatico mentre inalava il delizioso profumo, con lo stomaco che brontolava.

La cuoca si riprese in fretta e si asciugò le mani su uno straccio pulito. «Non è quello che intendevo. Mi è stato detto che il capitano ha portato a bordo sua moglie, ma non sapevo che avesse portato anche *altre* donne.» Studiò il suo vestiario con curiosità prima di concentrarsi di nuovo sul pranzo.

Gavin aveva detto all'equipaggio che era sua moglie? Josephine sbatté le palpebre e cercò di pensare in fretta.

«Ehm... Sì, beh... sono, in effetti, la moglie del capitano», ammise, decidendo di stare al gioco. Avrebbe potuto chiedere spiegazioni a Gavin più tardi. Era solo questione di tempo prima che qualcuno lo sentisse agitarsi nella cabina e lo liberasse. Fino ad allora, non avrebbe sprecato quegli attimi di libertà prima che lui la rinchiudesse di nuovo.

«La moglie del capitano?» La cuoca guardò ancora gli indumenti maschili che indossava.

«Sì, il mio vestito... Indossavo ancora il mio abito da sposa e non volevo rovinarlo mentre esploravo la nave.»

«Vuoi esplorare la nave?» chiese la donna, stupita. «E tuo marito lo sa?»

Josephine sorrise, incapace di trattenersi. «Certo che sì. Sta ancora dormendo nella nostra cabina. È *esausto*.»

A quelle parole, la cuoca ridacchiò. «Oh, ci scommetto. Ti sei trovata proprio un bell'uomo, ragazza. Ma anche i migliori si stancano sempre dopo aver fatto l'amore. Succede anche al mio Davy. Lui russa dopo averci dato dentro, e io devo alzarmi e cucinare.» La donna alzò gli occhi al cielo.

Josephine, invece di scandalizzarsi per le franche parole, ne fu completamente deliziata. Tese una mano alla cuoca.

«Sono Josephine.»

«Olive O'Malley. Mio marito è il carpentiere della nave.»

«È un piacere, signora O'Malley.»

«Olive, per favore, mia signora.»

«Allora tu devi chiamarmi Josie», rispose lei con un sorriso.

La cuoca appoggiò un piatto sul bancone e cominciò a versarci sopra dei pezzetti di manzo. La carne era talmente tenera che si sfaldava al minimo tocco della forchetta che Olive usava per infilzarla. La vista le fece brontolare lo stomaco.

«Immagino che il capitano ti abbia tirato su le gonne e si sia messo subito all'opera e non ti abbia dato la possibilità di mangiare quel pollo che gli ho dato?»

Josephine annuì, arrossendo. Avrebbe certamente potuto fingere di aver giaciuto con Gavin se l'avesse aiutata a conquistare un'amica... e del cibo delizioso.

«Proprio come pensavo.» Olive riempì il piatto con altra carne e pane fresco prima di porgerle una forchetta. Josephine vi si gettò sopra, ricordando a malapena di mangiare come una signora.

«Olive, cosa puoi dirmi della nave? Tutto quello che so è che appartiene a mio fratello.»

«Ah, sì? Ebbene, è un brigantino, e credo che sia dotata di dodici cannoni e di un equipaggio di un'ottantina di uomini.»

«I cannoni girevoli sono stati fissati a quei supporti che ho visto quando sono salita a bordo?»

«Sì, è così», disse Olive. «Conosci le navi.» Il tono della donna sembrava ammirato e non giudicante. Ma, d'altra parte, Josephine immaginava che fosse raro trovare cuoche a bordo dei mercantili.

«Mio fratello è stato in mare per molti anni. Ho imparato il più possibile da lui.» Non era proprio una bugia. Josephine aveva letto di pirati e navi per tutta la vita mentre Dominic era via e qualcosa aveva imparato. Il padre di sua madre era stato un capitano spagnolo e suo padre aveva solcato i mari da giovane. La navigazione era nel suo sangue da entrambe le parti dell'albero genealogico.

«Ebbene, tuo fratello ha fatto costruire una bella nave. Mio marito ha detto che siamo fortunati a lavorare a bordo.»

Josephine annuì. La nave era bellissima. Il legno era pulito e levigato, le superfici dipinte di fresco. Era un po' come un bel maniero inglese a cui erano state aggiunte le vele e messo in mare. Si sentiva a casa.

Lei e Olive spettegolarono sui membri dell'equipaggio mentre Josephine mangiava. Quando non fu più in grado di ingerire un altro boccone, ringraziò la sua nuova amica e riprese l'esplorazione della *Cornish Pixie*. Quando raggiunse il ponte di coperta e sentì il vento fresco e tonificante che riempiva le vele che ondeggiavano sopra di lei, il respiro le si bloccò in gola. La vista di una tela bianca che si stagliava contro cieli blu e limpidi era tutto ciò che aveva sempre sognato, eppure in qualche modo era ancora più magica di quanto avrebbe mai potuto immaginare.

«Non c'è niente di meglio che vedere il vento soffiare nelle vele, eh?» disse un vecchio marinaio vicino alla balaustra, mentre riparava le estremità della spessa corda che giaceva intorno a lui in spire disordinate. Sembrava avere circa sessant'anni, nonostante il corpo agile e muscoloso. La sua pelle era segnata dalle intemperie sotto la barba bianca, ma i suoi occhi azzurri erano vispi e accorti.

«Sì, è la cosa più bella che abbia mai visto.» Josephine raggiunse l'uomo vicino alla balaustra. Indicò le corde che lui teneva in mano. «Mi chiamo Josephine. Posso aiutarti?»

«No, ce la faccio, ma puoi tenermi compagnia. A un vecchio piace ancora guardare una bella ragazza quando ne ha l'occasione. Il mio nome è Bartholomew.» Le fece l'occhiolino e sorrise, il che le strappò una risata.

«Oh, d'accordo, non posso rifiutarmi. Di cosa dovremmo parlare?»

«Beh, puoi placare la curiosità di un vecchio», disse lui mentre continuava a lavorare.

«Oh? In che modo?»

«Tuo marito, il capitano».

Sembrava che tutti a bordo la credessero la moglie di Gavin. Josephine aspettò che il vecchio marinaio facesse la sua domanda.

«Sì, che cosa vuoi sapere?» Quando era salita a bordo, la notte precedente, c'erano stati solo una manciata di membri dell'equipaggio sul ponte. Gavin l'aveva portata giù così in fretta che lei non aveva visto quasi nessuno, eppure tutti sapevano che era la presunta moglie del capitano.

«Che tipo di uomo è?»

Josephine era confusa. «Che cosa vuoi dire?»

«Ehm, sembra... Beh, diciamo solo che ho già visto uomini con il suo aspetto», disse il vecchio in tono piuttosto serio.

«Temo di non capire.»

Lui sospirò. «È uno che attira il pericolo, quello. Ci scommetterei la vita.»

Josephine non poteva non essere d'accordo.

«Dovremmo preoccuparci, ragazza?» chiese il marinaio, addolcendo la voce. «Ha un caratteraccio?»

«Io... beh, no... Non credo.»

«Quello che voglio dire è: frusterebbe a morte un uomo per aver disobbedito agli ordini?»

«Oh, cielo, no, spero di no». Josephine non riusciva a immaginare Gavin che frustava un uomo o ordinava ad altri di farlo. Ma la verità era che lo conosceva solo da una manciata di giorni e non poteva dire con certezza come si sarebbe comportato. Era certamente volubile, ma non era la stessa cosa che avere un carattere irascibile.

Prima che potesse aggiungere altro, suo "marito" emerse da sottocoperta, con lo sguardo cupo e inquietante. Qualcuno doveva averlo finalmente liberato.

«Penso che stiamo per avere un assaggio del suo carattere», mormorò tra sé e sé.

Il marinaio guardò tra lei e il capitano e fece due più due. «Sai arrampicarti?»

«Sì», rispose subito Josie.

«Allora dirigiti verso il posto di vedetta lassù sulla

controroranda. C'è una specie di grande secchio al centro della traversa. Se ti muovi velocemente, forse non ti vedrà.»

Josephine si accovacciò dietro i cannoni lungo il ponte e si diresse verso l'albero maestro, facendo del suo meglio per non essere notata. Si aggrappò alle corde e scalò il sartiame con una velocità che sorprese persino lei. Mentre saliva, superò alcuni uomini che lavoravano alle vele e li salutò con un cenno del capo, senza fermarsi.

Quando finalmente raggiunse il punto di vedetta, si nascose nella coffa. Con il cuore in gola, attese a lungo prima di dare una sbirciatina giù. Gavin era in piedi sul cassero di poppa e stava parlando con il suo primo ufficiale. Josie tirò un sospiro di sollievo. Non sembrava che la stesse cercando. Sapevano entrambi che non poteva scappare. Non che volesse farlo.

Più in basso, gli uomini cominciarono a cantare canti marinareschi mentre lavoravano. Josephine sorrise e si mise a canticchiare insieme a loro. Insonnolita dal tepore del sole, sbadigliò e, come spesso negli ultimi tempi, si gettò a capofitto in emozionanti sogni.

⁂

«NON C'È TRACCIA DI LEI DA NESSUNA PARTE, CAPITANO», disse Ronnie a bassa voce sul cassero di poppa. Solo un quarto d'ora prima, il quartiermastro lo aveva liberato dalla prigionia negli alloggi del capitano. Avevano perquisito la nave con discrezione, non volendo allarmare l'equipaggio. Se gli uomini a bordo avessero scoperto che Gavin non era il capitano assunto per guidare la *Cornish Pixie*, lui e Ronnie avrebbero potuto essere sopraffatti e ammanettati nella stiva.

Non avendo trovato la ragazza sottocoperta, si erano spostati sul ponte. Nel momento stesso in cui vi aveva messo piede, Gavin aveva preso nota degli uomini che vi stavano lavorando. Un vecchio marinaio si aggirava intorno all'albero maestro ed evitava di guardarlo negli occhi.

Gavin spostò con circospezione lo sguardo verso l'alto e intravide una figura che sfrecciava sul sartiame. Poi, la figura scomparve nel secchio di legno, abbastanza grande da ospitare un uomo in veste di vedetta. Quel fondoschiena attraente non poteva che appartenere a un'unica persona.

«Non preoccuparti, Ronnie. Ho trovato la mia prigioniera ribelle.» Gavin lottò per trattenere un sorriso. «Non andrà da nessuna parte.»

«Oh, sì? Dove si è cacciata la ragazza?» domandò il suo primo ufficiale.

Gavin indicò la coffa con un impercettibile cenno del capo.

«Andrai su a riprenderla?»

«Non ancora. L'importante è che sia fuori dalla portata di tutti. La lascerò divertire.» In ogni caso, Josephine non poteva fuggire dalla nave, o da *lui*.

Gavin passò le ore successive sul ponte con gli altri uomini e fece un turno al timone prima di decidere di scalare il sartiame per vedere cosa stesse combinando Josephine. Una volta in cima, sbirciò nella coffa e la trovò addormentata sotto l'ombra di una vela ondeggiante. Il sole aveva superato lo zenit poche ore prima e il punto di vedetta era perlopiù in ombra.

Si prese un momento per guardarla dormire. Aveva indossato i vestiti di Dominic, con i calzoni infilati negli stivali e la grande camicia bianca in una cintura intorno alla vita. Aveva arrotolato le maniche in modo da poter muovere liberamente le mani e raccolto le morbide onde che le ricadevano sulla schiena con un nastro. Le lunghe ciglia scure le gettavano ombre sulle guance e la sua pelle olivastra lasciava intravedere il suo retaggio spagnolo da parte di madre.

Josephine era *stupenda*, sia che indossasse un abito da sposa di raso o una camicia da marinaio. Tutta la frustrazione che Gavin aveva provato per le sue buffonate infantili svanì. Era così innocente, eppure la sua voglia di vivere gli ricordava tanto Charity.

Ma non era uno sciocco. Le differenze fra le due donne erano più delle somiglianze. Charity era cresciuta a Londra e lì aveva avuto un assaggio del mondo, cosa che non si poteva dire di Josephine, cresciuta in Cornovaglia. Charity non era stata corrotta dalla vita, ma non aveva avuto in sé l'innocenza di Josephine. Naturalmente quell'innocenza sarebbe svanita con il passare degli anni, ma la curiosità e il coraggio sarebbero rimasti dentro di lei. Faceva tutto parte della sua anima avventurosa e lo attirava come il canto di una sirena.

«Dov'eri quando avevo diciassette anni?» sussurrò alla donna addormentata. Sapeva che sarebbe stata una bambina allora, ma avrebbe tanto voluto che avesse la sua stessa età e di averla incontrata da giovane. Se avesse incontrato prima Josephine di Charity, sapeva che se ne sarebbe innamorato. Il pensiero lo turbava più di quanto si aspettasse. Charity avrebbe sposato Griffin e lui avrebbe sposato Josephine. Non ci sarebbe stata alcuna frattura tra lui e suo fratello e...

Si fermò prima che i suoi pensieri potessero diventare troppo malinconici. Non serviva a nulla soffermarsi su ciò che *sarebbe* potuto accadere, si poteva solo vivere nella realtà del qui e dell'ora.

«Tu non c'eri allora, ma sei qui ora, e io mi godrò tutto il tempo che mi sarà concesso di passare con te.»

Era sorpreso dall'intensità della tenerezza che già nutriva per lei. Si era convinto di voler rapire la donna che sarebbe dovuta appartenere a suo fratello per vendicarsi del passato, ma in fondo sapeva che la realtà era un'altra. Erano poco più che estranei, eppure la sua anima sembrava in qualche modo rispondere a quella di lei come se si fossero cercati per secoli. Non aveva voluto ammetterlo fino a quel momento, ma la consapevolezza era lì, cristallina come i rintocchi delle campane di una chiesa in una bella mattina di primavera.

Il vento cambiò leggermente direzione e la nave si inclinò un po' nell'acqua. Gavin si aggrappò all'albero, assecondando le onde, mentre l'aria gli increspava i vestiti. Era quanto di più vicino al volo una persona potesse sperimentare e lui si sentiva come un uccello delle tempeste che cavalcava le correnti d'aria, mentre il sole gli riscaldava la pelle e il mondo davanti a lui pareva infinito. Per la prima volta dopo giorni, la terribile sensazione della sabbia che scivolava in una clessidra cessò.

Guardò Josephine, che ancora dormiva, e il suo sorriso si addolcì. L'avrebbe lasciata riposare. Tuttavia, per tenerla al sicuro, prese una delle corde parzialmente legate alle traverse e gliela avvolse intorno al petto in una sorta di imbracatura. Ciò le avrebbe impedito di rotolare fuori dalla coffa. Ne aveva passate tante, e non c'era niente di meglio di un vero e profondo riposo in mare. Finché fosse rimasta sua prigioniera, lui le avrebbe dato tutta la libertà che bramava.

«Dormi», mormorò. «E sognami.» Una parte a lungo sopita di lui non poté fare a meno di domandarsi se quella creatura indomita lo avrebbe davvero sognato, se lo avrebbe mai *voluto*. Il pensiero lo colpì come una pugnalata al petto, il dolore più intenso più a lungo la guardava.

Gavin sapeva cosa significava amare qualcuno con tutta l'anima e scoprirsi in difetto. Era stato scartato da Charity, poi da Brianna. Josephine lo avrebbe mai considerato come qualcosa di più di un rapido tuffo nel pericolo e nell'avventura?

Non avrebbe dovuto avere importanza. Lui non aveva bisogno di essere amato. Aveva imparato a farne a meno molto tempo prima. Eppure, lei non gli aveva semplicemente sparato un colpo di avvertimento: aveva devastato la fiancata della sua nave con palle di cannone e si stava preparando all'arrembaggio. Presto avrebbe preso d'assalto e reclamato il suo cuore, e cosa sarebbe accaduto allora?

Un improvviso grido di avvistamento riportò la sua attenzione sugli uomini che lavoravano sul ponte di coperta. Ronnie era sul cassero di prua e puntava a babordo. Gavin seguì la direzione indicata dall'amico e individuò la nave in avvicinamento. La studiò dalla sua posizione sopraelevata e notò che si trattava di una grande imbarcazione, e si stava dirigendo verso di loro a tutta velocità. Probabilmente avrebbero potuto seminarla, ma sentiva che quella era una nave da cui non dovevano fuggire. Scese rapidamente dal sartiame e raggiunse Ronnie sul cassero; il quartiermastro aveva un cannocchiale premuto contro l'occhio.

«Che cosa vedi?» chiese Gavin.

«Una fregata della marina. Ci sta seguendo.»

Gavin volse gli occhi verso la Union Jack che sventolava

orgogliosamente sulla *Cornish Pixie*. Per una volta, era grato di vedere quei colori. La *Pixie* non era una nave pirata e non avrebbe dovuto temere un'incursione della Royal Navy. Non potevano trovare nulla di sbagliato a bordo. Solo lui e Ronnie erano fuorilegge. Tutto quello che dovevano fare era mantenere la rotta, non agire in maniera sospetta, e avrebbero potuto ingannare la marina facendo credere agli ufficiali che tutto fosse in regola.

«Qual è il piano, capitano?» chiese Ronnie mentre gli porgeva il cannocchiale, in modo che potesse dare un'occhiata alla nave che avevano alle calcagna.

«Manteniamo la farsa e continuiamo a navigare a meno che non ci fermino. Griffin mi aveva avvisato che la marina si aggirava lungo la costa. Molto probabilmente, si tratta solo di una nave che pattuglia la zona.»

«Siamo riusciti a malapena ad allontanarci di un giorno dal porto», brontolò Ronnie.

«Sapevamo che avremmo rischiato un incontro con la Royal Navy», gli ricordò Gavin. «Ma almeno questa volta abbiamo un equipaggio adeguato e una nave legale. Non possono sapere chi siamo.»

«Certo. Ma mi rende comunque nervoso.»

«Solo un pazzo non lo sarebbe», replicò lui.

Gavin fece un respiro profondo e pregò che la fregata li lasciasse stare, ma la fortuna non era dalla sua quel giorno. Nel giro di un'ora, la nave della marina li raggiunse e furono invitati a consentire a un gruppo di uomini di salire a bordo per un'ispezione. Con il volto torvo, lui e Ronnie si prepararono per l'incontro. Gavin aveva tenuto d'occhio la coffa per tutto il tempo e non aveva ancora visto Josephine svegliarsi. La donna continuava a dormire nonostante l'agitazione sul ponte sottostante, e la cosa lo preoccupava e lo divertiva al tempo stesso. Lui aveva imparato molto tempo prima a non dormire mai troppo profondamente. Un uomo poteva ritrovarsi con la gola sgozzata sulla sua stessa nave se non stava attento.

«Qualunque cosa succeda, attieniti alla storia», consigliò all'amico. «Siamo stati assunti da Dominic Greyville per far salpare questa nave verso le Indie Occidentali.»

«Signorsì, capitano», rispose Ronnie mentre andavano incontro agli ufficiali della Royal Navy che si apprestavano a salire a bordo.

❧

GRIFFIN SI GUARDÒ INTORNO NELLA CABINA CHE GLI ERA stata assegnata a bordo della nave di Brianna Flynn, la *Sea Serpent*. Lei e suo marito avevano gentilmente accettato di scortare lui, Lord Camden, Adrian e Dominic nelle Indie Occidentali all'inseguimento di Gavin.

Anche Lady Camden, Roberta e la graziosa cameriera Vesper si erano unite a loro per aiutare Brianna e Nicholas a prendersi cura del loro figlioletto, Asa, che aveva solo tre mesi.

Griffin era rimasto sbalordito nel vedere il bambino legato alla schiena di Brianna con una speciale fascia. Aveva visto solo un paio di contadine farlo nei campi nelle sue terre. Dominic aveva notato la sua espressione sorpresa e gli aveva spiegato che Brianna aveva il mare nel cuore e si rifiutava di salpare senza suo figlio, nonostante la tenera età.

Griffin aveva sollevato la questione dei possibili pericoli per il bambino, così come per le donne a bordo, ma Dominic aveva alzato le spalle e risposto che nessuno era mai stato in grado di dire a sua moglie o a sua madre cosa fare. E la cameriera, Vesper, era stata così in pensiero per Josephine che semplicemente non era riuscito a dire di no quando lei l'aveva implorato di lasciarla partire insieme a loro.

In un solo giorno di navigazione, Griffin aveva scoperto più di quanto avesse mai desiderato sapere sulle attività dei suoi vicini. Tra suo fratello e la famiglia della sua promessa sposa, aveva realizzato di essere *circondato* da pirati.

«Ti sei sistemato, Castleton?» chiese Dominic sulla soglia dell'alloggio di Griffin. Lui non l'aveva udito arrivare.

«Sì. Sei sicuro che Gavin sia diretto nelle Indie Occidentali? Non voglio inseguire false piste dall'altra parte del mondo.»

Dominic incrociò le braccia e lo studiò per alcuni istanti. «Ne sono certo. Hai detto che hanno preso la sua nave e io so cosa significhi per lui la *Siren*. Darà la caccia a lei e ai pirati che gliel'hanno portata via. Quegli uomini vorranno tornare nelle acque che conoscono, il che significa le Indie Occidentali. Inoltre, sta salpando con la mia ciurma e, con ogni probabilità, nessuno sa che è un pirata. Se è saggio, si manterrà lungo la rotta che avevo originariamente pianificato per non destare sospetti, il che lo porterà a casa mia, a King's Landing.»

«Ah, sì, avrebbe senso», rispose Griffin. Suo fratello era astuto e probabilmente avrebbe portato l'equipaggio del mercantile dalla sua parte interpretando il ruolo di capitano assunto da Dominic. La domanda era: come aveva spiegato la presenza di Josephine a bordo?

«La cena sarà pronta presto. Ci vediamo nella cabina del capitano tra un'ora.»

«Grazie.» Griffin annuì mentre Dominic lasciava la stanza.

Per distrarsi, si mise a disfare l'ultima delle sue valigie da viaggio e a sistemare sulla scrivania alcuni libri che aveva portato con sé. Era piuttosto sciocco, lo sapeva, voler portare dei libri in una missione del genere, ma la lettura lo calmava sempre quando era preoccupato. E, conoscendo il suo gemello, quel viaggio gli avrebbe causato non poca preoccupazione. Quando, infine, lasciò la sua cabina, sentì una sommessa imprecazione provenire dalla stanza accanto. La porta era leggermente socchiusa e vide Vesper che esaminava con ansia gli abiti che aveva portato per Josephine.

I capelli biondi le cadevano sulle spalle in onde scintillanti e il suo didietro offriva uno spettacolo seducente mentre si chinava con gli abiti stretti al petto.

Un'improvvisa e inaspettata ondata di lussuria lo colpì dal nulla. Griffin non provava niente del genere dalla morte di Charity. Vesper era deliziosa in un abito verde pallido con sottogonne color crema e un corpetto d'oro. Erano indumenti troppo eleganti per una cameriera personale, ma lui non si sorprese nel vederla abbigliata come la signora che era, perché Dominic gli aveva parlato del passato di lei. Sapeva che Josephine l'aveva sempre trattata più come una dama di compagnia e un'amica che una serva.

Si schiarì la gola, facendo sobbalzare e girare di scatto la donna.

Vesper ansimò, i suoi occhi verdi pieni di sorpresa. «Mio signore! Mi dispiace di avervi disturbato. Pensavo che nessuno mi avrebbe sentita.»

«Non mi hai disturbato, Vesper», la rassicurò lui. «Io... non ti dispiace se ti chiamo Vesper, vero?» Pregò che lei accettasse; voleva così disperatamente usare il suo nome di battesimo.

La donna esitò, poi scosse la testa. «No, mio signore.»

«Bene, bene. Ti sei sistemata nel tuo alloggio?»

Lei annuì, il viso un po' pallido. «Temo di non essere mai stata su una nave prima d'ora. È un po' spaventoso essere circondati da così tanta acqua. Sto cercando di tenermi occupata e di non pensare al fatto che non so nuotare. Mio padre non riteneva necessario insegnare certe cose a sua figlia, ma solo a suo figlio.»

«Tuo padre? Sir Trenton, non è vero?»

Lei arrossì e si guardò i piedi. «Lo conoscevate?»

«Non personalmente, no. Ma ho sentito quello che è successo.»

Griffin si era informato con discrezione sulla famiglia di Vesper poco dopo averla incontrata per la prima volta. Aveva appreso che era la figlia di un gentiluomo di campagna e, da quello che aveva capito, suo padre era caduto in disgrazia, gettando la famiglia in una situazione disastrosa, motivo per cui era stata costretta a diventare una cameriera personale.

Niente di tutto ciò lo aveva scoraggiato o aveva scalfito il suo interesse. Si sentiva stranamente più a suo agio con Vesper che con Josephine. Era nella sua natura proteggere le donne, prendersi cura di loro, ma qualcosa in Josephine lo avvertiva che non sarebbe mai riuscito a darle ciò di cui davvero necessitava per essere felice. Aveva la terribile sensazione che con lui si sarebbe sempre e solo accontentata.

Vesper, invece... Il modo in cui lo guardava quando pensava che lui non lo sapesse dimostrava che lo desiderava. E non si trattava solo di semplice desiderio della carne, anche se certamente c'era, ma di qualcosa di più profondo, qualcosa che lo terrorizzava ed eccitava al tempo stesso. Era passato troppo tempo dall'ultima volta che tali sentimenti si erano agitati nel suo cuore.

Non avrebbe dovuto provare nulla per la cameriera della sua promessa sposa, ma non poteva starle lontano. Lei lo attirava con una gravità silenziosa ma intensa, come la terra attira la luna.

«Se sapete cosa è successo a mio padre, allora non dovreste parlare con me, mio signore.» La giovane tirò su con il naso e riportò l'attenzione sugli abiti di Josephine.

Non volendo vedere Vesper sconvolta a causa di qualcosa che lui aveva detto, Griffin si avvicinò e le mise delicatamente una mano sul braccio. Nel momento in cui le sue dita la toccarono, gli sembrò di essere stato colpito da un fulmine. Alzò la testa e la guardò negli occhi.

«Le azioni di tuo padre ti hanno ferita, ma non sei stata tu a compierle. Devi lasciarti tutto alle spalle», disse.

Un lampo di furia le illuminò gli occhi, cogliendolo di sorpresa. «Come potrei? Ha costretto tutta la mia famiglia a lavorare e quelli che chiamavamo amici ci hanno voltato le spalle. Non mi vergogno di ciò che faccio, ma non gradisco come gli altri mi giudicano.»

Griffin le afferrò il mento, costringendola delicatamente a guardarlo. «Non troverai alcun giudizio qui.»

Vesper si morse il labbro inferiore per la frustrazione e lui fu incapace di resistere. Si chinò e premette le labbra sulle sue. Il fuoco divampò subito tra loro. Griffin le strinse la nuca e approfondì quello che era cominciato come un dolce bacio, immergendo la lingua fra le sue labbra. Per la prima volta da quando aveva perso la moglie e il figlio, si sentiva in grado di respirare liberamente, e

Vesper era proprio l'aria di cui i suoi polmoni avevano bisogno.

Lei gemette e gli gettò le braccia al collo, ricambiando il bacio. L'anima di Griffin esplose dal petto e sembrò librarsi sopra di lui fino a quando non ebbe quasi le vertigini per la deliziosa sensazione.

All'improvviso, la nave fu scossa da un'onda che fece inciampare entrambi. Lui la afferrò per la vita, incastrandola tra il proprio corpo e il muro della cabina. Si guardarono l'un l'altro per un lungo istante, i loro corpi premuti insieme.

«Oh cielo», disse Vesper, i suoi occhi luminosi.

«Maledizione», fece eco lui in tono cupo.

CAPITOLO 8

Josephine si svegliò di soprassalto al suono delle grida degli uomini. Sbatté le palpebre per scacciare il torpore dagli occhi e sbirciò oltre il bordo della postazione di vedetta sull'albero maestro. Si aspettava di trovare Gavin e l'equipaggio della *Cornish Pixie* che perlustravano la nave alla sua ricerca, ma ciò che vide invece la riempì di terrore. Una fregata della Royal Navy galleggiava a circa duecento iarde dal lato sinistro della *Pixie* e alcuni uomini stavano remando verso di loro su una piccola barca.

Strizzò gli occhi e pensò di intravedere almeno un ufficiale in uniforme a bordo. Sui ponti della *Pixie*, l'equipaggio stava sull'attenti mentre Gavin e Ronnie si sporgevano dalla ringhiera per osservare l'avanzamento della barca che navigava verso di loro.

Josephine sapeva di dover agire in fretta. Fece per muoversi, ma scoprì che qualcuno aveva legato una corda intorno al suo petto per evitare che cadesse nel sonno. Era stato il vecchio Bartholomew a salire fin lassù? Doveva essere stato lui, il caro anziano. Si appuntò mentalmente di ringraziarlo più tardi. Abbandonò il suo nascondiglio e scese in fretta il sartiame. Poteva sentire le voci degli uomini della marina che diventavano sempre più forti mentre salivano a bordo.

Qualcuno sibilò e Josephine si guardò intorno. Bartholomew le indicò di raggiungerlo in fila insieme agli altri membri dell'equipaggio della *Pixie*.

«Vieni qui», sussurrò l'uomo.

Lei attraversò rapidamente il ponte e prese posto accanto a lui. Gli lanciò uno sguardo interrogativo quando lo raggiunse. Il vecchio abbassò gli occhi e le mostrò un cappello a tesa larga.

Josie afferrò il cappello che lui le porgeva e se lo mise prontamente in testa. La tesa le nascondeva il viso. Anche se portava i capelli raccolti in una coda, erano comunque troppo lunghi per la maggior parte degli uomini, ma si sperava che nessuno l'avrebbe guardata troppo da vicino in quel momento.

«Bene, ragazza», sussurrò il vecchio. «Ora non muoverti.»

Un ufficiale britannico scavalcò la ringhiera e salì sulla *Pixie*. Diversi altri uomini lo seguirono e si disposero rapidamente in formazione davanti all'equipaggio.

«Sono il primo tenente Landers della nave di Sua Maestà *Torrington*. Desidero parlare con il capitano di questo vascello.» Era un uomo alto con una parrucca bianca e un corpo abbastanza muscoloso. Era chiaramente un ufficiale esperto, non un giovane guardiamarina.

«Sono Gavin Castleton, capitano della *Cornish Pixie*. Vi diamo il benvenuto a bordo, tenente.»

«Vi ringrazio, capitano Castleton.» L'uomo esaminò la

nave con sguardo freddo e Josephine gli fissò i piedi, pregando che lui non la notasse.

«Guarda un po' più in alto», mormorò il vecchio marinaio. «Altrimenti sospetterà che tu nasconda qualcosa.»

Josephine alzò di nuovo la testa, ma aveva troppa paura di respirare per timore che potesse attirare l'attenzione sui suoi seni.

«Non vi dispiace se ispezioniamo la stiva?» chiese il tenente a Gavin.

«Niente affatto. Potete guardare dove desiderate, tenente.»

Gavin seguì l'ufficiale di marina mentre questi camminava sul ponte con le mani giunte dietro la schiena, conversando amabilmente con lui. Josephine di tanto in tanto riusciva a udire frammenti della discussione.

«Vi porgo le mie scuse. Dobbiamo farlo con ogni nave, capite», spiegò Landers.

«Certamente», rispose Gavin.

«Ci sono pirati qui, sapete. Sulle rotte commerciali. Devo stare di guardia...» Il resto delle parole si perse nella brezza.

Trascorsero venti minuti in un silenzio teso per Josephine e l'equipaggio della *Pixie* fino a quando l'ufficiale e Gavin tornarono sul ponte di coperta.

«Immagino che abbiate fretta di partire, ma se siete interessato, il nostro capitano sarebbe lieto di accogliere voi e vostra moglie a cena.»

Josephine sussultò quando sentì la parola "moglie". Gavin aveva detto all'uomo che c'era una donna a bordo?

«Ehm...» esitò Gavin.

«Vi prego di accettare. Non capita spesso di trovare compagnia in mare e meno spesso compagnia femminile.»

L'ufficiale sembrava così gentile che sarebbe stato poco educato rifiutare.

«Molto bene. Quando dovremmo venire?» chiese Gavin.

«Il sole tramonterà tra qualche ora, ma il nostro capitano cena presto. Diciamo, mezz'ora?»

«Vi ringrazio.» Gavin strinse la mano al tenente e lo aiutò a superare la ringhiera e a calarsi verso la barca in attesa.

Non appena l'ufficiale scomparve, l'equipaggio tirò un sospiro di sollievo e tornò alle postazioni. Josephine seguì Bartholomew, ma Gavin le passò accanto mentre si dirigeva nella direzione opposta e le afferrò il braccio per trascinarla sottocoperta.

«Aspetta, non riesco a muovermi così velocemente!» ansimò lei mentre incespicava. I passi di Gavin erano così lunghi che non riusciva a stargli dietro.

Solo quando furono fuori dalla vista dell'altra nave, la lasciò andare.

«Come diavolo hai fatto a sapere che ero io?»

«Riconoscerei la curva dei tuoi seni ovunque», replicò lui. «Ragazza, dobbiamo cenare con quegli ufficiali sulla *Torrington*. Devi vestirti in fretta e venire con me.»

«Come tua moglie?» chiese seccamente lei, mentre si toglieva il vecchio cappello che il marinaio le aveva dato.

«Sì, mia amorevole e devota moglie. Questo è il nostro viaggio di nozze e stiamo celebrando la mia nuova posizione come capitano della *Cornish Pixie*.»

Josephine si toccò il mento, pensierosa. «Quindi non dovrei dire che sei un pirata che mi ha rapita alla vigilia del mio matrimonio?» Lo stava prendendo in giro, ma lui non sembrò rendersene conto.

Si mosse come un lampo per ingabbiarla contro la

paratia più vicina e le prese la guancia nel palmo della mano. I loro volti erano estremamente vicini e i suoi occhi scuri mentre la fissava con serietà.

«Se parli di pirati, io e Ronnie siamo uomini morti, e la ciurma probabilmente finirebbe in prigione e forse impiccata».

«Gavin, ti stavo solo prendendo in giro», disse lei più seria.

«Non è una cosa su cui scherzare, ragazza. Ho la tua parola che tacerai?»

«Certo», promise lei. «Non fiaterò.»

«Bene.» Lui si rilassò e le sorrise. «Discuteremo della tua punizione per avermi chiuso nella mia cabina più tardi questa sera.»

«Punizione?» rispose lei, scaldandosi. «Sei stato tu a chiudermi lì dentro per primo.»

Gavin respinse le sue argomentazioni. «Penso che il tuo fondoschiena abbia bisogno di una bella sculacciata. Dopodiché, vedremo.» Si chinò per annullare la distanza che li separava e la baciò. Era rude e selvaggio. Le strizzò le natiche e le diede un leggero schiaffo. Josie sobbalzò, poi gemette, travolta da un'improvvisa ondata di calore.

Gavin indietreggiò. «Indossa uno dei vestiti nella cassapanca. Io ti raggiungerò presto.» Si allontanò a grandi passi e risalì le scale per impartire ordini all'equipaggio.

Con un sospiro sconsolato, Josie tornò nella cabina del capitano e abbandonò i pantaloni da marinaio. Frugò tra gli abiti di Roberta e ne scelse uno color pesca con sottogonne blu. Riuscì a stringere il corsetto quasi fino in fondo, ma poi imprecò perché non poteva chiuderlo senza aiuto. Come in risposta alla sua silenziosa preghiera, la porta si aprì e lei fu sollevata nel vedere Gavin entrare.

«Hai bisogno di assistenza?» le domandò, esaminandola lentamente con gli occhi.

«Sì, purtroppo.»

Le si avvicinò da dietro e posò le mani sulle sue spalle nude. Quel tocco era deliziosamente ardente sulla sua pelle fresca.

Lui ridacchiò. «Preferirei di gran lunga toglierti l'abito piuttosto che aiutarti a indossarlo.» Le accarezzò la schiena prima di allacciare forte il corsetto, senza tuttavia stringere troppo, poi l'aiutò con le gonne e le chiuse la parte posteriore dell'abito. Lei teneva un palmo premuto contro lo stomaco, sul corpetto ricamato.

«Ci stai a malapena, ma andrà bene», rifletté Gavin. A nessuno dei due era sfuggito il modo in cui il corpetto troppo aderente le spingeva in alto i seni.

«Quest'abito è di mia cognata. È più bassa di me e il suo seno è più piccolo, ma per fortuna non di molto.»

«Ebbene, non potrei mai lamentarmi di un seno più grande.» Le lanciò uno sguardo scherzoso prima di stringere gli ultimi due lacci. Sapeva già di doverli infilare nella gonna, e Josephine non poté fare a meno di domandarsi quante donne avesse spogliato e vestito per essere così familiare con un dettaglio piccolo ma necessario.

«Hai aiutato molte donne a vestirsi e svestirsi?» chiese.

«Alcune, ma non così tante come puoi immaginare. Non corro dietro alle gonnelle. Almeno, non secondo il mio quartiermastro.»

«Gonnelle?» Josephine non era sicura se ridere o sentirsi insultata.

«Non ti preoccupare, ragazza.» Gavin le pizzicò il sedere. «Le tue sono le uniche gonne che inseguirò a breve. Ora sbrigati a sistemarti i capelli.»

Lui si concentrò sulla cesta di Dominic e ne estrasse un bel paio di calzoni color camoscio scuro e una redingote di broccato blu. Mentre Gavin si cambiava, Josephine prese in prestito il pettine di madreperla di Roberta per sistemare la sua criniera scompigliata dal vento. Lo guardò un paio di volte con la coda dell'occhio. C'era qualcosa di intimo nell'essere nella stessa stanza con un uomo mentre si vestiva. Era qualcosa che un vero marito e una vera moglie avrebbero potuto fare.

«Come sono diventata tua moglie?» chiese, curiosa di sapere come si fosse sparsa la voce sulla nave.

«Oh... Sì, suppongo che dovremmo inventare una storia per gli ufficiali.»

«Sì, avremo bisogno di una storia su come ci siamo conosciuti, ma io volevo sapere perché l'equipaggio pensa che io sia tua moglie.»

Gavin si infilò la redingote. Il broccato blu accentuava i toni più chiari dei suoi capelli castani, che lui tirò indietro e legò con un nastro. In quel momento, Josie vide quanto chiaramente lui e Griffin si somigliassero. Avrebbe potuto passare per il gemello agli occhi di qualcuno che non conosceva bene entrambi.

«È stato Ronnie a dirlo. A quanto pare, c'era un po' di preoccupazione e le solite superstizioni tra i membri dell'equipaggio riguardo alle donne sulle navi, così lui li ha rassicurati che eri una signora e che eravamo sposati. Pochi marinai vogliono un donnaiolo come capitano. Dimostra una mancanza di disciplina e loro devono potersi fidare che chi è al comando sappia controllarsi.»

«Davvero? Pensavo che ai pirati piacesse...»

«Questi uomini non sono pirati, Josephine. Tuo fratello ha assunto persone oneste. Eppure, persino i pirati hanno regole sulle donne a bordo. Possono essere motivo di liti. Se ci sono troppi uomini e una sola donna... spesso finisce male. E una nave che intraprende viaggi lunghi o pericolosi non può sopportare di avere una dozzina di donne a bordo per soddisfare i bisogni degli uomini.»

Quella brutale onestà riguardo alla condizione delle donne sulle navi le riempì la testa di un fastidioso ronzio. Anche lui le vedeva in quel modo? Come meri oggetti da utilizzare?

«Non hai nulla da temere, Josie. Non permetterò a nessuno di farti del male.» Le mise un palmo sul braccio.

«Non è questo che mi preoccupa. È l'idea che le donne siano usate per un unico scopo – soddisfare i bisogni degli uomini – e che non venga attribuito loro alcun altro valore. Non siamo burattini da usare e scartare. Abbiamo una vita, un'anima e un cuore... non siamo *cose*.»

Il volto di Gavin si adombrò. «Sono d'accordo con te. È quello che succede, anche se non dovrebbe. Il cambiamento è sempre lento ad arrivare perché significa conflitto, e la maggior parte delle cosiddette nazioni civili preferisce evitare il conflitto, anche se ciò significa consentire che i comportamenti sbagliati continuino incontrastati.» Lui le sfiorò la mascella con le dita, gli occhi sorprendentemente dolci e pieni di compassione per un uomo che viveva al di fuori della legge. «Vieni ora. Andiamo a prendere per il naso gli uomini della marina.»

Josephine lo seguì sul ponte e, con l'aiuto di alcuni marinai, riuscì a superare la ringhiera e a scendere la scala fino alla scialuppa in attesa, che li condusse, a remi, fino all'enorme fregata. L'imponente nave di Sua Maestà faceva assomigliare quella di suo fratello alla creatura fatata di cui portava il nome. Se fosse stato necessario fuggire, la *Pixie* sarebbe stata probabilmente più veloce. In una battaglia, tuttavia, la *Torrington* li avrebbe sicuramente distrutti.

Quando salirono a bordo, Josephine e Gavin furono accolti da una fila di ufficiali che andavano dai giovanissimi guardiamarina al capitano, un uomo in forma ma tarchiato sulla quarantina. Il capitano rivolse loro un ossequioso inchino mentre si fermavano davanti a lui.

«Mia signora, vi prego di perdonarmi. Spesso dimentico le difficoltà di trasferire le donne da una nave all'altra. Ammetto, tuttavia, che sono lieto di avervi a cena questa sera.»

Josephine non era mai stata una donna che bramava attenzioni e avere dozzine di uomini che le esaminavano il seno era tutt'altro che gradito. Dovette ricordare a sé stessa che era la figlia di un conte e che quella farsa avrebbe salvato la vita di Gavin.

«Vi ringrazio, capitano. Sarà un piacere cenare insieme a ufficiali così affascinanti della marina di Sua Maestà.»

Gli uomini più vicini a loro, in gran parte prossimi alla sua età, divennero scarlatti al complimento.

«Sono il capitano James Anderson.»

«E io sono Gavin Castleton, capitano della *Cornish Pixie*. Sono lieto di presentarvi mia moglie, Josephine.»

Il capitano le prese la mano e le diede un cortese bacio sul dorso. Poi le offrì il braccio e la accompagnò nei suoi alloggi, dove era stato allestito un sontuoso banchetto. La aiutò a sedersi su una sedia e solo in seguito prese posto con gli altri uomini.

«Gradireste un bicchiere di Madeira?» le chiese.

«Sì, grazie.» Josie accettò il vino, ma non le sfuggì il cortese rifiuto di Gavin, con la scusa che quella sera sarebbe stato in servizio.

«Signora Castleton, suppongo che questo sia un viaggio di nozze?» chiese il terzo tenente. Era un ragazzo di non più di venti o ventuno anni, con un contegno riservato.

«Sì, siamo sposati solo da una settimana», mentì candidamente lei. Qualunque rossore delle sue guance si sarebbe ben adattato alla farsa di una timida sposa novella.

Gavin si irrigidì, ma Josephine dubitava che qualcuno al tavolo se ne fosse accorto. Per il momento, tutti gli occhi erano puntati su di lei.

«Vi piace il mare?» chiese il capitano Anderson mentre cominciavano a mangiare una portata di pesce fresco.

«È davvero stupendo», rispose lei.

L'attenzione si spostò su Gavin. «E dove siete diretti, capitano Castleton?» domandò il comandante della nave.

«Le Indie Occidentali», rispose lui con un sorriso amichevole. «Il vascello è di proprietà di mio cognato e noi siamo salpati ieri per raggiungere i suoi possedimenti.»

«E chi è vostro cognato? Potrei conoscerlo», chiese il capitano. Josephine si rese conto troppo tardi che non si trattava di una semplice cena. Era un *interrogatorio*.

«Il figlio del conte di Camden.» Come percependo la sua tensione crescente, Gavin le mise una mano sul ginocchio sotto il tavolo. Josie inspirò, cercando di mantenere la calma.

Uno dei tenenti sembrò sorpreso. «Non era quel tipo che...» Il capitano Anderson, però, gli lanciò un'occhiata tagliente e lui si zittì subito.

«Mio fratello è stato recentemente graziato dal re.» Josephine sapeva cosa stesse per dire quell'uomo. La storia del salvataggio di suo fratello dal cappio e del perdono reale che il padre aveva ottenuto per salvarlo si era diffusa in lungo e in largo.

«Sì», disse lentamente il capitano. «Il pirata.»

«*Ex* pirata», sottolineò Josephine, poi strinse il braccio di Gavin in una dimostrazione di quello che sperava sembrasse l'affetto di una moglie. «Mio marito ha accettato di capitanare la sua nave solo dopo aver ottenuto assicurazioni dalle autorità competenti che il nostro viaggio sarebbe stato del tutto legale. Mio marito segue la legge alla lettera.»

«Non mi associo ai pirati», concordò Gavin in tono solenne. «Sono affari marci i loro. Non si può governare un impero e fare affari con quei ribelli che appestano i mari.» Parlava con un disprezzo così convincente che Josephine avrebbe creduto a lui e al suo odio per i pirati se non lo avesse conosciuto.

Tentò di cambiare argomento. «Capitano, siete mai stato nelle Indie Occidentali?»

«Oh, sì, molte volte.» L'uomo le sorrise in maniera quasi affettuosa, come se fosse una bambina.

Josephine lo sfruttò a proprio vantaggio. «Mi piacerebbe passarvi del tempo con mio marito prima di tornare in Inghilterra. Potreste consigliarci qualche posto adatto da visitare?»

«Vorrei potervi dare un parere in merito, ma vi esorto invece alla cautela. Gli spagnoli ci stanno dando ancora problemi e sarebbe più prudente per voi rimanere nelle regioni controllate dagli inglesi.»

«Oh, capisco.» Josephine si finse delusa, anche se non temeva gli spagnoli. Lo era lei stessa per metà, dopotutto. E dubitava che Gavin avesse paura di loro.

Per il resto della cena, Josephine riuscì a mantenere la conversazione in acque più sicure. Ogni volta che gli ufficiali tiravano in ballo la questione dei pirati o delle attività illegali, lei faceva una domanda sciocca, del genere che gli uomini si aspettavano da una donna che non sapeva nulla della vita in mare.

«Beh, vi ringrazio, capitano Anderson. Abbiamo apprezzato molto la vostra compagnia questa sera, ma ora devo tornare alla mia nave. Abbiamo un programma da rispettare e i venti sono padroni volubili.»

La mano di Gavin, di nuovo sul suo ginocchio sotto il tavolo, le diede una stretta di congratulazioni.

«È stato un piacere.» Quando Josephine si alzò, Anderson e i suoi ufficiali scattarono sull'attenti e il capitano le diede un altro bacio sul dorso della mano. «Immagino che vostro marito si godrà la luna di miele. Siete di deliziosa compagnia.»

Josephine arrossì per le implicazioni, il che, per fortuna, ben si adattava alla recita.

«Lo farò di certo.» Gavin le strizzò l'occhio e la scortò fuori dalla cabina prima che potesse capire come rispondere al complimento del capitano.

Solo quando fu risalita sulla *Cornish Pixie*, Josephine sentì la tensione allentarsi. Gavin parlò in privato con Ronnie per un momento e poi la raggiunse di nuovo, sul ponte illuminato dalla luna.

«Sei stata spettacolare, ragazza», disse. Prima che lei potesse rispondere, le sollevò il viso e la baciò. Un dolce ronzio, come quello delle api durante un giorno d'estate, le riempì le orecchie e Josephine si abbandonò a lui, alla sua forza e al bacio. Quando Gavin lo approfondì, aprendole con delicatezza le labbra con la lingua, lei dimenticò completamente di essere sul ponte in piena vista dell'intero equipaggio.

Non era sicura di quanto fosse durato il bacio. Potevano

essere minuti o ore. Si era smarrita nel sapore di lui, nella sensazione della redingote sotto le dita, delle ciocche dei capelli scompigliati dal vento e della barba ruvida che le graffiava le guance. Nessuna fantasia si era mai avvicinata a ciò che provava mentre baciava Gavin.

Si era sentita allo stesso modo quando si era arrampicata sul sartiame mentre il veliero navigava su un mare calmo con il vento alle spalle. Era il *paradiso*. Sarebbe stato uno dei suoi ricordi più cari, che avrebbe serbato nel cuore per sempre, il ricordo del bacio di Gavin e delle lodi nelle orecchie.

Quando finalmente si separarono, entrambi si voltarono a guardare la sagoma minacciosa della *Torrington*, che si faceva sempre più piccola man mano che le due navi si allontanavano. Poi, senza dire una parola, Gavin la condusse nella sua cabina e chiuse la porta. Vi si appoggiò con la schiena, guardandola con gli occhi scuri.

«Gavin?» Josie pronunciò il suo nome come una domanda, anche se non era sicura di cosa stesse effettivamente chiedendo.

«Sono davvero orgoglioso della tua recita stasera.» Il complimento la fece arrossire di pura gioia. Lei stessa pensava di aver fatto un buon lavoro, ma era bello sentirselo dire.

Gavin si allontanò dalla porta chiusa e si diresse verso di lei. Quando la raggiunse, fece scorrere il palmo della mano sul lato del suo corpetto e, anche attraverso gli strati di stoffa, Josephine ne sentì il calore rovente che la marchiava. Lo guardò in viso, beandosi dello spettacolo come se fosse la prima volta che lo vedeva. Il sangue le ribolliva nelle vene per l'eccitazione. Era quella la notte in cui l'avrebbe reclamata nel modo in cui lei desiderava essere reclamata dalla prima volta che lo aveva toccato?

«Nonostante la tua brillante interpretazione, però, credo di doverti ancora una punizione, ragazza», disse scherzosamente, con voce dolce, anche se roca per l'eccitazione. Un brivido di consapevolezza la attraversò, colmandola di desiderio. Lui era così grande e forte. La mano che le accarezzava il fianco scese fino all'anca e poi salì di nuovo fino ai seni, dopodiché si spostò verso la gola. Gavin serrò leggermente le dita intorno al suo collo mentre la stringeva a sé. Il suo tocco era delicato, ma lei sapeva che poteva sentire sotto la punta delle dita quanto il cuore le galoppasse nel petto. Gli occhi marroni di Gavin contenevano una scintilla di pericolo che la preoccupava. Non lo conosceva ancora abbastanza bene da sapere cosa ritenesse una punizione appropriata.

«Hai paura di me?» le sussurrò all'orecchio.

«Non esattamente», confessò Josie. Il suo corpo ardeva per lui, ma avvertiva comunque un pizzico di paura, non che lui le facesse del male, ma solo di non essere pronta per ciò che voleva farle.

«Non devi avere paura di me», disse prima di mordicchiarle delicatamente il lobo. «Ma ti insegnerò a godere di una lieve punizione quando ne avrai bisogno.»

«Di certo ho rimediato a quella stupida trasgressione a cena?» chiese. «E ti ho chiuso qui dentro solo perché *tu* hai chiuso me», gli ricordò, sforzandosi di trattenere un gemito quando lui le leccò l'orecchio. Lo spazio tra le sue gambe pulsò e lei strinse le cosce.

Gavin la guardò, accigliato, ma lei non vide alcuna vera rabbia nei suoi occhi, solo malizioso divertimento.

«Hai ingannato tutti quegli uomini e li hai fatti pendere

dalle tue labbra. Ho ascoltato tutte quelle stupide domande che ti hanno posto. Buon Dio, scommetto che volevi urlare. Ne sai più tu sulle navi di quei giovani guardiamarina», disse. Sembrava un po' arrabbiato, ma lei sapeva che l'ira era rivolta altrove.

«Sì, è stato frustrante», concordò. «A nessuno piace essere trattato come un bambino.»

«Beh, io ti vedo, Josie, vedo la tua mente brillante, il tuo coraggio, la tua astuzia. Non devi mai nasconderti da me», disse.

Lei arrossì di nuovo alle sue lodi. «Allora forse non c'è bisogno di punirmi?» suggerì in tono leggero.

Gavin sorrise di nuovo, al tempo stesso cupo e giocoso. «Oh, ho comunque intenzione di farlo. Non puoi chiudere il capitano di una nave nella sua cabina.» Le accarezzò la gola con le dita mentre la teneva premuta contro di sé.

«Non posso fuggire e non ho mai protestato, nemmeno una volta, da quando mi hai portata via da casa mia. Non c'era bisogno di chiudermi dentro. *Voglio* essere qui, Gavin... con te.»

Lui la girò lentamente, senza smettere di guardarla, e lei vide un lampo di qualcosa nei suoi occhi, qualcosa di troppo veloce da decifrare del tutto, ma che le fece serrare il cuore.

«Ti ho rinchiusa per due motivi. Non conosco ancora gli uomini sulla nave. Ci sono quasi ottanta marinai a bordo e io so per certo di potermi fidare di uno solo di loro: Ronnie. Non so che genere di persone siano gli altri. Stavo cercando di proteggerti.»

«Hai detto che i motivi erano due», disse lei. «Qual è il secondo?»

Gavin la lasciò andare e fece un passo indietro per

togliersi la redingote e gettarla sul tavolo. Poi iniziò a rimboccarsi le maniche, rivelando le braccia muscolose e abbronzate.

«Il secondo motivo è che l'idea di te alla mia mercé mi fa ribollire il sangue. Il pensiero di averti legata al mio letto, costretta a ricevere il piacere che ti do, soggetta ai miei capricci... Mi fa impazzire di desiderio.»

Si inginocchiò davanti al baule e iniziò a scavare finché non trovò un lungo nastro di seta. Poi se lo avvolse intorno al pugno chiuso per testarne la forza e sollevò la testa per sorriderle.

Josephine aveva il cuore in gola. «Non puoi essere serio...»

«Lo sono, ragazza.» Avanzò verso di lei di un passo.

Oh no, Josie non aveva alcuna intenzione di rendergli la vita facile.

«Dovrai prendermi prima», esclamò, facendo l'unica cosa che poteva fare e precipitandosi verso la porta.

Lui la afferrò per la vita e, con una risatina profonda e tonante, le baciò l'orecchio.

«Sarà divertente.»

CAPITOLO 9

Gavin tirò a sé la sua preda e ne sentì il battito frenetico mentre lo guardava con un misto di desiderio e apprensione. Non voleva spaventarla e di certo non le avrebbe fatto del male, ma lei doveva imparare a fidarsi di lui. Aveva detto sul serio a proposito dell'equipaggio. Non erano pirati, ma ciò non significava che potesse fidarsi di loro, non con una donna così bella come Josephine a bordo. Non prima di averli conosciuti meglio. Non poteva tenerla d'occhio ogni minuto della giornata per assicurarsi che fosse al sicuro.

Josie tremò tra le sue braccia mentre lui le baciava il collo e Gavin le mise una mano tra i capelli e le tirò indietro la testa con delicatezza. Per Dio, era davvero bella, ma non erano solo i suoi lineamenti a essere sbalorditivi. Era il modo in cui lo guardava, il modo in cui lo faceva sentire. Non era mai stato così consapevole di una donna e di tutto ciò che poteva accadere come in quell'istante, con quella vergine tremante ma con il cuore di una dea guerriera tra le braccia. Il coraggio brillava nel profondo dei suoi occhi grigio-argentei.

Le parole che intendeva rivolgerle l'avrebbero sfidata, ma doveva spingerla al limite, per vedere cosa avrebbe accettato da lui.

Le strofinò la nuca come avrebbe fatto con una docile gattina. «Ti toglierai i vestiti e ti sdraierai sul letto.»

Josephine lo fulminò con lo sguardo mentre si girava di scatto, dimostrando di non essere nient'affatto docile. «Altrimenti?»

«Altrimenti ti scalderò il sedere, il tuo sedere *nudo*, dopo *averti* tolto i vestiti.» Accompagnò le parole con un sorriso predatorio. «Ma se fai quello che ti chiedo... allora sarò molto contento di te, ragazza.»

«Oh, quindi si tratta di una richiesta, non di un comando?» Quella ribellione era come un afrodisiaco per Gavin. La donna alzò il mento e aggiunse: «Non ti ho sentito dire *per favore*». Aveva un luccichio malizioso negli occhi.

Una giocosità che non provava da secoli lo pervase, smussando gli spigoli duri che la sua anima aveva acquisito nel tempo. Josephine lo faceva sentire di nuovo un ragazzo di diciannove anni. Non era arrabbiato con lei, non voleva punirla veramente, ma gli piaceva quel lato ribelle che emergeva quando la stuzzicava. Era una donna forte e coraggiosa, e stava giocando con lui perché le piaceva spingerlo al limite. Era una cosa che lui rispettava.

La lasciò andare con una risata e fece un esagerato passo indietro. «*Per favore*, ti toglieresti i vestiti e ti sdraieresti sul letto?»

Josephine si pettinò i capelli con le dita, un gesto che lui stava iniziando a vedere come involontario, che lei faceva per calmarsi. Prese nota tra sé e sé di accarezzarle i capelli per metterla a suo agio.

«Molto meglio.» Josie allungò la mano dietro la schiena, ma lui scosse la testa.

«Prima togliti le scarpe.»

Confusa, lei sollevò le gonne e appoggiò il piede sul baule, poi tolse lentamente una delle scarpette di raso blu. Ripeté il processo con l'altra. La vista di quei piccoli piedi coperti da calze bianche ebbe su di lui un effetto che non sperimentava da molto tempo. Era così eccitato che riusciva a malapena a respirare.

La sua voce si fece un po' più profonda. «Ora le calze.»

Josie alzò le voluminose gonne fino alla vita e liberò una gamba. Alla vista di quella squisita carne nuda, Gavin dovette trattenersi dall'emettere un suono che molto probabilmente l'avrebbe spaventata. Quel lento spogliarsi era una tortura. Il suo cazzo premeva contro i calzoni e il cuore batteva furioso nel petto.

Josephine si tolse la seconda calza e gliela lanciò addosso. Lui la afferrò con una mano. La seta bianca era ancora calda dove era stata in contatto con la sua pelle. Gavin si sistemò i calzoni con una mano, cercando di nascondere il disagio, ma lei lo guardò con un accenno di sorriso sulle labbra, come se sapesse esattamente cosa gli stesse facendo. E lui ne era contento... voleva che lei provasse quella sensazione, che sapesse che forte effetto avesse su di lui.

«Ora le gonne e sottogonne.»

Josie si chinò per obbedire e i capelli le si riversarono intorno in una cascata di onde scure. Si liberò del *panier* e lo lasciò cadere sul pavimento, poi incontrò il suo sguardo, con tanto calore e un pizzico di paura negli occhi. Senza fiatare, si voltò di schiena e lui la raggiunse. Con mani tremanti e il controllo appeso a un filo, Gavin le gettò i capelli sopra la spalla per vedere i lacci del corpetto. Li allentò con delicatezza, liberandola. Poi si occupò del corsetto, che presto si unì al resto degli indumenti sul pavimento.

Josephine ansimò mentre le solleticava le cosce nude per afferrare l'orlo della sottoveste. Gliela sfilò, mettendola finalmente a nudo. La vista dei suoi seni pieni e i capezzoli rosa pallido, inturgiditi dal freddo, gli fecero inaridire la bocca. Voleva esplorare ogni collina e valle del suo corpo, tracciare sentieri di baci e leccare la sua pelle delicata con la lingua.

«Sul letto», quasi ringhiò. «*Adesso.*»

Josephine si allontanò da lui e si arrampicò sul materasso, offrendogli una visione fin troppo gradevole del suo fondoschiena a forma di cuore, prima di girarsi e sdraiarsi sulla schiena. Gavin la raggiunse con il nastro che aveva recuperato dal baule tra le mani, le afferrò i polsi e li legò insieme, facendo attenzione a non stringere troppo.

«Tieni le mani sopra la testa», la avvertì, «o le legherò alla testiera».

Josephine si sistemò più comodamente sul letto e sollevò le braccia come le aveva ordinato. Lui si sedette sul materasso per ammirarla. Poi, esitante, le accarezzò la curva del naso fino alla bocca. Quando lei aprì le labbra, lui vi spinse dentro il dito e lei lo succhiò. La sensazione della sua bocca bagnata che gli succhiava il dito lo fece quasi venire nei calzoni come un giovane inesperto. Cercò di ignorare il doloroso pulsare che avvertiva nelle regioni inferiori, ma quando lei gli leccò il polpastrello con la lingua, non riuscì a trattenere un gemito. Voleva metterle qualcos'altro tra le labbra, ma non era così che avrebbe dovuto essere la loro prima volta insieme. Quella sera, si trattava di lei, del suo piacere e della sua comprensione. Voleva che sapesse che qualsiasi cosa tra loro nell'intimità di quella cabina sarebbe sempre stata per lei o per il loro reciproco piacere.

Piccola tentatrice, pensò con gioia. Josie sarebbe stata davvero un'amante appassionata, un'amante avventurosa, e lui era il bastardo più fortunato del mondo per averla trovata.

Estrasse il dito umido dalle sue labbra e disegnò dei cerchi attorno a ciascun capezzolo prima di scendere fino al ventre. Sentiva i suoi muscoli tremare sotto i polpastrelli che la esploravano pian piano, finché non raggiunse i riccioli scuri tra le sue cosce. Josie emise un gemito e strinse forte le gambe, cercando di chiuderlo fuori, non per il dolore o la paura, ma per la sorpresa.

«Apri le gambe», disse lui dopo un momento, e lei obbedì. «Brava ragazza.» Le sue lodi le fecero brillare il viso di felicità. Si sarebbe ricordato che ricevere elogi la riempiva di gioia.

Continuò a esplorare tra i riccioli prima di accarezzare con delicatezza la minuscola perla che celavano. Lei contrasse bruscamente i muscoli per lo stupore.

«Tranquilla, Josie», la rassicurò. «È la perla che ti dà piacere», disse. «Lascia che la accarezzi.»

«È troppo...» si sforzò di dire mentre lui continuava a solleticare i suoi nervi. Più la toccava, più lei reagiva. Prima sollevò i fianchi, poi le sue mani iniziarono a stringersi a pugno sopra la testa mentre lottava per capire cosa stesse accadendo. Lui tenne gli occhi sul suo viso per tutto il tempo, studiandone ogni minima espressione, per capire quali punti e quali tocchi le procurassero più piacere. Quando capì che era vicina all'orgasmo, spostò il dito verso il basso per insinuarsi tra le sue pieghe. Lei piagnucolò, frustrata, e poi ansimò mentre lui inseriva un dito all'interno. Non la penetrò profondamente, ma abbastanza da farle sentire che era dentro di lei. Lo estrasse e poi entrò di nuovo, strappandole un delicato suono di curioso piacere.

«Ecco qua, ragazza, sentimi dentro di te. Ora immagina che sia il mio cazzo», disse con voce sensuale mentre infilava un secondo dito. Lei sollevò d'istinto i fianchi e lui la spinse verso il basso con una risatina.

Josie ansimò quando Gavin iniziò a darle piacere più velocemente, le dita che si muovevano dentro e fuori con crescente impeto, finché non le sfiorò il clitoride. Lei esplose con un grido sommesso e lui continuò a stuzzicarla fino a quando non sentì le sue cosce tremare e il respiro farsi mozzato. Poi estrasse le dita e lei rimase immobile, le mani ancora legate sopra la testa. Gavin si concesse qualche istante per ammirare la sua opera con non poca soddisfazione. Le ciglia della donna svolazzarono mentre scendeva lentamente dalla vetta a cui lui l'aveva condotta.

C'erano così tante cose che voleva farle, ma poteva attendere un'altra volta. Voleva assaporarla, prendersi il suo tempo e testare i propri limiti. Sarebbe stato molto più appagante quando finalmente l'avrebbe reclamata.

«Ora, voglio che tu vada a dormire», disse.

«Come posso dormire dopo quel che è successo?» sussurrò timidamente lei, offrendogli i polsi perché potesse slegarli.

«Troverai un modo, ragazza.» Gavin si chinò e le baciò le labbra, assaporando il suo dolce respiro mentre lei ricambiava. Non era un bacio ardente e disperato. Era tiepido e delicato come una giornata primaverile. Riportava alla mente quei rari momenti, libero da doveri e preoccupazioni, in cui poteva sdraiarsi tra i fiori selvatici e godersi il sole e immaginare la sua anima elevarsi al cielo.

Conteneva, però, anche un dolce desiderio d'amore che sembrava strappargli il cuore dal petto. Si tirò indietro, distogliendo lo sguardo. Era troppo, troppo presto. Si vergognava a pensare di non essere ancora pronto a sentirsi di nuovo in quel modo dopo Charity. Sette anni erano un lungo lasso di tempo, ma per certi versi non abbastanza.

«Dormi ora», la esortò con dolcezza, poi lasciò la cabina. Non andò lontano, ma aveva bisogno di schiarirsi le idee. Si appoggiò con la schiena alla paratia e respirò profondamente, più volte. Tutt'intorno a lui, la *Cornish Pixie* dondolava tra le onde mentre navigava verso l'Atlantico su acque illuminate dalla luna.

Ricorda ciò che conta. Riavere la Siren *e uccidere Beauchamp e la sua ciurma di traditori.*

Il pensiero di Beauchamp e degli altri responsabili dell'ammutinamento ancora a piede libero là fuori spazzò via ogni traccia di desiderio. Chiuse gli occhi, ricordando quel momento in cui lui e Ronnie si erano allontanati dalla sua amata nave e la tempesta aveva nascosto la *Siren* alla vista.

"Gavin..." Il suo nome, udito solo nella testa, sembrava un'eco lontana. La voce di suo fratello.

Per le successive sei settimane di navigazione verso le Indie Occidentali, avrebbe inseguito la sua vecchia nave mentre suo fratello inseguiva lui. Non era sicuro di come facesse a saperlo, ma era certo che Griffin fosse sulle sue tracce. Voleva riprendersi Josephine. Quale uomo non avrebbe voluto indietro una donna come lei? Ma Gavin non aveva intenzione di permettere che ciò accadesse. Lei era il *suo* tesoro ormai.

⁂

ERA QUASI L'ALBA QUANDO GRIFFIN FU SVEGLIATO DAL sonno da qualcuno che bussava alla porta della sua cabina. Si alzò barcollando dal letto e indossò in fretta i vestiti prima di invitare chiunque fosse dall'altra parte a entrare. Dominic chiuse la porta dietro di sé.

«Che succede? Li abbiamo trovati?» domandò Griffin.

Dominic scosse la testa. «No, ma mentre tutti dormivano, abbiamo incrociato la nave di Sua Maestà *Torrington*, che ha l'ordine di navigare su e giù per la costa occidentale in cerca di pirati. Hanno visto la *Pixie* ieri sera, hanno persino cenato con il capitano e sua moglie.»

«*Moglie?*» esclamò Griffin. «Non avrà di certo *sposato* Josephine?»

«Conoscendolo, è probabile che abbia finto per allontanare ogni sospetto. Che ci sia stato o meno un matrimonio, agli ufficiali della *Torrington* è stato detto che Josephine era la sua nuova sposa.»

«Hai riferito agli ufficiali che Gavin l'ha rapita?» domandò Griffin.

Il volto di Dominic si adombrò. «No, non l'ho fatto.»

Griffin era allo stesso tempo sollevato e confuso. «Sono contento di sentirlo, ma perché?»

«Perché gli uomini sulla mia nave sono ex pirati o poveri marinai in cerca di un lavoro onesto. Ho promesso a tutti loro un modo sicuro e legale per guadagnarsi da vivere a bordo della *Cornish Pixie*. Se Gavin venisse catturato e accusato di pirateria, anche loro ne soffrirebbero. Se avessi detto agli ufficiali della *Torrington* che stavamo dando la caccia a un pirata, sarebbero stati costretti a inseguirli e condannare l'equipaggio insieme a lui. Penso che sia meglio se teniamo gli uomini di Sua Maestà all'oscuro della nostra piccola missione di salvataggio.»

«Sono d'accordo. Non ho alcun desiderio di vedere mio fratello impiccato. Voglio solo salvare Josephine e che la tua nave ti sia restituita.»

«Sono contento che siamo d'accordo», rispose Dominic, il suo sguardo solenne. «Ma temo che possa essere più in pericolo di quanto tu creda.»

«Che cosa vuoi dire?» Il fatto che un ex pirata fosse preoccupato non era di buon auspicio per nessuno di loro.

«Tuo fratello è l'Ammiraglio Nero, il sovrano della corte dei pirati, i Fratelli della Costa.»

«Sì, così mi hai detto», dichiarò Griffin, esortandolo a continuare.

«Questo Beauchamp che gli ha rubato la nave... Beh, diciamo solo che gli altri capitani non approverebbero le sue azioni. Non vedono di buon occhio l'ammutinamento. Beauchamp non può non saperlo, il che mi fa credere che abbia teso una trappola che io non riesco ancora a vedere. Se incontra gli altri capitani, può dire loro che Gavin e il resto dell'equipaggio sono stati uccisi durante un arrembaggio. Perché funzioni, tuttavia, deve assicurarsi che Gavin non possa raccontare la verità, il che significa che Josephine è in pericolo mentre è con lui. Voglio che tu stia in guardia.» Dominic si schiarì la gola e distolse lo sguardo. «Se accadrà qualcosa, io, mio padre e Nicholas attacche-remo. Voglio che tu e Adrian portiate in salvo le donne e il figlio di Nicholas.»

«Ma...»

«So che non sei un codardo, Castleton, ed è per questo che te lo chiedo. Ti affido le loro vite. Avranno bisogno di te.»

Griffin capì dallo sguardo negli occhi di Dominic quale fosse la natura della richiesta. Se si fosse arrivati a tanto, avrebbe dato la vita per le donne e il bambino. Lo avrebbe fatto senza esitazione.

«Prometto di fare ciò che è necessario», dichiarò.

«Bene. Mi dispiace di averti svegliato, ma credevo che avresti voluto sapere subito le notizie.»

«Sono contento che tu l'abbia fatto», rispose Griffin. «Visto che sono sveglio, vorrei prendere un po' d'aria fresca sul ponte.»

I due salirono ad affrontare l'alba. Griffin fu sorpreso di vedere che Vesper era già in piedi accanto al parapetto. Il cielo rosa illuminava l'abito blu brillante che indossava. Griffin la raggiunse, attirato da quella forza invisibile che li univa.

«Vedo che hai perso la paura del mare», disse mentre si appoggiava alla ringhiera accanto a lei.

Vesper gli lanciò un'occhiata timida da sotto le ciglia color oro scuro.

«L'acqua mi spaventa ancora, mio signore. Ma è così bello, vero? Suppongo che sia parte della natura umana, desiderare cose belle e spaventose.»

«Lo è», concordò lui. «Il mare parla a tutti a modo suo. Dà la vita e, in certi casi, può portarsela via. La natura è così, protettrice e distruttrice allo stesso tempo.»

Le mani di Vesper si strinsero sulla ringhiera. Lui le coprì la sinistra con la sua.

«Non ne abbiamo parlato», sussurrò lei.

«Di cosa?» Griffin si finse ignaro, anche se sapeva cosa

intendeva. *Il bacio*. Quello che lo aveva risvegliato da un lungo sonno.

«Non può succedere di nuovo», disse Vesper, con un'espressione stoica.

Griffin osservò la luce del sole che si rifletteva sull'acqua davanti a loro con scintillanti bagliori diamantini.

«Suppongo che tu abbia ragione, ma non perché non ti sposerei. Lo farei se potessi.»

«Ma non puoi. A causa della mia famiglia, la disgrazia...»

«Quello non ha nessuna importanza per me», rispose lui, stringendole la mano. Vesper non cercò di allontanarsi e lui si aggrappò a quel barlume di speranza. «Ma ho chiesto a Josephine di essere mia moglie prima di incontrarti. Se desidera ancora sposarmi quando la salveremo, onorerò la mia promessa.»

Vesper rimase in silenzio per un bel po'. «E se lei rifiutasse?»

«Allora sarò libero di seguire il mio cuore...»

Griffin sentì la mano della donna tremare anche se non osava guardarla.

«E il tuo cuore ti condurrebbe da... me?» La speranza nella sua voce lo rese leggero come l'aria.

«Sì... se è ciò che vuoi.»

L'espressione gioiosa di Vesper era la risposta di cui aveva bisogno. Il cuore di Griffin soffriva in preda a un misto di gioia e dolore. La vera felicità, non la semplice contentezza, era a portata di mano. Ma avrebbe dovuto attendere che Josephine fosse restituita sana e salva alla famiglia per conoscere il suo destino. Se lei avesse espresso il desiderio di annullare il fidanzamento, lui l'avrebbe lasciata andare. Desiderava presumere che Josephine si sarebbe rifiutata di sposarlo, ma presumere era da sciocchi. Non gli restava che attendere per vedere se il destino gli avrebbe concesso una seconda possibilità.

⚜

Josephine sentì Gavin lasciare il letto. Era tornato a un certo punto della notte per sdraiarsi accanto a lei e, dopo qualche ora, l'aveva stretta a sé. Lei era stata cosciente della sua presenza, nonostante il torpore, ogni volta che si era svegliata brevemente. Piuttosto che farla sentire timida e incerta, la vicinanza di quel corpo che la reclamava solo dormendo al suo fianco l'aveva riempita di brividi.

Ora, la sua assenza la spinse a rotolare sul fianco e allungare la mano per toccare le lenzuola ancora calde dove lui si era sdraiato. Appoggiò il palmo sul cuscino e ripensò a ogni istante della notte precedente mentre soffriva per il desiderio che lui tornasse a letto.

Era stata spaventata, eccitata e infine audace. Lo aveva assecondato e rimosso pian piano i vestiti. E poi... oh, cielo... come si era sentita a farsi toccare in così tanti modi e luoghi meravigliosi. Non erano sensazioni del tutto sconosciute. Aveva esplorato il proprio corpo negli ultimi anni e provato cose di cui era stata troppo timida per domandare a sua madre. Ma quello che aveva sentito da sola non era nulla in confronto alle vette che le aveva fatto sfiorare Gavin.

C'era una purezza nel piacere che aveva provato per mano di lui. Era così limpido, così perfetto. Non riusciva a immaginare di lasciarsi toccare da nessun altro uomo e provare la stessa euforia. Rotolò sulla schiena, ridacchiando con la consapevolezza di essere completamente nuda in un letto che stava solcando i mari. Cosa avrebbero pensato tutti se avessero saputo quanto si sentisse veramente libera?

Il sole caldo le accarezzava la pelle e si concesse di restare sdraiata a letto per un'altra mezz'ora prima di alzarsi e vestirsi con gli indumenti di Dominic. Si avvicinò alla porta e si fermò, le mani a pochi centimetri dalla maniglia. E se Gavin l'avesse rinchiusa di nuovo? Sarebbe impazzita se lui l'avesse tenuta lì dentro per un mese e mezzo.

Toccò la maniglia e la porta si aprì. Con un sospiro di sollievo, uscì dagli alloggi del capitano e andò in cerca di cibo in cambusa. Olive stava cucinando uno stufato e le diede una ciotola da assaggiare, oltre a una mela.

«Meglio godersi la frutta finché è ancora fresca», disse. «Ora, mentre mangi, raccontami tutto di quella cena elegante di ieri sera. Che cosa vi hanno offerto quei bravi uomini della marina?»

Josephine descrisse nel dettaglio il pasto tra una cucchiaiata di stufato e l'altra e alcune delle conversazioni che aveva avuto con il capitano e i suoi uomini.

«Danno la caccia ai pirati, quindi?» chiese distrattamente Olive.

«Sì, ma qui non ne troveranno», si affrettò a replicare lei.

La donna le lanciò uno sguardo strano prima di mascherarlo con un sorriso. «No, certo che no. Corri ora. Non dovresti distrarmi o i biscotti bruceranno. Mi rifiuto di dare gallette agli uomini durante la prima settimana di navigazione. Se li brucio, i ragazzi andranno su tutte le furie.»

Dopo essere stata gentilmente congedata, Josephine

uscì sul ponte. L'espressione sul volto di Olive quando aveva menzionato i pirati era stata piuttosto insolita.

Il vecchio marinaio che l'aveva aiutata il giorno prima era già sul ponte a pulire. «Di nuovo qui, ragazza?»

«Sì.» Josephine gli sorrise.

Bartholomew ricambiò con calore e il suo cuore si gonfiò d'affetto per il vecchio.

«Hai visto... mio marito?»

«Sì, stava conducendo esercitazioni coi cannoni stamattina. Si sono fermati solo pochi minuti fa. È laggiù sul cassero di prua.»

Josie si voltò a guardare la prua della nave. La sezione rialzata del ponte, il cosiddetto castello, ospitava una figura solitaria. Il controfiocco ondeggiava sopra di lui, stagliandosi sul blu infinito del mare e del cielo. Gavin era in piedi con le mani appoggiate alla ringhiera, il corpo slanciato, le spalle larghe, la vita stretta e le cosce forti. Una spada corta luccicava legata al suo fianco. L'eccitazione divampò di nuovo dentro di lei.

«Il mio pirata», sussurrò con un sorriso sognante. *Il mio amante*, aggiunse poi nella mente, con le guance tinte di rosso.

Attraversò il ponte, schivando tutti i marinai, i quali la osservarono per un istante al suo passaggio prima di riprendere i loro compiti. L'avevano già vista con abiti maschili il giorno prima e lei non aveva alcuna intenzione di disturbarli mentre adempivano ai loro doveri. Gavin avrebbe potuto usarla come scusa per tenerla sottocoperta tutto il giorno, se avesse pensato che gli uomini fossero distratti dalla sua vista.

Salì i gradini che portavano al cassero di prua e lui si girò a guardarla.

«Devo presumere che questa sarà un'abitudine per te?» Indicò con un cenno i suoi vestiti.

Lei lo raggiunse alla balaustra. «Sì, almeno durante il giorno. Voglio esplorare e imparare a navigare. Mi insegneresti?»

L'uomo rimase in silenzio per un bel po' prima di parlare. «A che scopo, posso chiedere? Che cosa farai quando ci separeremo, ragazza? Non puoi andare per mare, non puoi avere questa vita. Avrai dei bambini e il compito di crescerli e gestire una grande tenuta. Perché conoscere qualcosa che il mondo ti negherà?» Non c'erano giudizio o censura nelle sue parole, ma un pizzico di dolore.

Josephine si prese del tempo per formulare una risposta, cercando di ignorare la fitta nel petto al pensiero che un giorno si sarebbero separati.

«Credo che le anime siano semplicemente anime, né maschili né femminili.» Indicò sé stessa. «Questo corpo, solo perché donna, non dovrebbe privarmi dei miei sogni. Vive e muore, come quello di ogni uomo. Perché non lasciarmi sperare in un futuro in cui alle mie figlie non verrà detto che il loro unico valore risiede nell'essere mogli e madri? Non voglio che la mia identità venga annientata. La maternità e la procreazione sono importanti, ma non sono tutto. Noi non siamo *solo* madri. Potremmo essere molto di più, se solo gli uomini non ce lo impedissero. Lasciami sognare, Gavin, anche se è tutto ciò che avrò mai. A volte la luce di un singolo sogno è sufficiente per sopravvivere un secolo al buio.»

Gavin le mise una mano sotto il mento e le girò il viso, i loro nasi si sfiorarono mentre si chinava su di lei.

«Molto bene, ragazza. Ti darò i tuoi sogni. Ma ricorda,

più in alto si arriva, più fa male cadere. E io potrei non essere lì per prenderti.»

Lei lo baciò. «Non tutte le damigelle in pericolo devono essere salvate. Alcune si salvano da sole.»

Gavin sorrise mentre lei lo baciava di nuovo.

Josephine gli diede una spinta giocosa sulla spalla con audace determinazione. «Basta indugiare. Mostrami come essere un pirata.»

Lui gettò la testa all'indietro e rise di gusto. «Dovrei fare di te un *pirata*, eh?»

«Il più feroce di tutto l'Atlantico», disse lei con estrema serietà. «Voglio la libertà di un pirata.»

Gavin le accarezzò le labbra con il pollice prima di chinarsi e darle un bacio seducente.

«La tua prima lezione è rubare un bacio a un capitano.»

«Tutto qui? Prenderò sicuramente il massimo dei voti», lo sfidò lei mentre gli infilava le dita tra i capelli per avvicinarlo a sé. Poi gli mostrò quanto potesse essere piratesca.

CAPITOLO 10

Fare il pirata, scoprì, non era così facile come aveva immaginato.

Nonostante il numero di libri che aveva letto sull'argomento, nulla l'aveva preparata all'intensità del lavoro del marinaio. Senza dubbio amava l'oceano e la vita in mare, ma non aveva mai compreso quanto fosse complesso e faticoso gestire una nave. La prima parte della mattinata aveva messo a dura la prova le sue capacità mnemoniche. Gavin le aveva chiesto di recitare i nomi degli alberi, dei pennoni, del sartiame e delle vele, il tutto mentre correva su e giù per le griselle per indicarli. C'erano l'albero di trinchetto, l'albero di maestra e l'albero di mezzana. Quelli li conosceva, ma non aveva idea che anche i pennoni di legno avessero un nome.

Quando gli alberi e i pennoni erano pronti, una nave era considerata "armata", il che significava che tutte le corde, i cavi e le catene utilizzati per sostenerli erano in posizione. Gavin le aveva inculcato tutte quelle informazioni in testa con rigorosi interrogatori mentre lei correva per la nave come un mozzo entusiasta di imparare a lavorare sul ponte.

«Arrampicati sulle sartie», ordinò Gavin, per la seconda volta quel giorno, e Josephine, stanca, cercò di afferrare il sartiame che correva dai lati della nave fino agli alberi. Sulle corde era stata costruita una grisella, una scala che i marinai usavano per raggiungere le vele. Dopo essere salita e scesa due volte, i suoi polmoni minacciavano di scoppiare e le sue braccia e le sue gambe tremavano per lo sforzo. Il sudore le colava sulla schiena e, fermatasi, rabbrividì per il freddo.

Gavin, con le mani giunte dietro la schiena, la osservava con attenzione, il volto una maschera educata ma fredda. «Forse una terza volta ti aiuterà a padroneggiare la salita.» L'aspetto severo che assumeva quando recitava la parte del capitano le faceva venire i brividi e le faceva battere forte il cuore. Era così diverso dal dolce amante della sera prima. Sorpresa, Josephine si rese conto che le piaceva quando lui fingeva di essere severo con lei. La rendeva più consapevole di lui come uomo, nel modo in cui lo è una donna quando riesce a malapena a pensare ad altro che saltare nel suo letto e tra le sue braccia. Insomma... Gavin, il capitano, la eccitava.

«Penso di aver imparato a scalare le sartie.» Josie posò le mani sui fianchi mentre faceva alcuni respiri profondi. Il cuore le martellava forte nel petto. Gavin inarcò un sopracciglio scuro; sembrava che le sue labbra stessero combattendo contro un sorrisetto. Se non fosse stata così maledettamente stanca, lei lo avrebbe schiaffeggiato.

«In quanto membro di questo equipaggio, ci sono cose di cui devi sempre essere consapevole...» Iniziò a parlare dei suoi doveri, ma Josephine era più interessata agli uomini che l'avevano osservata per tutto il tempo. Bartholomew stava ridacchiando apertamente mentre scendeva dal sartiame in compagnia di un altro. Entrambi guardavano lei e Gavin con parecchio divertimento. L'anziano marinaio l'aveva presa in giro in precedenza, quando lei gli era passata accanto sulla grisella.

«Il capitano ha strani gusti in fatto di preliminari», le aveva detto.

Lei si era fermata brevemente sulle corde per parlargli. «Preliminari?»

«Sì, la maggior parte degli uomini avrebbe portato la moglie a letto e...» A quel punto, si era interrotto, forse ricordando che stava parlando con una signora, ma Josephine aveva capito cosa intendesse.

«Gli ho chiesto io di insegnarmi. Desidero imparare cosa significa essere un marinaio.»

«Sì, lo vedo, ragazza, ma credo che il capitano abbia altri desideri. Ti fissa in modo feroce quando non lo guardi, come se volesse prenderti proprio qui sul ponte. Allora mi chiedo, perché sembra un uomo che vuole ma non è ancora andato a letto con sua moglie?» Gli occhi del marinaio avevano studiato con interesse il suo viso in cerca di una reazione.

«Io... Beh...»

«Quindi è vero, non ti ha ancora avuta», aveva confermato Bartholomew sorpreso. «Ma è chiaro che lo vuole.»

«Muoviti, Josie!» Un rossore si era diffuso sulle sue guance quando Gavin le aveva urlato dal basso.

«Vai, ragazza!» Bartholomew aveva riso di nuovo mentre lei finiva di scendere.

E così si era ritrovata di fronte al suo severo capitano pirata, che le afferrò il mento con la mano.

«Sei già stanca?» chiese, canzonatorio.

«Potrei arrampicarmi tutto il giorno», rispose lei, ma la sfida fu vanificata dalla palese debolezza delle sue membra tremanti. Entrambi sapevano che era esausta, e che sarebbe stata una sciocca a cercare di dimostrare il contrario.

«L'avventura a volte ha un costo», mormorò Gavin.

«Mia madre dice che non è mai facile ottenere le cose che vale davvero la pena avere», rispose Josephine.

Lui le accarezzò la guancia con il dorso della mano. «Ha ragione. Suppongo che potremmo spostare la nostra attenzione su quei doveri che riguardano la mente piuttosto che il corpo. Signor Phelps!» chiamò il suo "primo ufficiale", come le era stato detto di appellarlo. I pirati, le aveva spiegato Gavin, avevano come secondo in comando un quartiermastro, ma sulle navi mercantili il ruolo spettava al primo ufficiale. Era importante che imparasse le differenze in modo da non tradire entrambi.

«Sì, capitano?»

«Occupati della nave. Sposteremo i nostri studi sottocoperta per il pomeriggio.»

Ronnie sbuffò. «Era ora, dannazione. Un buona scop... ehm, un po' di tempo in *compagnia* di tua moglie ti farà bene.»

Gavin lo fulminò con lo sguardo. «Non disturbarci a meno che non sia assolutamente necessario.»

«Signorsì, capitano.» Ronnie attraversò il ponte, impartendo l'ordine di regolare le vele per assecondare la nuova angolazione del vento.

«Vieni con me», disse Gavin a Josephine mentre scendevano sottocoperta.

Lei lo seguì, ma un po' più lentamente, con le gambe ancora deboli per le attività del mattino.

Quando raggiunsero la cabina, le indicò una sedia vicino al tavolo al centro della stanza.

«Siediti.»

Quello era un comando a cui era felice di obbedire. Forse ora avrebbero potuto fare ciò che lei stava aspettando di fare dal momento in cui aveva messo piede su quella nave. L'eccitazione le fece risollevare il morale e recuperare l'energia.

Gavin le si parò davanti con aria da maestro. «Ora, ci sono tre scienze, o *arti* che dir si voglia, che definiscono il nucleo della vita di un marinaio, o di un pirata. Sono l'arte marinaresca, l'artiglieria e la navigazione. Ognuna è di vitale importanza per muoversi in sicurezza a bordo di una nave. Puoi dirmi cos'è la navigazione stimata?»

Josephine si mordicchiò il labbro, pensando intensamente, ma era certa della sua risposta. Forse avrebbe potuto usare quelle conoscenze a suo vantaggio in qualche modo. Come se avesse percepito i suoi pensieri, Gavin parlò, la voce più seducente che didattica.

«Per ogni risposta giusta che mi darai, mi toglierò un indumento», disse. «Per ogni risposta sbagliata, ne rimuoverò uno tuo», aggiunse con un sorrisetto.

Era una scommessa sorprendentemente motivante per Josephine. Desiderava vedere Gavin senza vestiti, ma sapeva che, se avesse perso i suoi, sarebbe finita di nuovo legata al letto e sarebbe successo qualcosa di carnale. Non che le dispiacesse l'idea, eppure, sentiva che si trattava per lui di mantenere il controllo. Sembrava che cercasse di resistere ai suoi sentimenti quando si trattava di lei, e lei non voleva che lui si controllasse. Se quel tempo sulla *Pixie* era tutto ciò che avevano, non voleva che nessuno dei due si trattenesse. Aveva bisogno che lui perdesse il controllo e fosse libero con lei.

«E se... il primo che fa perdere all'altro tutti i suoi vestiti vincesse qualcosa?» suggerì con un sorriso malizioso.

Gli occhi di Gavin brillarono di interesse. «Che cosa?»

«Ehm...» Josie avrebbe voluto essere più esperta per proporre qualcosa che potesse attirarlo. «Beh... Chi vince può baciare l'altra persona dove vuole.»

Gli occhi di lui si oscurarono. «Un premio *intrigante*. Sono d'accordo.» Tese una mano e lei la strinse. «Ora, torniamo alle domande. Navigazione stimata. Che cos'è?»

«È la posizione di una nave stimata a partire dalla rotta e dalla distanza percorsa. È una sorta di ipotesi plausibile che tiene conto del vento, delle correnti e di altri fattori, ma non è così accurata come l'uso di un sestante o di altri strumenti di navigazione.»

«Esatto.»

Sorridendo, Josephine si appoggiò allo schienale della sedia. Sicura di sé, indicò il suo panciotto di pelle.

«Togliti il panciotto.»

Lui continuò a guardarla negli occhi mentre lo sbottonava e lo lasciava cadere a terra.

«Come viene calcolata la distanza percorsa?»

Josie scavò nella memoria alla ricerca delle informazioni per cui aveva tormentato suo padre. «La distanza viene calcolata misurando la velocità della nave e sommandola al tempo percorso a quella velocità», disse speranzosa.

Gavin sorrise, soddisfatto. «Quasi, ma non del tutto. Si *moltiplica,* non si somma.» Le si avvicinò, studiandola dalla testa ai piedi, come se stesse decidendo quale parte del suo corpo svelare per prima. «Gli stivali, per favore.» Le indicò i piedi. Lei si tolse gli stivali e rimase a piedi nudi davanti a lui.

«Cos'è un solcometro?» le chiese.

«È una tavola di legno... con una lunga corda graduata con nodi a intervalli precisi avvolta attorno a una bobina. Si butta a poppa e si conta il numero di nodi che rotolano fuori dalla bobina nell'arco di ventotto secondi. Se si contano, diciamo, sei nodi, si può stimare che la nave stia andando a una velocità di sei miglia nautiche all'ora.»

Gavin spalancò gli occhi. «È... è corretto.»

Lei ridacchiò. «Sembri sorpreso.»

«Lo sono. Come diavolo...?»

«Un pirata non rivela mai i suoi segreti», dichiarò Josephine. Naturalmente, la risposta era ovvia – l'aveva letto in un libro – ma dove sarebbe stato il divertimento?

Gavin emise un suono di incredulità in fondo alla gola che sembrava sospettosamente una risatina.

«Molto bene. Rendiamo queste domande più difficili.»

«Non così in fretta, capitano. Mi devi un indumento. Consegnami la camicia, se non ti dispiace.» Tese un palmo e agitò le dita verso di lui. L'uomo se la sfilò da sopra la testa e gliela porse. Lei quasi vi seppellì il viso per respirare il suo profumo, ma poi si ricordò che doveva rimanere lucida se voleva vincere la partita.

«Quante direzioni di navigazione ci sono su una bussola?» le chiese.

«Quattro», rispose Josie con sicurezza, ma quando lo vide sorridere, la sua fiducia vacillò. «Accidenti. Sono otto, non è vero?»

«Trentadue», rispose lui soddisfatto. «Ci sono i quattro

punti cardinali: nord, sud, est e ovest. Poi ci sono i punti intermedi: nord-est, nord-ovest, sud-ovest e sud-est. I ventiquattro rimanenti sono i punti interposti a questi, come sud-sud-est o sud-sud-ovest.»

Josephine lo guardò accigliata. «Era una domanda a trabocchetto.»

Gavin si accarezzò la mascella, mettendo in mostra i muscoli delle braccia. Per Dio, quanto le piacevano quei muscoli. Le davano le vertigini quando li guardava.

«I pirati non giocano lealmente, ragazza.»

Allora nemmeno io lo farò.

«Mmh...» La studiò di nuovo, chiaramente divertito all'idea di tenerla sulle spine, mentre rifletteva su quale indumento farle togliere dopo. «I calzoni», dichiarò, un po' troppo compiaciuto.

«Oh, questi?» Josie si voltò mentre li slacciava e li abbassava. Non indossava biancheria intima e sapeva che gli stava mostrando il sedere nudo. Quando ebbe finito, tornò a guardarlo. La camicia bianca che aveva preso in prestito da Dominic le scendeva fino a metà coscia. Lo sguardo sul volto di Gavin era impagabile. Le sue pupille si erano dilatate talmente tanto da far quasi sparire il marrone.

«Prossima domanda?» chiese lei in tono innocente, mentre si sedeva al tavolo mostrandogli le cosce.

«Tentatrice», mormorò Gavin, prima di schiarirsi la gola. «Molto bene. La navigazione celeste. Come funziona?»

«Mmh, dipende.» Josie aggrottò la fronte, ma quando vide il trionfo nei suoi occhi, prese una ciocca di capelli e cominciò ad attorcigliarla tra le dita, attirandolo a sé.

«Dipende dalla misurazione dell'angolo del sole rispetto all'orizzonte. Si usa un sestante per fare una misurazione ogni giorno a mezzogiorno quando il sole è al suo apice.

Quando conosci l'altezza del sole sopra l'orizzonte, puoi determinare la latitudine della tua nave.»

«Maledizione», ringhiò Gavin. «Non pensavo che l'avresti saputo.»

Josephine si avvicinò a lui con un sorriso compiaciuto e gli accarezzò il petto. «Penso che prenderò i tuoi calzoni.»

Gavin sibilò, afferrandole la mano prima che potesse toccare il rigonfiamento che bramava. «Ti avevo avvertita, ragazza», disse con voce calma e pericolosa.

«Di cosa?» Ma Josie sapeva esattamente a cosa si riferisse. L'aveva avvertita di non giocare con il fuoco quando si erano incontrati per la prima volta in Cornovaglia, e ora lui stava bruciando. Poteva vederlo nei suoi occhi, anche se non parlava, ma ripeté comunque il comando.

«I calzoni, *capitano*», gli disse mentre si avvicinava per baciarlo. Lui la afferrò con forza, senza farle male, ma prendendo il controllo del suo corpo. La fece girare e la piegò a faccia in giù sul tavolo. Con un movimento deciso, gettò le carte nautiche sul pavimento.

«Stavo vincendo...» protestò lei, ma fu subito messa a tacere dal suono del palmo di Gavin che le colpiva il fondoschiena nudo.

Pak! Josie strillò, più per la sorpresa che per il dolore. Lui le diede qualche altro schiaffo leggero prima di chinarsi, baciarle l'orecchio e, con la mano libera, insinuarsi tra le pieghe bagnate del suo sesso.

Lei gemette, incapace di pensare in modo abbastanza coerente da emettere una parola di senso compiuto.

«Ti dovevo ancora una sculacciata, ragazza», dichiarò Gavin, mentre continuava a penetrarla con due dita, dentro e fuori, rapidamente. Le tremavano le gambe e la passione ardeva dentro di lei. Era allo stesso tempo sollevata e delusa, però. Aveva voluto stuzzicarlo, non *essere* stuzzicata, e lui sapeva esattamente come toccarla per farle perdere la testa. Gemette quando le infilò un terzo dito dentro. Era così vicina...

All'improvviso, Gavin ritirò la mano e la sollevò. Josephine fece per affrontarlo mentre lui la metteva a sedere sul tavolo, ma l'uomo le afferrò il viso e si chinò, baciandola per un lungo istante, finché lei non fu più in grado di provare che meraviglia e desiderio.

«Sdraiati e lascia che ti mostri le stelle, Josie», disse, la voce seducente come lo scotch che una volta aveva rubato dall'armadietto dei liquori di suo padre. Era proibito, bruciava e la faceva sentire stordita ed euforica. In quel momento, seppe con assoluta certezza che, se avesse visto le stelle, avrebbe pensato per sempre a lui.

Si sdraiò sul tavolo, con solo la camicia a coprirle il corpo.

Gavin si chinò subito per allargarle le cosce. Prima che lei potesse richiuderle e celarsi alla vista, mise la bocca tra le sue gambe, togliendole il respiro. Josie non aveva mai sperimentato nulla di simile in vita sua. La sensazione che provava mentre Gavin leccava le sue parti più intime era indescrivibile. Chiuse gli occhi, immergendosi nel bagliore che sembrava provenire da dentro di lei e si lasciò andare. La tensione continuava a crescere, come le onde nell'alta marea. E poi, si sentì volare, il piacere un'esplosione di stelle dietro le sue palpebre chiuse.

Urlò mentre l'orgasmo la colpiva con la potenza di una burrasca, ma Gavin mise subito a tacere i suoi lamenti con un palmo sulla bocca. Continuò a leccare e succhiare, prolungando quel momento meraviglioso, finché lei non poté più sopportarlo e si lasciò cadere tremante sul tavolo.

Gavin si leccò le labbra. Era ancora chino su di lei, facendola sentire prigioniera di lui e dell'intimità di quello che avevano appena condiviso. Poteva fare di lei ciò che voleva. Aveva il pieno controllo del suo corpo, eppure, ancora una volta, le aveva dato piacere senza prendere nulla in cambio. Perché? Non provava lo stesso desiderio che animava lei? E se non fosse stata abbastanza brava, o troppo inesperta? Forse voleva una donna istruita sulle preferenze degli uomini a letto. Con le labbra tremanti, Josephine girò il viso dall'altra parte e chiuse le gambe per la vergogna e l'imbarazzo.

«Josie?» disse Gavin con un pizzico di preoccupazione. «Non ti ho fatto male, vero?» Lei scosse la testa. «Ti ho spaventata?» Scosse di nuovo la testa e cercò di allontanarsi da lui. Se l'avesse toccata in quel momento, avrebbe saputo che era solo per pietà.

«Che cosa ho fatto, ragazza?» Aveva la voce roca e angustiata.

«Sto bene. Per favore, dammi solo un po' di tempo da sola.»

Gavin si alzò ma non uscì dalla stanza. «No, non lo farò. Non ti permetterò di chiudermi fuori.» La sollevò e la portò sul letto, dove si sedette con lei in grembo.

«Parla con me, ragazza. Dimmi cosa ho fatto.» Le accarezzò delicatamente i capelli. «So che avere la bocca di un uomo tra le gambe può essere un po' sconcertante, soprattutto la prima volta...»

«Il problema non è quello che hai fatto, ma quello che *non* hai fatto.»

Lui sembrò confuso. «Cosa non ho fatto?»

Josie seppellì il viso contro il suo collo per nascondersi. Ogni speranza di sedurlo si era dolorosamente infranta.

«Josie, amore, cosa non ho fatto?» La cullò dolcemente, ma la tenerezza, in qualche modo, non fece che peggiorare le cose. Lei non era una coraggiosa piratessa, aveva solo fatto finta, come sempre in vita sua.

«Non vuoi fare l'amore con me», confessò infine.

«Oh... *quello*.» Gavin sospirò pesantemente tra i suoi capelli, quasi con sollievo.

«Sono indesiderabile?» osò chiedere Josephine. «Troppo inesperta?»

Lui le diede un dolce bacio sulla fronte.

«Al contrario. Sei *troppo* desiderabile, Josie. È colpa mia. Volevo solo...»

Qualunque cosa stesse per dire, Gavin si fermò, così lei gli diede un bacio sul mento per incoraggiarlo a continuare.

«Volevo prendermi il mio tempo con te. Le cose migliori non andrebbero affrettate, ma assaporate.» Si schiarì goffamente la gola. «Puoi essere paziente con me?»

Le sfuggì una risata. «Desideri che *io* sia paziente mentre tu ti prendi il tuo tempo per sedurmi?» chiese. «Pensavo che i pirati prendessero ciò che volevano.»

«Sono un pirata, in tutto e per tutto, ma con te è diverso. Non sei come le altre donne che ho incontrato. La tua prima volta con un uomo dovrebbe significare qualcosa per entrambi. Forse sono solo un pazzo romantico, ma per me significa qualcosa. Non voglio che tu entri nel mio letto per il bisogno di ribellarti alle restrizioni che la vita ti ha imposto. Voglio che tu lo faccia perché mi desideri e per nessun'altra ragione.»

Oh, ma Josie lo desiderava eccome. Se solo avesse saputo quanto... Lo aveva desiderato dal momento in cui era incappato in lei in quella notte tempestosa. Eppure, sentiva che non le avrebbe creduto se glielo avesse detto.

«Non sono semplicemente un tesoro che hai rubato?» chiese, accarezzandogli la guancia. Voleva sentirsi dire che l'amava alla follia, che avrebbe solcato tutti i mari per stare con lei, ma quello era un sogno probabilmente fuori dalla sua portata.

Gavin ridacchiò. «Penso che entrambi sappiamo che sei sempre stata più di questo.» Le baciò la guancia. «Quando ti ho rapita da casa tua, non ero del tutto preparato a quello che mi fai sentire. Non voglio affrettare le cose, non con te.»

Lei lo fissò. I suoi occhi marroni erano così caldi, così pieni di tenerezza. Eppure, il suo volto conservava un accenno di ferocia piratesca. La stava guardando nel modo in cui lei immaginava che avrebbe fatto un pirata dopo essersi imbattuto in una grotta piena di gioielli che era rimasta nascosta per più di un secolo. Era uno sguardo di meraviglia, ossessione e *desiderio*.

«Come sei diventato un pirata, Gavin?»

Lui sbatté le palpebre, sorpreso dal cambio di argomento. «Scusa?»

«Voglio dire, so che te ne sei andato di casa a diciannove anni, ma come sei finito a fare il pirata?»

Gavin arretrò sul letto e, tenendola sempre in grembo, appoggiò la testa contro la testiera.

«Non è né un racconto breve né felice», la avvertì, con gli occhi colmi di un antico dolore.

Josephine gli accarezzò il viso con la punta delle dita e tracciò il profilo delle sue labbra. «A volte queste sono le storie che abbiamo più bisogno di sentire.»

Gavin le strofinò la schiena con il palmo della mano, come se calmandola volesse calmare sé stesso.

«Conobbi Charity a diciassette anni e, per la prima

volta in vita mia, mi innamorai. Come sai, lei scelse di sposare Griffin e io, a diciannove anni, decisi di lasciare la Cornovaglia. Portai con me solo una piccola borsa di effetti personali a St. Ives Bay, dove ottenni un passaggio su una nave mercantile e salpai per le Caroline. Una volta lì, capii che avevo bisogno di un lavoro e riuscii a farmi assumere a bordo di un'imbarcazione privata. Fu solo dopo due settimane di navigazione che scoprii che il capitano e l'equipaggio erano in realtà pirati.»

«Cosa? Perché non te l'hanno detto? Pensavo che i pirati seguissero dei codici?»

«Lo fanno, di norma, ma era una situazione particolare. Il capitano Harding aveva perso un terzo del suo equipaggio a causa della malaria un mese prima di assumere me e i nuovi marinai. Era in gravi difficoltà, aveva bisogno di sostituire rapidamente le vittime. Le navi pirata necessitano di meno uomini rispetto alle navi della marina, ma nemmeno noi possiamo cavarcela all'infinito senza un equipaggio adeguato. Ogni volta che un vascello pirata prende un'altra nave come bottino, deve inviare uomini per gestirla. Harding spiegò a me e agli altri che eravamo diventati pirati e, come tali, avremmo potuto unirci ufficialmente alla ciurma. Ci avrebbe consentito di partire al porto successivo, se lo avessimo voluto, ma avremmo impiegato almeno un mese per raggiungerlo.

All'inizio io ero riluttante, ma presto mi resi conto che Harding e il suo equipaggio erano brave persone che erano state spinte a scelte disperate per sostenere le loro famiglie e loro stessi. Avevano scelto di vivere come fuorilegge, ma non uccidevano a meno che non fosse necessario quando assalivano altre navi. Devi sapere, ragazza, che i pirati hanno più diritti, più libertà, più soldi e più cibo della maggior parte degli altri marinai. Mi adattai facilmente a questa vita. Harding colpiva i mercantili carichi di tesori, imbarcazioni di proprietà di ricchi mercanti. Ci teneva lontani dalle marine spagnola e britannica. Vissi in quel modo per tre anni e mi feci strada fino a diventare il suo quartiermastro.»

«E come sei diventato capitano della tua nave?»

«Saccheggiavamo bene e io mettevo da parte. Ero deciso a reclamare una nave tutta mia un giorno, ma nessuna di quelle che catturavamo mi sembrava mai giusta. Non sembravano la *mia* nave. Fu durante una breve visita nelle Caroline, il mio quarto anno in mare, che la vidi: la *Lady Siren*... o meglio, la nave che lo sarebbe diventata.»

Josephine colse la gioia nella sua voce, l'amore per il vascello che avrebbe reso suo. Era invidiosa. Il legame di un capitano con la sua nave era una cosa sacra e lei avrebbe voluto vederlo a bordo dell'amato veliero. In passato, aveva segretamente desiderato una nave tutta sua. In quanto donna, tutto ciò che possedeva apparteneva a un uomo. I vestiti che aveva addosso, il cibo nella pancia, persino il letto in cui dormiva. Come sarebbe stato avere qualcosa che era suo e solo suo?

«La *Siren* non era mai appartenuta a nessun uomo. Non aveva mai navigato prima. Era lucida e nuova. I coloni hanno un talento per la costruzione di navi eleganti e veloci. Non usano il rovere inglese. La maggior parte sono costruite in quercia bianca del nord, ma la mia è di quercia sempreverde del sud. Pochi costruttori navali usano quel legno, ma mi è bastato mettere piede sul ponte per capire che era superiore a qualsiasi cosa si potesse mai produrre qui in Inghilterra.»

Sorrise, i lineamenti addolciti dai bei ricordi. «Potevo

quasi sentire gli echi del cantiere. I tonfi ritmici delle asce dei carpentieri, il rumore dei martelli e il rauco stridore dei lunghi segacci mentre trasformavano la quercia e l'abete in intelaiature e tavole per costruire la mia bellezza.»

«Come ha fatto a diventare tua?» chiese Josephine.

«Ho pagato tutto quello che avevo risparmiato nel corso degli anni e ho barattato la mia anima per il resto.» Le accarezzò la guancia con il dorso delle nocche. Era bello essere abbracciata da lui in quel modo, sentire il calore del suo tocco molto tempo dopo che il loro ardore si era raffreddato.

«E che mi dici del capitano Harding? Ti ha lasciato andare?»

«Lo ha fatto, con la promessa che io navigassi con la *Lady Siren* al suo fianco per qualche mese. Collaborammo per un po'. Eravamo al largo delle Bahamas quando arrivò una tempesta. Harding e i suoi uomini furono costretti ad abbandonare la nave e a dirigersi verso la terraferma. Io e la mia ciurma riuscimmo a salvarli e a recuperare parte del carico, ma Harding era distrutto. Decise di ritirarsi e mi diede la polena di una sirena che avevamo recuperato dalla sua nave come regalo per la mia *Siren*. Alcuni membri della sua ciurma scelsero di seguirmi ed è così che abbiamo solcato i mari fino a quando il mio nostromo, un uomo di nome Beauchamp, è riuscito a far rivoltare gran parte del mio equipaggio contro di me.»

Udendo il suo tono inasprirsi, Josephine si voltò a guardarlo.

«Perché si sono ribellati? Eri un capitano severo?»

Gli occhi di Gavin erano pieni di ombre mentre la fissava, il volto solenne.

«Dividevamo tutto in parti uguali, me compreso. I

bottini, però, erano stati scarsi negli ultimi mesi e Beauchamp è riuscito a convincerli che avevo mentito per tenermi i tesori. Gli uomini a me fedeli sono stati massacrati mentre cercavamo di fuggire dalla *Siren*. Solo io e Ronnie siamo sopravvissuti. È successo solo poche ore prima che ti incontrassi. Abbandonare la mia nave è stato il mio dolore più grande, a parte la sera in cui Charity ha scelto Griffin.»

Josephine ripensò alla notte in cui si erano incontrati: ora la vedeva con occhi nuovi, capiva quanto terribile dovesse essere stata per lui. Tradito, ferito, smarrito ed esausto, aveva cercato rifugio nell'unico posto in cui era mai stato al sicuro, la sua casa d'infanzia. Ma, invece di trovare suo fratello gemello, aveva trovato lei.

Come se potesse percepire i suoi pensieri, Gavin la baciò. «Sono contento che tu fossi là.» Poi le baciò il mento, la punta del naso e, quando lei chiuse gli occhi, anche le palpebre. «Sono un uomo egoista, ragazza. Non mi lascerò sfuggire il mio tesoro così facilmente.» Il suo sguardo era carico di significato.

Il cuore di Josephine galoppava per il desiderio pietoso e per la sciocca speranza che lui facesse sul serio, che la considerasse *davvero* un tesoro. Significava che intendeva tenerla? Avrebbe avuto una vita di libertà con lui sulla sua nave? Non osava chiedere, non ancora. Non glielo avrebbe chiesto finché non fosse stata certa che avrebbe detto di sì.

«Perché non ti riposi, ragazza? Ho bisogno di parlare con Ronnie.» Gavin le rimboccò le coperte, recuperò i vestiti e li indossò, poi le diede un ultimo bacio prima di lasciarla sola. Josephine si mise comoda e rimase a fissare la porta della cabina mentre lui la chiudeva dietro di sé.

Il suo pirata voleva del tempo per assaporarla, ma lei

aveva la terribile sensazione che non ne rimanesse molto. Le pareva quasi di udire un orologio cosmico che ticchettava, segnalando lo scorrere dei minuti che la separavano dalla fine della sua libertà.

«Tu vorrai anche aspettare, Gavin, ma io no», sussurrò alla cabina vuota.

Trascorsero in mare due settimane intere prima di incontrare dei problemi. Josephine era diventata quasi indolente dopo giorni tranquilli di vento favorevole e di lavoro da marinaio, e notti trascorse tra le braccia di Gavin, durante le quali lui le procurava piacere, più e più volte, finché non cadeva in un sonno profondo e ristoratore.

Il quindicesimo giorno di viaggio, tuttavia, Josephine conobbe la sua prima tempesta. Era di turno come vedetta sulla traversa dell'albero maestro, il suo posto preferito dell'intera nave. Con gli occhi puntati sull'orizzonte, sul cielo e sull'acqua, fu la prima ad avvistarla. Le nuvole, prima morbide e graziose, incombevano minacciose dietro la nave. I bordi frastagliati erano un chiaro indizio di correnti d'aria agitate. Lei strinse le mani a coppa e urlò un avvertimento a un marinaio sulle sartie.

«Tempesta a poppa!»

L'uomo, udito il segnale, si precipitò verso il ponte di coperta per dare l'allarme. Quando il resto dell'equipaggio si rese conto del pericolo imminente, Josephine sentì Gavin impartire gli ordini.

«Uomini, virata in poppa!»

Tutti si affrettarono verso la vela maestra e la vela di mezzana. Josephine scese dal punto di vedetta per unirsi agli altri sulle sartie sottostanti mentre lavoravano in concerto per arrotolare la randa, così che non venisse sbattuta contro l'albero se il vento avesse invertito direzione e avesse soffiato direttamente su di loro piuttosto che da dietro.

Altri comandi echeggiarono sui ponti.

Ronnie era al timone, dove sarebbe dovuto stare, perché cambiare timoniere nel bel mezzo di una tempesta era troppo rischioso. Molti uomini erano stati sballottati o schiacciati da un timone che girava selvaggiamente dopo essere era stato rilasciato per consentire a un altro di prenderne il controllo.

Gavin gridò di mettere al sicuro le armi. Un gruppo di uomini lo seguì lungo il corridoio fino al ponte dei cannoni sottostante, ma Josephine temeva che fosse troppo tardi. Un'onda si abbatté all'improvviso sulla nave e lei risalì di corsa il sartiame per mettersi in salvo. Avvolse i polsi nelle sartie e infilò le caviglie nelle corde, cercando di restare aggrappata mentre la burrasca li colpiva.

La *Cornish Pixie* si inclinò, colpita da sinistra. L'impatto con il muro d'acqua la fece barcollare come un uomo colpito da un pugno alla mascella. Il vascello beccheggiò, ondeggiando selvaggiamente mentre il vento turbinava attraverso alberi e sartiame.

Bartholomew era aggrappato vicino a lei. «Tieniti forte, ragazza!» Erano come una coppia di ragni su ragnatele tremanti sorpresi da un temporale. Il vento le sferzava i capelli contro il viso, costringendola a chiudere gli occhi. Le onde si insinuarono di nuovo sul ponte e due marinai furono spazzati via. Per fortuna, si schiantarono contro il parapetto invece di cadere di lato. Gli uomini di vedetta lottavano per rimanere dietro lo scudo della tela cerata. Non appena le onde sgomberarono il ponte, gli uomini finirono di armare le cime di salvataggio e di chiudere la maggior parte dei boccaporti.

«Bartholomew, puoi stare di guardia?» urlò Josie all'amico.

«Sì, ragazza. Io resto qui. Jim è sul pennone di trinchetto sopra di noi. Va' a controllare il capitano e i cannoni.»

Con le mani congelate dalla pioggia, Josephine scese lungo le corde fino al ponte di coperta e si precipitò verso il corridoio dove era andato Gavin. Diede un'occhiata a Ronnie al timone. Aveva la testa gettata all'indietro, i capelli rossi che svolazzavano all'impazzata, e rideva come un pazzo mentre la nave solcava le onde inferocite.

Josephine scese nel ponte che ospitava i cannoni, dove Gavin e molti altri membri dell'equipaggio stavano cercando di assicurarli. Le enormi armi rappresentavano una minaccia mortale. Se anche un solo cannone si fosse allentato e fosse scivolato, avrebbe schiacciato qualsiasi marinaio sul suo cammino. Poteva anche sbilanciare il peso della nave, impedendole di raddrizzarsi. C'era persino la possibilità che si schiantasse e distruggesse lo scafo. Due marinai tenevano uno dei cannoni slegati e pigiavano la volata sopra la feritoia in modo che la canna puntasse verso l'alto con un angolo di quarantacinque gradi.

Uno dei cannoni oscillò pochi metri più avanti, non visto dall'equipaggio, che era concentrato sul lato opposto della nave. Senza il tempo di pensare, Josephine venne colta da un'idea folle. Scese più in basso, dove alcuni uomini stavano riponendo le loro amache.

«Dobbiamo fermare un cannone allentato! Ho bisogno di amache!»

Due uomini le corsero dietro per aiutarla. Insieme, afferrarono il cannone che stava scivolando, usando le amache come imbracature, e iniziarono a trascinarlo al suo posto.

«Tirate!» gridò agli uomini che l'assistevano. Il suo grido attirò l'attenzione di Gavin, che si voltò a guardarla. I suoi occhi si spalancarono quando notò l'enorme arma che si stava dirigendo verso la sua schiena esposta e si rese conto che era stata Josephine a fermarla.

Si unì a loro, afferrando anche lui un'estremità delle amache. Il cannone gemette in segno di protesta mentre veniva trascinato verso il fianco del vascello.

«Fissatelo a lato!» urlò Gavin agli altri due uomini. Loro risposero con cenni del capo e il cannone fu finalmente girato e assicurato alla nave.

Josephine crollò, con gambe tremanti, sul ponte. Aveva esaurito tutte le energie.

Gavin le mise un braccio intorno alla parte bassa della schiena e la aiutò a rialzarsi in piedi. «Ronnie è ancora al timone?»

«Sì», ansimò lei. Si fermarono sui gradini che portavano al ponte di coperta e Gavin la bloccò contro la paratia quando la nave oscillò all'improvviso. I loro corpi fradici erano premuti l'uno contro l'altro e il respiro ansimante di lui si mescolava a quello di lei. Nonostante la situazione, aveva gli occhi scuri e ardenti mentre le fissava le labbra tremanti.

«Resta qui. Non salire sul ponte, d'accordo?»

«Gavin, devo aiutare...»

«Hai fatto abbastanza, e l'hai fatto molto bene. Ora voglio che tu stia al sicuro.»

La zittì con un bacio che le fece girare la testa e tremare le gambe. Quando strappò la bocca da quella di lei, Josie vide che faceva sul serio.

«Resta sotto. È un ordine. Se disobbedisci, non avrò altra scelta che frustarti davanti al mio equipaggio.» La violenza della minaccia era così inaspettata che lei non riuscì a fare altro che fissarlo.

Quando la lasciò andare per dirigersi sul ponte di coperta, un tuono squarciò il sibilare furioso del vento. Josie appoggiò la schiena alla paratia mentre lottava per non perdere l'equilibrio. Non aveva mai sperimentato nulla del genere prima. Aveva assistito a innumerevoli violente tempeste sulla terraferma, ma sul mare era tutta un'altra storia, perché non si poteva fuggire. Il terrore che da un momento all'altro l'onda giusta avrebbe potuto rovesciare la *Pixie* o farla a pezzi non le dava tregua. Tutti a bordo potevano perire, tutti gli ottanta uomini, compresi lei e Gavin.

Per la prima volta nella sua vita, Josephine stava affrontando una paura strisciante, che si insinuava nella mente e affondava i denti e gli artigli nel petto. Non riusciva a respirare. L'aria non entrava né usciva dai polmoni. C'era un insopportabile ronzio nel suo cranio, come un alveare di vespe infuriate.

«*Josie!*» Una voce penetrò nella nebbia del suo terrore, facendole alzare lo sguardo. La cuoca, Olive, le afferrò la mano.

«Dai, ragazza, *muoviti*! Il dottore ha bisogno di noi.» Olive la trascinò senza tante cerimonie verso l'infermeria.

Due marinai erano sdraiati sui tavoli operatori e il dottor Gladstone stava facendo del proprio meglio per tenerne fermo uno. La gamba dell'uomo era chiaramente rotta, l'angolazione troppo innaturale. Il marinaio urlò mentre il dottor Gladstone cercava di calmarlo. L'uomo sull'altro tavolo, invece, aveva un braccio rotto, che stringeva a sé con fare protettivo, il viso pallido mentre guardava il dottore e il compagno con la gamba rotta che lottavano.

«Tenetelo fermo, così posso prendere un po' di laudano», ordinò Gladstone.

Olive e Josephine si affrettarono a bloccare il marinaio sul tavolo. Il dottore ne approfittò per recuperare una bottiglia di laudano blu scuro da un armadietto e gliela rovesciò in bocca. Il pover'uomo deglutì e tossì, prima di addormentarsi.

«Devo sistemare l'osso», mormorò Gladstone, e Josephine trasalì alla vista della carne e delle ossa esposte.

«Tenetelo d'occhio, signora Castleton», ordinò il dottore. «Olive, ho bisogno che tu aiuti Thomas mentre gli sistemo il braccio.»

Josephine si sedette su uno sgabello inchiodato al ponte e si aggrappò al tavolo con un braccio per evitare di cadere. Quando l'uomo ferito si spostò nel sonno, si lanciò in avanti per afferrargli la spalla. Le lampade sopra le loro teste ondeggiavano e lei fissò il soffitto, di nuovo in preda alla paura. Cosa stava succedendo sul ponte di coperta?

Per favore, fa' che Gavin ne esca vivo.

GAVIN ALLUNGÒ UN BRACCIO E AFFERRÒ UN MARINAIO prima che fosse trascinato in mare. L'uomo grugnì ed entrambi si schiantarono contro il ponte mentre l'onda passava sopra di loro. Trattenne il fiato quando l'acqua del mare lo inghiottì brevemente, e poi inspirò a pieni polmoni una volta che il ponte fu di nuovo asciutto.

Sopra di loro, una dozzina di uomini erano legati alle sartie, dove erano, almeno in parte, al sicuro. Anche le fregate più robuste potevano scuffiare in tempeste come quella e, in quel caso, ogni uomo a bordo sarebbe andato perduto. Era una delle cose che Gavin odiava della navigazione. Non importava quanto fossero abili il capitano e l'equipaggio o quanto bene fosse stata costruita la nave. Lui aveva sempre odiato le tempeste, ma con Josephine a bordo sentiva un terrore mai provato prima.

Guardò Ronnie, che era ancora al timone. Era stato avvolto con una corda, così che non potesse essere trascinato via dalle onde.

«La tempesta sta calando!» gli gridò l'amico e, quando si voltò, Gavin vide che effettivamente le nuvole in lontananza si stavano diradando, ma potevano succedere ancora così tante cose tra dove si trovavano loro e il cielo azzurro che li attendeva.

Un boato tremendo scosse l'imbarcazione. Gavin si voltò e vide un'onda gigantesca che si dirigeva verso di loro.

«Scendete tutti!» ruggì.

L'equipaggio sul ponte si affrettò a mettersi in salvo. Uno degli uomini più anziani, un marinaio di nome Bartholomew, scivolò, colpito dall'onda. Con un'imprecazione, Gavin si tuffò verso di lui e lo sbatté contro la ringhiera. Il mare li colpì entrambi con una forza tale da fargli fuoriuscire il fiato dai polmoni. Dopo pochi istanti, l'acqua scivolò giù come una cascata, ma lui e Bartholomew erano ancora vivi.

«Grazie, capitano», farfugliò il vecchio, asciugandosi il viso.

«Va' dentro», ringhiò lui. Si avviarono verso l'ingresso che conduceva sottocoperta, ma Gavin si rese conto troppo tardi che non ce l'avrebbero fatta. Il tempo sembrò rallentare mentre lui e Bartholomew correvano verso le scale. All'improvviso, Josephine apparve davanti a loro, i suoi occhi sgranati quando vide ciò che lui stesso aveva visto pochi istanti prima. Una grande onda incombeva sulla nave.

«*Corri*, dannazione!» urlò Gavin all'uomo più anziano di fronte a lui mentre lo spingeva tra le braccia di Josephine. Un secondo dopo, l'onda lo travolse... trascinandolo giù dalla nave.

Il mondo tutto intorno vorticò mentre sprofondava nelle acque nere e gelide. Scalciò, agitò freneticamente le braccia, ma non riusciva a capire da che parte fosse la superficie. Non che importasse. Un uomo in mare in una tempesta era un uomo *perduto*.

Eppure, non era nelle sue corde arrendersi. Scalciò verso quella che pregò fosse la superficie. La sua testa emerse dall'acqua e lui vide la *Pixie* non lontano. Scalciò ancora, spinse con le braccia e le gambe per raggiungere la nave, ma non c'era speranza. Un'onda dopo l'altra, il mare lo sferzava con violenza. Alla fine, la stanchezza e il dolore ebbero la meglio. Gavin guardò le sue esigue possibilità di salvezza svanire davanti a lui. Un unico pensiero, un unico *rimpianto*, lo tormentava mentre affondava sotto le onde: non aveva mai mostrato a Josie cosa significasse per lui.

JOSEPHINE URLÒ QUANDO VIDE UNA GIGANTESCA ONDA scagliare Gavin fuoribordo.

«Mi ha salvato», mormorò Bartholomew, sconvolto, mentre si rintanava sottocoperta accanto a lei. Quando Josephine fece un passo verso il ponte, lui le afferrò il braccio. «Se n'è andato, ragazza. Non si può salvare un uomo in mare. Non durante una tempesta come questa.»

«Sta' a guardare!» Josephine balzò fuori di scatto.

Afferrò la corda più lunga che riuscì a trovare e se ne avvolse un'estremità intorno alla vita, assicurandola con un nodo di quelli che Bartholomew le aveva insegnato. Poi fissò l'altro capo all'albero maestro, pregando che fosse abbastanza lunga.

Corse fino alla ringhiera, senza voltarsi indietro, e si tuffò mentre la nave si inclinava verso l'acqua. Saltare in quell'istante significava che solo tre metri e mezzo la separavano dal mare piuttosto che sei. Una volta entrata in acqua, cercò Gavin. Un'onda la sollevò e le permise di individuarlo, non troppo lontano, proprio mentre affondava. Si gettò sott'acqua e lo afferrò prontamente per il braccio. Lo tirò, lottando per raggiungere la debole luce che filtrava tra le onde. I suoi polmoni bruciavano come se fossero in fiamme. Ogni muscolo del suo corpo urlava, chiedendo aria. La *Pixie* si allontanò da loro e la corda si tese intorno alla sua vita, stringendole lo stomaco. Avrebbe voluto urlare per l'agonia, ma, se lo avesse fatto, avrebbe bevuto dell'acqua.

Implorò il suo corpo di non arrendersi. *Non ancora...* Un'onda li sollevò entrambi e poi, finalmente, l'aria dolce e agognata le riempì i polmoni. Aggiustò la presa su Gavin, ma non lo lasciò andare. La testa gli rimbalzava da una parte all'altra mentre lei lo trascinava sulla scia della nave. Le nuvole sopra di loro cominciarono a diradarsi e le onde tumultuose si placarono. Pregò che qualcuno si rendesse presto conto che erano ancora lì in acqua. All'improvviso, un volto apparve oltre la ringhiera di poppa e si levò un grido. Qualunque cosa il marinaio avesse detto si perse nel vento, ma indicò lei e Gavin mentre altri volti apparivano al suo fianco per guardarli.

Josie voleva piangere di sollievo, ma sapeva che doveva rimanere forte ancora per un po'. La corda intorno al suo stomaco si strinse di nuovo mentre i marinai tiravano lei e Gavin verso il vascello. Quando raggiunsero lo scafo, lei afferrò la scala di legno che pendeva dal fianco.

«Puoi arrampicarti, ragazza?» le urlò Bartholomew.

«Sì, ma Gavin non può. Lancia giù un'altra corda.» I marinai obbedirono e lei gliela legò intorno alla vita e alla parte superiore del corpo, formando un'imbracatura.

«Tiratelo su!» gridò ai marinai. Un attimo dopo, il corpo di Gavin fu sollevato dall'acqua e iniziò la risalita verso la nave. Esausta, Josie emise un sospiro e cominciò ad arrampicarsi sui pioli di legno. Gavin fu tirato su molto prima che lei raggiungesse la cima. Quando finalmente risalì a bordo, trovò il nostromo, il signor Greenwell, chino sulla figura supina di Gavin per premergli sul petto. Gavin tossì e l'acqua gli uscì dalla bocca.

«Bravo, capitano, respirate», lo incoraggiò Greenwell, facendolo rotolare su un fianco, mentre espelleva tutta l'acqua di mare dai polmoni.

Josephine cadde in ginocchio, lo sguardo fisso su Gavin. Era vivo. Come per miracolo, era riuscita a salvarlo.

«È stata una mossa dannatamente audace, ragazza»,

dichiarò Bartholomew, accovacciatosi accanto a lei. «Gli hai salvato la vita. Non saremmo mai riusciti a raggiungerlo in tempo. Spero che tuo marito sappia quanto lo ami.»

D'istinto, lei fece per negare, ma poi si rese conto che Bartholomew aveva ragione. Lo amava. Lo amava con ogni fibra del suo essere, per quanto fosse folle amare un uomo che forse non avrebbe mai ricambiato.

«Tre *urrà* per la signora Castleton!» gridò Bartholomew e tutti gli uomini applaudirono.

Josephine cercò di sorridere, ma invece si accasciò sul ponte, con il respiro affannoso. Alcuni marinai sollevarono Gavin e lo portarono giù nell'infermeria del dottor Gladstone.

Bartholomew la afferrò per le spalle e la aiutò ad alzarsi. «Andiamo, ragazza. Ti accompagno nella tua cabina.»

«Ma Gavin...»

«Starà bene», disse il vecchio lupo di mare. «Hai bisogno di dormire, ragazza. Il buon dottore veglierà sul capitano per te.»

Quando raggiunsero la cabina, lei incespicò all'interno e cadde a faccia in giù sul letto, troppo stanca per fare altro che dormire.

CAPITOLO 12

Una voce familiare si insinuò nella mente annebbiata di Gavin mentre lottava per svegliarsi. «Hai una fortuna del diavolo, ecco cos'hai.»

«Ronnie?» Si portò una mano alla testa e gemette mentre un dolore sordo si sommava alla foschia che gli riempiva il cervello.

Qualcuno gli premette una tazza sulle labbra riarse. «Bevete questo», disse la voce del dottor Gladstone.

Lui bevve l'acqua fredda e armeggiò nel tentativo di afferrare la tazza.

«Fermo, capitano. Non sei in condizione di muoverti», disse Ronnie.

Gavin si sforzò di aprire le palpebre, ma la stanza sembrava premergli addosso da tutte le parti.

«Cosa... Che cosa è successo?» Le parole suonarono a malapena udibili persino alle sue stesse orecchie.

«Sei caduto fuoribordo. Pensavamo di averti perso, Gavin...» spiegò il suo amico con voce strozzata. «Io ero legato al timone e non potevo seguirti.» Il fatto che lo avesse chiamato per nome, cosa che non faceva mai, la diceva lunga sulla gravità della situazione.

Dopo qualche tentativo, Gavin riuscì finalmente a sollevare le palpebre e il mondo intorno a lui, all'inizio confuso, tornò pian piano a fuoco. Era in infermeria e il dottor Gladstone gli teneva una tazza d'acqua vicino alla bocca. Bevve con gratitudine un lungo sorso prima di voltarsi verso Ronnie, dall'altra parte del tavolo operatorio.

«Ricordo di essere caduto in mare...» Rabbrividì mentre una violenta ondata di nausea gli sconquassava lo stomaco. «Come sono finito qui?»

Ronnie sembrò capire cosa stesse veramente chiedendo. Come faceva a essere ancora vivo?

«Ti ha salvato. Non ho mai visto niente di simile, capitano.»

La sua mente e il suo corpo erano troppo intorpiditi dal dolore e dalla stanchezza per poter dare senso a quelle parole. «Chi?»

«La tua sirena.»

«La mia nave?» Erano già riusciti a raggiungere Beauchamp? Perché avrebbe dovuto salvarlo?

«No, la tua *vera* sirena, capitano. Tua moglie, intendo», chiarì Ronnie. Gavin impiegò alcuni istanti per ricordare a chi si riferisse.

Josephine.

«È...?» Si irrigidì, pieno di terrore al pensiero di averla persa.

«Sta bene, capitano. Al momento sta dormendo nel tuo letto.»

Gavin si afflosciò all'indietro sul tavolo operatorio. «Come mi ha salvato?»

Gli occhi di Ronnie brillavano di ammirazione.

«È stato uno spettacolo, davvero. Si è avvolta una corda intorno alla vita e si è tuffata dopo di te. Dio solo sa come ti ha trovato. Gli uomini che guardavano hanno detto che sei finito sott'acqua, ma lei è riuscita a trovarti e ad afferrarti. Le onde devono avervi sbattuti di qua e di là come un gatto con un topo prima che riuscissero a vedere le vostre teste emergere dall'acqua. Ma ha tenuto duro, la tua sirena.» La voce di Ronnie era colma di orgoglio.

«Poi ti ha fatto un'imbracatura con una corda e gli uomini ti hanno tirato su.»

«Davvero?» Gavin non riusciva a credere che lei fosse riuscita a salvarlo durante una tempesta come quella, ma era anche grato e sinceramente ammirato.

«Altroché.» Quando il dottor Gladstone si allontanò per riempire la tazza con altra acqua, Ronnie si chinò su di lui. «Conosci i miei pensieri sul matrimonio, capitano, ma se fossi in te, sposerei quella ragazza prima che tuo fratello ci raggiunga.»

Gavin lasciò cadere la testa sul piccolo fagotto di stoffa che fungeva da cuscino e fissò le lanterne oscillanti. Josephine lo aveva salvato. Non solo, aveva rischiato la vita per farlo.

«Quanti uomini abbiamo perso?» chiese al quartiermastro, accantonando i pensieri su Josie per concentrarsi ancora una volta sui doveri.

«Nessuno, capitano. È un maledetto miracolo. Abbiamo due feriti. Per fortuna, la burrasca è stata breve e gli uomini si sono legati sul sartiame. Abbiamo quasi perso Bartholomew, ma lui dice che l'hai salvato. A questo proposito, sta aspettando fuori per parlare con te. Se te la senti, cioè.»

Gavin avrebbe preferito dormire, ma sapeva che si

sarebbe sentito in colpa se avesse cacciato via un vecchio, perciò annuì.

«Lasciatelo entrare, dottore», disse Ronnie a Gladstone.

Un attimo dopo, l'anziano marinaio varcò la soglia e si avvicinò al tavolo operatorio con la testa china. Sembrava quasi timido.

«Capitano. Sono proprio contento di vedervi sveglio. Volevo ringraziarvi. Mi avete salvato la vita e siete quasi morto. Se non fosse stato per voi e vostra moglie, beh... Vi ringrazio. Ho trascorso quasi tutta la mia vita in mare. Prima o poi vi morirò, l'ho sempre saputo, ma voi mi avete dato più tempo. Questo significa molto per un vecchio come me.» Bartholomew gli tese la mano e Gavin la strinse con decisione.

«Beh, farei meglio a tornare sul ponte ora. Abbiamo delle vele da riparare.» Con un sorriso, l'uomo se ne andò.

«Chi sono i feriti?» Gavin diede un'occhiata al tavolo accanto al suo, dove un uomo giaceva con la gamba steccata. I suoi respiri erano lenti e regolari, ancora sotto l'effetto del laudano. Non c'era nessun altro nella stanza.

«L'altro ha un braccio rotto. In questo momento sta dormendo sulla sua amaca. Starà bene.»

Gavin chiuse per un istante gli occhi, vinto dalla stanchezza. Aveva un vago ricordo di aver inghiottito l'intero mare e di averlo risputato fuori. Forse era per quel motivo che gli sembrava di avere il diavolo seduto sul petto.

«Ronnie, Josephine è...? Ho bisogno di...» Ma la stanchezza gli impedì di mettersi a sedere.

«Qualunque cosa sia, capitano, può aspettare. Devi risposare ora.» Ronnie premette con delicatezza un palmo sulla sua spalla per farlo tornare giù. «Non ha senso corteggiare una ragazza quando si riesce a malapena a stare in piedi.»

Gavin si arrese all'oscurità, ma i sogni che seguirono furono dolci e dorati, e lo riempirono di un ardente desiderio...

Inseguiva una donna attraverso un giardino, l'aria notturna piena dell'intenso profumo dei fiori. Poteva vederla, poteva quasi sfiorarla, doveva solo correre un po' più veloce... Le sue mani si chiusero sul retro di un abito di seta, fermandola. Lei si girò e lui vide che era la sua amata Charity, ma non lo era. Il suo viso era più bello, come quello di una donna nel fiore degli anni prossima alla maternità. Non era la Charity che aveva incontrato a diciassette anni, ma la donna che aveva sposato suo fratello gemello e si era costruita una vita con lui. Una Charity che non era mai stata sua. I suoi occhi brillavano sotto le stelle mentre lo guardava. Sollevò la mano e gli accarezzò la guancia.

«È tempo», sussurrò, il suo sorriso dolceamaro.

«Tempo?» Gavin non capiva cosa stesse dicendo.

Da qualche parte nelle vicinanze un usignolo iniziò a cantare e lei si guardò intorno per un istante. «È tempo di lasciarmi andare, Gavin.»

Quelle parole spezzarono qualcosa dentro di lui e lui la strinse più forte, spaventato, gli occhi offuscati dalle lacrime. «No, non voglio.»

Lei gli accarezzò la guancia. «Io ho avuto la mia vita. Ora è il momento per te di vivere la tua. Io me ne sono già andata... Ma lei è la donna che il destino ha sempre voluto che tu trovassi. Va' da lei.»

Charity indicò la sagoma di una persona seduta su una panchina, un'affascinante giovane donna che Gavin non aveva notato prima. Sembrava sola e qualcosa in lei chiamava il suo cuore solitario.

Il vento si alzò nel giardino e lui sentì, anche mentre si voltava verso l'altra donna, che Charity stava volando via. Petali di fiori turbinarono intorno a lui, accecandolo. Charity scivolò via dalla sua presa mentre il vento lo spingeva dolcemente verso il suo futuro.

«*Io me ne sono già andata...*»

Gavin aprì lentamente gli occhi, con una strana malinconia nel petto. L'infermeria era tranquilla. Nessuna traccia del dottor Gladstone. Il marinaio sull'altro tavolo stava ancora dormendo, ma lui immaginava che fossero passate diverse ore da quando si era svegliato per la prima volta. Si sedette e lasciò penzolare le gambe. Tracce di lacrime secche gli tiravano la pelle e lui si strofinò il viso con il palmo stanco.

Si sentiva *vuoto*, come se un'onda furiosa gli avesse attraversato il cuore e l'anima, lasciando dietro di sé solo una spiaggia brulla.

Aveva davvero sognato Charity? Il ricordo era confuso, ma gli pizzicavano gli occhi solo a ripensarci. Sì, l'aveva sognata. Lei gli aveva detto di lasciarla andare. Fino a quel momento, non si era reso conto di essersi aggrappato così ferocemente alla sua memoria. Ma ora, senza quel vecchio amore a cui aggrapparsi − o meglio, senza che il ricordo di quell'amore gli gravasse sulle spalle − si sentiva più leggero. Un respiro profondo gli restituì la lucidità di cui aveva bisogno.

La ragazza in quel giardino... Charity aveva ragione? Josephine era la donna che era destinato ad amare? Il bisogno di vederla, di toccarla, lo sopraffece all'improvviso. Balzò giù dal tavolo, ma fu costretto a prendersi alcuni istanti per trovare l'equilibrio. Poi lasciò l'infermeria e si avviò verso gli alloggi del capitano.

Quando superò un gruppo di marinai intenti a compiere i loro doveri, questi si fermarono, annuirono o si batterono la fronte in segno di saluto, mormorando: «Capitano». Lui rispose a ognuno con un piccolo cenno del capo prima di continuare per la sua strada. Raggiunta la cabina, il petto gli si strinse per il nervosismo al pensiero di vedere la donna che gli aveva salvato la vita e molto probabilmente il cuore.

Aprì la porta e la scorse sul letto. Indossava ancora i vestiti fradici, proprio come lui, anche se dalla rigidità della stoffa pareva che si fossero in parte asciugati. Attraversò la stanza e si sdraiò silenziosamente sull'altro lato del materasso. Josie aveva il viso rivolto verso di lui e la fronte aggrottata, come se i suoi sogni fossero inquieti. Il cuore gli si riempì di tenerezza. Si chinò e le diede un bacio sulla guancia, poi le accarezzò la fronte con la punta delle dita finché non si rilassò.

«Mi hai salvato, ragazza, in più modi di quanti tu possa immaginare», sussurrò.

Come confortata dalla sua voce, lei si spostò sul letto, avvicinandosi a lui. Anche nei sogni, sembrava cercarlo. Gavin non voleva più aspettare. Si sentiva pronto ad aprirsi con quella donna e a rivendicare qualsiasi futuro potessero avere insieme. Anche se ciò avrebbe significato combattere contro suo fratello.

🙖🙔

JOSEPHINE SI SVEGLIÒ CON UN GEMITO QUANDO SI RESE conto che qualcuno stava spostando e piegando le sue membra doloranti. Sbatté le palpebre, confusa, alla vista di Gavin chino su di lei. Notando che si era ridestata, lui si fermò, in procinto di toglierle i calzoni. Per un momento, Josie fu semplicemente felicissima di vederlo vivo e vegeto. Ricordava vagamente di essere stata accompagnata nella cabina del capitano prima di svenire sul letto. Quando le mani dell'uomo scivolarono sulle sue cosce nude, tuttavia, si rese conto che le stava togliendo i vestiti.

«Non volevo svegliarti», si scusò lui. «Ma questi vestiti sono rigidi e bagnati ed è meglio che li togli.» Il modo in cui le accarezzava la pelle suggeriva che non era l'acqua di mare la sua unica preoccupazione, ma piuttosto stava cercando una scusa per toccarla, e lei era più che felice di lasciarglielo fare.

Qualcosa era cambiato tra loro; non che Josephine potesse spiegare cosa esattamente, ma sentiva la differenza nell'aria. Non era più il momento di attendere, ma era giunta l'ora di mettere alla prova quel controllo che Gavin aveva detto di aver faticato a mantenere. Le emozioni tra loro erano pure, ma in qualche modo molto pericolose. Sapeva che presto lui l'avrebbe reclamata nel modo in cui lei aveva desiderato sin dalla notte in cui si erano incontrati. Lo studiò in viso, notando come la sua bocca e i suoi occhi si fossero ammorbiditi, facendolo sembrare più giovane di anni. Si sedette sul bordo del letto, gloriosamente nudo. Lei ne studiò ogni centimetro, la pelle abbronzata e i muscoli. Era bello, forte e in perfetta forma. Sdraiarsi pelle contro pelle accanto a lui era quasi doloroso.

Josephine si sentiva stranamente timida mentre gli consentiva di spogliarla. Gavin le tolse le calze, senza che nessuno dei due fiatasse. La sollevò per farla sedere e i capelli, increspati dalla salsedine, le ricaddero sulle spalle. Erano a pochi centimetri di distanza, si fissavano in viso, entrambi in attesa che l'altro dicesse qualcosa. Le dita di

Gavin le sfiorarono il ventre e i pollici la accarezzarono mentre le sfilava la camicia, facendo ricadere i capelli sulle spalle nude. La timidezza e il desiderio la fecero arrossire. Era sdraiata nuda davanti a lui sul letto, ma era troppo esausta per muoversi.

«Mi hai salvato la vita, ragazza.» Le parole, anche se pronunciate sottovoce, parvero riecheggiare nella cabina. L'ondeggiare ritmico della nave e il suono delle onde contro lo scafo facevano sentire Josephine come se fosse su un'isola abbandonata con solo lui e il mare. Era una sensazione bellissima, *meravigliosa*.

Si mise lentamente a sedere e allungò la mano per appoggiare il palmo contro la sua schiena. «Tu hai salvato Bartholomew.» I muscoli di Gavin si contrassero sotto le sue dita mentre emetteva un sospiro per rilasciare la tensione.

«Ti avevo ordinato di non venire sul ponte», le ricordò. Non la guardava, ma non c'era rabbia nel suo tono.

Josephine si rese improvvisamente conto che qualsiasi cosa avesse detto avrebbe plasmato il loro futuro.

«Sono salita su questa nave per stare con *te*. Non potevo permettere che il mare ti portasse via, non quando ti desidero più di quanto queste acque possano mai fare.»

Si chinò in avanti e gli baciò la spalla nuda, assaporando il sale marino sulla sua pelle. Lui emise un secondo sospiro, il corpo scosso da un brivido che riverberò dentro di lei. Josie gli cinse il collo con le braccia da dietro, premendo i seni contro la sua schiena mentre lo abbracciava. Gavin le coprì le mani con le sue.

«Non ti merito, Josie. Tu sei al di sopra di me, al di fuori della mia portata mortale.»

«Mi fai sembrare un angelo.» Rise sommessamente,

affascinata dalle sue parole. «E io non lo sono di certo.» Tornò seria e gli baciò la guancia. «Forse sono un'ondina, una selkie, una sirena. Una creatura dell'acqua, ma una creatura che ti appartiene, proprio come la tua nave. *Prendimi*, Gavin. Sono tua.»

L'uomo si voltò quando lei lo lasciò andare, ma non si allontanò. Piuttosto, la reclamò con un bacio che conteneva in sé il calore del sole stesso. Lei ansimò mentre cercava di ricordare come respirare, troppo immersa nel suo bagliore. Si sdraiò sul letto, tirandolo giù con sé, le loro bocche fuse in quel bacio senza fine.

Sollevò i fianchi, le gambe che si aprivano in un silenzioso e antico invito mentre l'uomo si adagiava su di lei. Josie serrò le cosce intorno ai suoi fianchi snelli e lui le accarezzò l'esterno del ginocchio con il palmo della mano, senza smettere di baciarla. Gavin iniziò a muoversi contro di lei, e lei si perse in lui, sognando che avrebbero navigato sul mare per sempre e che non avrebbe mai dovuto lasciare quella cabina o lui.

Affondò le mani nei suoi capelli. Gemette mentre Gavin aggiustava la posizione per premere la sua dura virilità dove lei più la desiderava. Sollevò i fianchi e la deliziosa pressione la fece sussultare mentre lui si tuffava in lei. Le accarezzò la guancia, sussurrandole parole dolci che le riempirono il petto di calore. Quando ogni disagio svanì, lui iniziò a muoversi, offrendole un assaggio della vera magia del fare l'amore.

Una meravigliosa sensazione di cadere e poi di essere catturata dal vento la pervase mentre lui la prendeva, ancora e ancora. Il ritmo delle sue misurate spinte cominciò ad aumentare, mirando verso un'intensità gloriosa. Era come se la passione e l'amore avessero spiegato le vele, piene del vento che era Gavin, e insieme stessero navigando sul mare cristallino di un sogno.

Quello non poteva che essere il *paradiso*, quel senso di appartenere non solo a lui, ma a sé stessa. Era stata una sua scelta; quelli erano il suo corpo e la sua anima, e lei aveva scelto di donarli a Gavin, aveva scelto di amarlo. Finalmente, stava sperimentando la vera libertà. Lasciare che il cuore, la mente e il corpo scegliessero il loro destino era come risalire in superficie e respirare per la prima volta.

«Dimmi a cosa stai pensando», sussurrò Gavin mentre si muoveva sopra di lei. Josephine guardò i suoi occhi marroni, che un tempo avevano contenuto ombre così profonde. Erano limpidi ora.

«Sto navigando», confessò. Lui sembrò accettare la risposta senza bisogno di ulteriori spiegazioni e le catturò la bocca in un altro bacio ardente. Si mosse più forte, più veloce, come se una tempesta li stesse inseguendo e lui stesse lottando per farli navigare in sicurezza verso un orizzonte lontano e luminoso. Un'esplosione di improvviso e squisito piacere la travolse e lei gridò stupita.

Gavin ruggì il suo nome e Josie si aggrappò a lui, gli affondò le unghie nella schiena mentre cavalcavano insieme l'ultima onda, e poi, lentamente, l'intensa sensazione svanì, ma la pura gioia che si era lasciata dietro era altrettanto potente. Gavin crollò su di lei, ma a Josephine non importava del suo peso. Gli accarezzò i capelli e, per una volta, fu lei a sussurrargli parole dolci e soavi mentre lui tremava tra le sue braccia.

«La mia *sirena*», sospirò. Si sollevò ma non la lasciò andare. Si sistemò sulla schiena e la fece sdraiarsi su di sé, baciandole i capelli.

«Il mio *pirata*», rispose Josie con un sorriso assonnato

sulle labbra. Le faceva ancora male tutto, ma in un modo molto più piacevole e per una ragione di gran lunga migliore di prima.

Si era quasi addormentata quando lui parlò di nuovo. «Ho una casa. Un luogo privato su un'isola difficile da trovare. Voglio portarti lì... Me lo permetteresti?»

«Certo», rispose subito lei. «Com'è?»

«Io la chiamo l'Isola del Canto. Migliaia di uccelli tropicali di ogni dimensione e colore riempiono gli alberi. Ho costruito una casa che si affaccia sul mare e la spiaggia di sabbia bianca. L'acqua fresca di sorgente forma ruscelli in tutta l'isola e si possono vedere le scimmie che saltano da un ramo all'altro se si esplorano i sentieri nella giungla. È un luogo di bellezza e pace. È stato il mio rifugio negli ultimi anni.»

Josephine chiuse gli occhi, immaginando la bellezza di quel luogo, di quell'Isola del Canto. Loro due soli su un'isola da esplorare. Il suo cuore si sollevò in volo, come un uccello delle tempeste che sfida le correnti d'aria.

Qualunque cosa fosse successa dopo, lei apparteneva a Gavin e lui a lei. Nessuno dei due aveva ancora parlato d'amore, ma lei sapeva che quel giorno sarebbe arrivato presto. Per il momento, le bastava sapere che ciò che c'era tra loro era reale, vero. Non stavano più fingendo di essere un pirata e il suo tesoro rubato. Erano due cuori legati da un'emozione che scorreva più profonda di qualsiasi oceano e ardeva più luminosa di qualsiasi sole.

Con Gavin al suo fianco, avrebbe potuto affrontare qualsiasi cosa. Che all'orizzonte ci fossero tempeste, venti o mari minacciosi, loro si sarebbero tenuti stretti l'uno all'altra.

CAPITOLO 13

L'Isola del Canto era tutto ciò che Josephine aveva sognato che fosse. Dopo poco più di quattro settimane in mare, la vista della piccola isola nell'Atlantico era più che gradita. Era circondata di sabbia bianca e al centro c'era una giungla con fitte fronde e alberi secolari.

Gavin era al timone per guidare la *Cornish Pixie* attraverso le acque poco profonde, lungo un percorso che solo lui conosceva e che avrebbe impedito loro di incagliarsi in scogli o banchi di sabbia. Grazie a lui, riuscirono a superare in sicurezza luoghi che avrebbero intrappolato altre navi. Quando fu abbastanza vicino alla costa, diede ordine di gettare l'àncora. Ronnie disse agli uomini di calare due barche in modo che alcuni membri dell'equipaggio potessero accompagnare lei e Gavin a terra.

Più di una dozzina di persone si riversarono sulla spiaggia quando le barche approdarono sulla sabbia bianca. Uomini, donne e alcuni bambini, tutti di pelle scura, si erano riuniti per salutarli mentre scendevano. Gli uomini si tolsero i cappelli di paglia e le donne sorrisero in segno di caloroso benvenuto.

«Gavin!» Un ragazzino con pantaloni arrotolati sulle gambe e una camicia bianca si precipitò tra le onde.

«Sam, piccolo diavolo! Quanti guai hai combinato mentre ero via?» Gavin finse di lottare con il bambino, che non poteva avere più di sei anni, e poi lo sollevò, tenendolo sotto un braccio come se fosse un sacco di farina. Josephine si coprì la bocca per non ridere.

«Josephine, questo è Sam», disse Gavin, depositando il ragazzino sulla sabbia di fronte a una bella signora dalla pelle scura che portava i capelli raccolti in un foulard intorno alla testa.

«Era ora che tu portassi a casa una donna, Gavin.» La madre le tese una mano come se la conoscesse da tutta la vita. «Vieni, lascia che ti dia da mangiare. Il cibo sulle navi non è nulla in confronto alla cucina dell'isola.» Studiò i suoi indumenti maschili. «E ti troverò anche un vestito. Mi chiamo Jada e questo piccolo selvaggio è mio figlio, Sam.»

Gavin le rivolse un cenno, incoraggiandola a seguire la donna, prima di affrontare i suoi uomini e iniziare a dare istruzioni. Jada la condusse verso una casa di colore bianco a due piani.

Una fitta foresta circondava gran parte dell'edificio, a eccezione del cortile laterale, dove vi era un giardino pieno di verdure. Mentre si avvicinavano, Josie fissò meravigliata sia il giardino che la casa stessa. Sul portico che si affacciava sul mare c'erano quattro sedie dall'aspetto confortevole. Poteva facilmente immaginare di sedersi su una di quelle sedie e guardare il sole tramontare sull'acqua. Le grandi finestre erano aperte e le tende bianche si gonfiavano con la brezza marina. Tutta la casa sembrava luminosa e ariosa.

«Gavin si unirà a noi?»

«Andiamo, Josephine. Il tuo uomo arriverà presto. Deve occuparsi dei marinai e spiegare loro le regole di quest'isola.»

Josephine non poté fare a meno di arrossire udendo riferirsi a Gavin come il *suo* uomo. Sulla *Pixie*, era stato come essere in una bolla intima. Ma ora erano di nuovo nel mondo. Sembrava diverso, in qualche modo ancora più surreale, il pensiero che lei fosse *con* un uomo.

Jada la condusse all'interno della casa e lei spalancò la bocca alla vista della scala che conduceva al piano superiore. Anche se esteriormente la tenuta era simile a quelle a cui era abituata in Cornovaglia, l'interno era molto diverso. Sulle pareti erano stati dipinti paesaggi marini che davano proprio l'impressione di essere in riva al mare.

«Si allaga mai qui?» Aveva sentito Dominic raccontare storie di feroci uragani che avrebbero potuto spazzare via interi villaggi, uccidendo tutti gli abitanti.

«No, quest'isola è benedetta.» Jada ridacchiò. «Vediamo le tempeste, ma ci passano sempre accanto.» La donna la condusse al piano di sopra e aprì un grande armadio in una delle camere da letto, dove erano appesi diversi indumenti femminili.

«Proviamo questo», disse, estraendo un abito leggero, di lino rosa, come la barriera corallina che circondava l'isola.

Josephine fu sorpresa di rendersi conto che il vestito non prevedeva nessun tipo di indumento intimo; non erano necessarie imbottiture, cerchi o *panier* per dargli forma. Supponeva che fosse dovuto al clima. Sarebbe stato impensabile indossare più di una sottoveste con quell'umidità.

Si fermò davanti all'alto specchio nell'angolo della grande camera da letto e fissò la sua forma naturale, con le curve sottolineate in maniera discreta piuttosto che secondo la moda esagerata di Londra. L'abito era abbastanza corto da mostrare le caviglie e consentire alla brezza di scompigliare le gonne. Sorrise e fece ondeggiare i fianchi, godendosi quella libertà.

«Molto più fresco, vero?» Jada ridacchiò, poi le strinse leggermente le spalle. «Allora, sei la signora di Gavin?»

La domanda nella sua voce era chiara.

«Uhm... Sì. Sono sua moglie.»

Gli occhi della donna brillarono. «Novelli sposi?» ipotizzò. «È bello sapere che quell'uomo si è finalmente sistemato.» Il suo sorriso svanì. «Ma dov'è la *Siren*? Non è la nave di Gavin quella ancorata nella baia.» Fece un cenno verso la finestra aperta, dove si poteva intravedere la *Pixie* che galleggiava sull'acqua.

«No, quella è la nave di mio fratello.» Josephine non era sicura di quanto Gavin avrebbe voluto che lei dicesse a Jada. La donna sapeva che era un pirata? In caso contrario, lei non voleva tradirne i segreti. «È un regalo di nozze.»

«Capisco.» Jada rifletté, pensierosa, per alcuni istanti, poi le rivolse un sorriso luminoso. «Mettiamo un po' di cibo in quella tua pancia.»

Scesero in cucina al pianterreno e Josephine notò altri uomini e donne che si muovevano per la casa, occupandosi della pulizia. Non poté fare a meno di domandarsi quale fosse il loro ruolo lì. Gavin non aveva menzionato nessuno quando le aveva parlato dell'isola. La schiavitù non era qualcosa che la sua famiglia approvava o condonava. In quanto donna, spesso si sentiva un mero oggetto in possesso di qualcun altro. Il pensiero di possedere un'altra persona le sembrava semplicemente sbagliato.

«Immagino tu ti stia chiedendo se siamo schiavi. No, non lo siamo. Tre anni fa, Gavin ha assaltato la nave negriera che ci stava trasportando qui e ha liberato tutti a bordo. Sam aveva solo tre anni allora e io, grazie alla sua giovane età, sono stata abbastanza fortunata da non essere separata da lui. Trenta di noi hanno scelto di venire qui su quest'isola. È più sicura delle altre e rischiamo di essere ricatturati se ci spostiamo altrove. Qui... siamo solo noi. Abbiamo campi, seminiamo, abbiamo le nostre case. Viviamo una vita appartata ma pacifica.» Jada pareva così appagata che Josephine un po' la invidiava. Com'era sentirsi così in pace con la propria situazione?

La donna la accompagnò a tavola e si unì a una signora più anziana che stava cucinando. Le due si scambiarono qualche parola in una lingua musicale, poi la donna più anziana si sporse dalla cucina e indicò verso di lei, sussurrando qualcosa. Jada annuì in risposta. Gli occhi della donna si spalancarono e le sorrise timidamente.

Jada si avvicinò a Josie per fare le dovute presentazioni. «Questa è Kai, la nostra cuoca. Io sono la governante. Ci sono altre sei persone che hanno scelto di vivere in questa casa e aiutare con le faccende domestiche, dato che Gavin trascorre molti mesi lontano. Il resto degli abitanti lavora nei campi e nei giardini e vive in un piccolo villaggio sul lato opposto dell'isola. Mentre Gavin è via, il che accade spesso, tutti noi ci occupiamo di rifornire l'isola di cibo e riparare le case. Ci tiene occupati, ma ci piace possedere la nostra terra e le nostre abitazioni.»

Josephine fu colpita e felice di vedere che Jada e gli altri erano fuggiti da una vita di schiavitù e ora conducevano un'esistenza tutta loro in quel piccolo angolo di paradiso. Era ciò che aveva sempre sognato per sé stessa.

«È un piacere conoscerti, Kai.» Sorrise alla timida cuoca.

Jada tagliò un ananas e glielo offrì perché potesse assaggiarlo mentre aspettavano che Kai finisse. Qualcosa di delizioso stava cuocendo sul fuoco e, quando fu pronto, Josephine vide che si trattava di pollo piccante alla griglia. Nuovi meravigliosi sapori le esplosero sulla lingua.

Si stava leccando le dita, senza vergognarsi del suo comportamento poco signorile, quando Gavin entrò in cucina. L'uomo salutò Kai e Jada con un sorriso da canaglia. La cuoca gli disse qualcosa nella sua lingua e gli gettò uno straccio in faccia. Lui lo afferrò e rise, poi baciò la guancia di Jada in modo fraterno. Josephine si rese conto che *quella* era la sua famiglia ora, una famiglia che lui si era creato da solo.

«Ciao anche a te», disse poi voltandosi verso di lei, il suo sorriso così luminoso che quasi la accecò. Si sentiva vista, *amata*, quando lui la guardava in quel modo. Nelle ultime quattro settimane in cui avevano navigato insieme, lei e Gavin si erano avvicinati, non solo fisicamente, ma anche emotivamente. Non aveva mai immaginato che fosse possibile sentirsi così legata a un'altra persona. Aveva vissuto tutta la vita con la sua famiglia, eppure, sentiva di conoscere Gavin meglio di chiunque altro. Aveva cercato di non pensare al futuro, alle loro vite che a un certo punto divergevano, e godersi i giorni che le restavano con lui.

I suoi sorrisi, un tempo rari, si erano fatti più frequenti e lei era diventata dipendente dalle sensazioni che evocavano. Come se fosse libera di fare ciò che voleva nella vita.

«Hai scelto bene la tua sposa», disse Jada.

«L'ho fatto, non è vero?» Gavin le lanciò un'occhiata interrogativa. «Lascia che ti mostri la mia isola, Josie.» Le offrì la mano e lei vi depose il palmo. Insieme uscirono dalla casa e imboccarono un sentiero sabbioso che conduceva nella giungla. Lei era grata per i sandali che Jada le aveva dato.

Aveva indagato sui vestiti che le erano stati offerti, chiedendosi se Gavin avesse portato altre donne lì. Non l'aveva fatto. Gli abiti erano stati cuciti da Jada e dalle altre abitanti dell'isola nella speranza che un giorno lui avrebbe portato a casa una sposa. Avevano realizzato vestiti di tutte le taglie e anche sandali in pelle, nella paziente attesa che qualcuno aprisse quell'armadio e li indossasse.

«La tua casa è meravigliosa, Gavin. È così diversa.»

«Hai ragione. Niente salotti soffocanti, niente cupi ritratti. È tutto caldo e accogliente qui, come dovrebbe essere una casa», concordò lui. «Volevo che sembrasse *mia* quando l'ho costruita» L'aperta onestà con cui lo disse la fece commuovere.

Per nascondere le lacrime, Josie si alzò in punta di piedi e gli baciò la guancia. «Eppure, mi sono innamorata di te quando ho visto il tuo *cupo* ritratto», scherzò.

Si fermarono sul sentiero che dalla spiaggia portava verso la giungla e lei si chiese cosa avesse detto per farlo bloccare in quel modo. Poi si rese conto di aver detto *quelle* parole.

«Mi ami, ragazza?» Il suo volto era così serio che sembrava scolpito nella pietra.

«Sì», rispose lei. «Ti amo. E non rimpiango di averlo ammesso. È così che mi sento e, finché avrò fiato, sarò padrona dei miei sentimenti. Sono orgogliosa di loro, buoni o cattivi che siano, perché sono *miei*. Tu non sei costretto a dire nulla.»

«Ma lo farò.» Gavin le prese il viso tra le mani e la fissò intensamente negli occhi. «Ti amo, ragazza.» La sua voce era ruvida per l'emozione, ma le sue labbra mostravano l'accenno di un sorriso che minacciava di spezzare la solennità del momento. «Voglio che tu sia davvero mia moglie.» A quel punto, sorrise apertamente, e a lei sembrò di avere il sole dentro.

Le accarezzò la guancia con le nocche. «Ho sentito una volta... che se dici di sposare qualcuno tre volte, diventa vero.»

Josie cercò di ignorare il martellare eccitato del suo cuore mentre lui chinava la testa per baciarla.

«Ti sposo», disse, poi la baciò di nuovo. «Ti sposo.» Fece una pausa per mordicchiarle il lobo dell'orecchio. «Ti *sposo*.»

Josephine gli gettò le braccia al collo e gli coprì il viso di baci prima di ripetere le stesse parole così in fretta che lui rise di gioia.

Le baciò la punta del naso. «Chi avrebbe mai detto che saresti stata così entusiasta di ricevere una seconda proposta di matrimonio?»

«Sono entusiasta perché è quella *giusta*, dall'uomo giusto.»

Il loro scambio non avrebbe avuto alcun peso in un tribunale o in una qualsiasi chiesa, ma per Josephine era reale. Le parole che avevano pronunciato avrebbero legato le loro anime per sempre.

«Lascia che ti mostri la nostra isola.» Gavin le prese la mano e la condusse nella giungla.

IL CUORE DI GAVIN BATTEVA FORTE PER L'ECCITAZIONE. *Sposato.* Le parole che avevano pronunciato non avevano alcun valore legale, ma lui si sentiva veramente legato a Josephine. Si sarebbero sposati legalmente non appena lui avesse potuto organizzarlo, ma per il momento era felicissimo di *sentirsi* semplicemente sposato a lei. Il vecchio Gavin, quello che era fuggito per mare e aveva smesso di credere nell'amore, si sarebbe fatto beffe della prospettiva del matrimonio, ma il mese trascorso con Josephine a bordo della *Pixie* lo aveva cambiato per sempre. Non voleva più stare da solo, non voleva più piangere per un cuore un tempo spezzato. Un futuro luminoso e bello si estendeva davanti a lui.

Il sentiero che avevano imboccato sulla spiaggia si divideva in diversi sentieri più piccoli che attraversavano la foresta. Lui la condusse lungo quello centrale, verso il cuore dell'isola. Le mostrò i cespugli gialli di sambuco con i loro fiori che assomigliavano a narcisi, la salvia selvatica con i suoi fiori arancioni e le jacarande viola chiaro che spuntavano ovunque. I canti degli uccelli tropicali riecheggiavano tra le fronde e pappagalli di tutte le dimensioni e colori volavano da un ramo all'altro davanti a loro mentre camminavano.

«Sono tutti uccelli originari di questa parte del mondo?» chiese Josephine, osservando gli animali dal piumaggio variopinto.

«Molti non sono nativi. Sono volati via dalle navi di passaggio e hanno trovato riparo su quest'isola», spiegò lui.

«I loro canti sono bellissimi. Da bambina amavo la mattina dopo un temporale. Restavo sdraiata a letto ad ascoltare gli uccelli cinguettare per l'eccitazione e il sole sembrava sempre brillare un po' più luminoso.»

Mentre camminavano, Gavin le rivolse molte domande sul passato e Josie fece lo stesso. Le raccontò della sua infanzia e delle battaglie combattute in mare. Lei sembrava assaporare ogni dettaglio.

«È strano per me pensare che conosci mio fratello Dominic da più tempo di me», rifletté.

Gavin si fermò sul sentiero per guardarla. Era vero. Per uno strano scherzo del destino, aveva avuto modo di conoscere suo fratello meglio di lei.

«Eri una bambina quando se n'è andato, non è vero?»

Josephine annuì. «Io... Avrei tanto voluto fargli sapere quanto ci mancasse. Era come se un pezzo del nostro cuore fosse scomparso con lui quel giorno.» Gavin vide un lampo di inaspettata fragilità nei suoi occhi. «Una volta ho sorpreso mia madre a parlare con il suo ritratto. Pensava di essere sola. Ha detto: "Continuo a credere che tu stia facendo un semplice viaggio e che un giorno tornerai a casa e riderai di tutto come di una grande avventura. Ma se così non fosse? E se tu non ci fossi più e io non avessi avuto la possibilità di dirti addio? Sai che ti ho voluto bene? Sai quanto te ne voglio ancora?"» Josephine soffocò un singhiozzo.

Gavin la prese tra le braccia e le baciò la fronte, poi la strinse forte. In quel momento, avrebbe voluto poter cancellare tutto il suo dolore.

«Se questo è un sogno, non voglio svegliarmi», gli sussurrò contro il petto. «Ma ho tanta paura, Gavin.»

«Paura di cosa?»

«Di perdere tutto questo, di perdere *te*.» Erano parole strazianti, che gli lacerarono il cuore. «Il futuro non mi ha mai spaventata quanto lo fa ora, perché ho così tanto da perdere.»

«Tutti i sognatori devono svegliarsi prima o poi... Ma se noi ci svegliassimo e trovassimo qualcosa di ancor più piacevole della finzione?» le domandò.

«Hai detto di non essere romantico.» Josie si asciugò le lacrime e lui non poté fare a meno di sorriderle.

«Tutti gli uomini innamorati diventano romantici.»

Lei sollevò la testa. «Davvero mi ami? Lo hai detto due volte.»

«Penso che sarebbe impossibile *non* amarti», rispose lui con estrema serietà. «Ma forse dovrei mostrartelo, perché risulti un po' più *convincente*.»

☙❧

JOSEPHINE SEGUÌ GAVIN FINO A UNA PROFONDA POZZA nel cuore dell'isola e fissò con stupore l'acqua blu brillante. Era abbastanza trasparente da vedere il fondo, a quattro o cinque metri di distanza.

«È una sorgente d'acqua dolce», spiegò lui, iniziando a togliersi i vestiti.

Josie lo guardò; sentiva che era davvero suo, *tutto* suo. Gavin emanava una forza che andava ben oltre l'aspetto fisico, già di per sé impressionante. Si muoveva con grazia, eppure portava le cicatrici di una vita dura vissuta in mare. Cicatrici che lei desiderava baciare a una a una. Mentre lui si spogliava, liberandosi di ogni indumento con una lentezza deliberata che la stuzzicava e la torturava, lei si morse il labbro e trattenne un gemito di desiderio.

Forse c'era una sorta di magia nell'aria su quell'isola. Era il santuario di Gavin e lei sentiva che sarebbe potuto diventare anche il suo, se avessero avuto la possibilità di vivere

quella vita insieme che entrambi desideravano disperatamente. Strinse i pugni tra le gonne mentre lo guardava
scoprirsi le braccia e le gambe con famelica brama. Le dita
le prudevano al ricordo delle pigre serate a bordo della
Pixie, durante le quali lui l'aveva toccata con passione. Si
era assicurato di esplorare ogni centimetro del suo corpo
durante le loro notti nel letto del capitano, ma ora lei desiderava che le fosse concessa la stessa libertà.

«Unisciti a me, *moglie*», gridò, con un sorriso civettuolo,
prima di tuffarsi in acqua, completamente nudo.

Josephine si tolse i vestiti, cercando di non pensare a
quanto dovesse apparire sciocca a spogliarsi con tanta
fretta davanti a lui. Non aveva mai fatto il bagno così liberamente prima. Di solito, si lavava in vasche di rame con un
lenzuolo drappeggiato sopra per pudore. E, in quelle rare
occasioni in cui aveva nuotato nel mare o nel lago, era
sempre stata in sottoveste e sottogonna. Lì, invece, era
nuda; nuda e *libera*. Immerse un dito del piede e sospirò al
calore paradisiaco della piscina. Era sorprendentemente
calda.

Gavin picchiettò il palmo contro l'acqua, guardandola, i
suoi occhi ardenti di desiderio.

«Vieni dentro, ragazza!» Poi nuotò verso il fondo per
darle spazio per tuffarsi.

Con un grido, lei saltò nell'acqua scintillante. Quando
riemerse, lui la prese subito tra le braccia. Josie gli si
aggrappò al collo mentre la portava verso una sporgenza
rocciosa abbastanza in profondità da consentirgli di sedere
con l'acqua al petto. Si mise a cavalcioni su di lui e i loro
corpi strofinarono in modo seducente l'uno contro l'altro.
Lui la baciò con passione. Le sue labbra avevano il sapore

del mare ed erano meravigliosamente morbide, mentre il resto di lui era duro.

Josephine gli infilò le mani tra i capelli, in modo da potersi aggrappare, mentre lui muoveva la bocca più in basso lungo il suo corpo. Gavin la sollevò tra le braccia finché i suoi seni non furono all'altezza della bocca, poi le succhiò i capezzoli come se stesse morendo di fame. Le insistenti attenzioni la fecero tremare in preda al bisogno.

Mentre si infilava un capezzolo in bocca, le prese l'altro seno nel palmo e usò il pollice e l'indice per stuzzicarla. Josie si strusciò contro di lui, quasi senza pensare, desiderando solo di essere presa. Le sue parti intime pulsavano dolorosamente per lui.

«Ti prego, Gavin. Ti prego, smettila di prendermi in giro.»

L'uomo lasciò andare il capezzolo e sorrise. «Mi stai implorando? Mi piace, moglie. Ora dimmi cos'è che vuoi.»

«Ti voglio dentro di me.» Josephine arrossì selvaggiamente all'ammissione.

«Desideri essere *presa* da tuo marito?» Le parole fecero schizzare il suo desiderio fino alle stelle. Come faceva a sapere sempre cosa dire per rendere il momento ancora più deliziosamente carnale?

«Dillo, moglie. *Implorami*.» Gavin baciò lo spazio tra le sue clavicole, mentre con una mano le stringeva il fondoschiena. Lei serrò le cosce intorno ai suoi fianchi.

«Ti prego», ansimò. «Ti prego, prendimi, marito.»

Gavin gemette alla parola "marito" e la sollevò, facendole appoggiare le mani sulle rocce sul bordo della pozza. Poi si sistemò dietro di lei e le afferrò la spalla con una mano mentre usava l'altra per guidarsi in posizione.

Entrambi condivisero un gemito quando lui le scivolò dentro senza sforzo.

«*Oh, sì*», piagnucolò Josephine mentre lui premeva i fianchi contro il suo sedere, andando il più in profondità possibile.

Inarcò la schiena e lui le afferrò i capelli con una mano, mentre con l'altra le stringeva delicatamente il seno.

«Dimmi che sei *mia*.»

«Sono *tua*.» Josephine riuscì a malapena ad ansimare la parola, vittima di una cascata di piacere in un mare di stelle colorate.

Gavin iniziò a muoversi sempre più velocemente, prolungando il suo orgasmo per un'eternità prima che un secondo lo seguisse. Josie non riuscì nemmeno a urlare. I suoi occhi rotearono all'indietro mentre i pappagalli cantavano sopra di loro e l'acqua calda le lambiva il corpo. Le spinte dei fianchi di Gavin producevano schizzi tanta era la loro intensità e lei poteva solo prendere ciò che le dava e immergersi nella bellezza di ciò che le faceva sentire. Tutto il suo corpo cantava di piacere. Sapeva che le sue parti intime sarebbero rimaste doloranti per un po', eppure era bello essere così selvaggia e libera, godersi ogni secondo del suo amore per lui.

Quando pensò di non farcela più, lui si ritirò e cambiò la posizione dei loro corpi. Ora sedeva sulla sporgenza rocciosa sott'acqua con lei a cavalcioni. La trafisse con il suo membro ancora duro, facendola gridare per la sensibilità dovuta ai precedenti orgasmi, ma la zittì presto con un bacio prima di sollevarla su e giù sul suo corpo e succhiarle di nuovo i seni.

Un orgasmo più dolce la attraversò e le lacrime le

scesero sul viso fino al mento. Gavin le baciò via e mormorò dolci parole di conforto che lei non riusciva a comprendere perché era troppo sopraffatta dal suo amore per lui.

Presto, Josie si addormentò tra le sue braccia, la sua virilità ancora dentro di lei. Quando si svegliò, molto più tardi, si ritrovò vestita e in braccio a Gavin. Stava tornando indietro attraverso la foresta verso casa.

«Gavin?»

«Sì?» La sua voce era di una dolcezza che non aveva mai udito prima.

«Io... In realtà non so cosa ti volessi dire», ammise.

Lui ridacchiò. «Sembra che ti abbia stancata, mia cara. Voglio dormire un po' nel nostro letto. Ho delle cose da pianificare questa sera.»

L'idea non le piaceva. «Quali cose?»

«Voglio portare la *Pixie* a Sugar Cove e trovare un vicario che ci sposi. Immagino che per te vada bene?»

«Sì», rispose lei, un po' sorpresa. «Ma non dovrei venire con te? Non sarebbe più facile?»

«No, voglio che tu rimanga qui... per due motivi.»

Ora fu il suo turno di ridacchiare. «Tu e i tuoi motivi. Molto bene, sentiamoli.»

«Prima di tutto, desidero sposarti qui, sulla nostra isola. E secondo, se dovessi avere la sfortuna di imbattermi in tuo fratello o nel mio, non vorrei che ti portassero via. Con te qui, avrei meno possibilità di perderti. Nemmeno Dominic sa che vivo su quest'isola.»

«Oh, beh, ha senso. Quando te ne andrai?»

«Domani, se posso.»

La delusione le stritolò il cuore. «Così presto?»

«Prima me ne vado, prima posso tornare da te.»

Raggiunsero la casa e una sorridente Jada li incontrò alla porta, tenendola aperta per loro.

«Spero che tu abbia davvero mostrato l'isola a tua moglie», lo prese in giro.

Imbarazzata, Josephine cercò di farsi mettere giù, ma lui la ignorò.

«Non ribellarti contro un uomo che insiste per portarti in braccio», le consigliò la donna con una risata. «Vi farò portare la cena in camera. Immagino che abbiate ancora *molto* di cui discutere.»

«È così?» chiese Josephine mentre Gavin iniziava a salire le scale, con lei ancora tra le braccia.

«Certo che sì, moglie. Vale a dire, dobbiamo discutere di quante volte posso farti venire tra le mie braccia.»

Lei ansimò. Come poteva parlare apertamente di qualcosa di così scandaloso?

«Signora Castleton, mi avete salvato da una burrasca... perché fate la timida ora?» scherzò proprio mentre raggiungevano quella che lei ipotizzò fosse la sua camera da letto.

«È solo che... Oh, non importa.» Sospirò mentre la depositava sul morbido materasso.

Qualche tempo dopo, Jada portò loro un vassoio di cibo e i due mangiarono nudi a letto. Josephine apprezzava quel nuovo lato di Gavin, la gentilezza e la giocosità canzonatoria, combinate con la sua feroce passione quando faceva l'amore con lei.

«Devi davvero partire domani?» chiese mentre si lasciava cadere su di lui. I loro corpi erano ancora intimamente uniti e nessuno dei due era intenzionato a muoversi. Gavin le sistemò i capelli dietro le orecchie e sorrise dolcemente.

«Devo. Abbiamo bisogno di un vicario perché il nostro matrimonio sia ufficiale.»

«Cosa succede dopo?» Josie si mordicchiò il labbro inferiore per la preoccupazione.

«Dopo cosa?»

«Dopo che ci siamo sposati. E la *Siren*? Non sei preoccupato per la tua nave?»

Per la prima volta dopo giorni, lo sguardo di Gavin si fece cupo, mentre la sua contentezza pian piano svaniva.

«Lo sono, ma prima voglio sposarti. Una volta che mi sarò assicurato che tu sia mia moglie e che Griffin non possa portarti via da me, cercherò la mia nave e restituirò la *Pixie* a tuo fratello.»

Un'altra donna avrebbe potuto pensare che il bisogno di sposarla per primo fosse dovuto a una questione di rivalità tra fratelli, ma Josephine sapeva che non lo era. Gavin la voleva non perché apparteneva, almeno per contratto, a Griffin, ma perché aveva scelto di stare con *lui*. Il loro desiderio reciproco si era trasformato in vero amore, nonostante la rapidità con cui era nato.

«Vorrei che tu non dovessi andare», borbottò.

Lui le sollevò il mento per costringerla a guardarlo. «Tornerò da te a vele spiegate.»

La dolce promessa aleggiò nell'aria, mentre fuori il canto degli uccelli si acquietava pian piano nella tiepida notte caraibica, e la brezza e lo sciabordio delle onde suonavano la ninna nanna di un pirata.

❦

GAVIN SCIVOLÒ FUORI DAL LETTO POCO PRIMA DELL'ALBA e si fermò a osservare Josephine mentre dormiva. Non avrebbe mai potuto immaginare, la notte in cui l'aveva incontrata per la prima volta, che un giorno non lontano si sarebbe trovato lì con lei e l'avrebbe considerata la sua altra metà.

L'oceano poteva offrire a un uomo i suoi misteri, ma non c'era mistero più grande o più meraviglioso del cuore di una donna. Pensò a Charity e Brianna, due donne che per certi versi assomigliavano molto a Josephine. Le aveva amate entrambe, nonostante il modo in cui le loro relazioni si erano concluse. Ora, però, non le vedeva più come fallimenti, ma come pratica. Allora non era stato pronto o degno di amare una donna come Josephine. Ora sapeva cosa voleva dalla vita e cosa significava veramente amare. In appena un mese e mezzo, aveva trovato qualcosa di più prezioso dell'argento o dell'oro: il cuore di Josephine.

Si chinò e le premette un leggero bacio sulla fronte, poi scivolò silenziosamente fuori dalla stanza. Jada lo stava aspettando al piano di sotto vicino alla porta. Il pallido cielo mattutino illuminava i suoi occhi marroni; occhi che avevano scorto tutti i suoi segreti, sebbene lui avesse cercato di nasconderli.

«Rinuncerai per lei, non è vero?» chiese la donna a bassa voce. Jada non lo aveva mai giudicato per le sue attività illegali. Vedeva sempre il meglio nelle persone, il che era stupefacente, considerato che era stata portata via da casa, in Africa, per essere venduta all'asta prima dell'intervento della *Siren*.

«Sì, suppongo che lo farò», rispose. Non ci aveva pensato fino a quel momento, ma avrebbe dovuto farlo. La vita di un pirata era pericolosa. Era un uomo ricercato in molte acque. Sarebbe stato già abbastanza difficile per lui stare fuori dal cappio *dopo* che si era lasciato la pirateria alle spalle. Per fortuna, l'isola forniva abbastanza per vivere, e lui aveva messo da parte un po' di denaro in alcune banche in altre isole, così come a Londra. Era proprio per occuparsi dei suoi investimenti che tornava in Inghilterra almeno una volta all'anno.

Jada annuì. «È un bene. Amala e guarirà la tua anima.»

Gavin l'abbracciò. «Ti prenderai cura della mia ragazza fino al mio ritorno?»

Lei ridacchiò. «Certo. Ora va', Ronnie è pronto a partire.»

Il suo quartiermastro lo stava aspettando a riva con alcuni marinai e una barca pronta per raggiungere la *Pixie*.

Gavin salì a bordo e l'equipaggio iniziò a remare. Mentre si allontanavano, si voltò verso l'isola, la sua casa, immaginando la donna che si stava lasciando alle spalle. Il pensiero gli fece venire ancora più voglia di sbrigarsi.

«È la prima volta che ti guardi indietro», commentò Ronnie.

Con una certa sorpresa, Gavin si rese conto che l'amico aveva ragione. In passato, aveva sempre guardato avanti, alla prossima avventura dove il vento lo avrebbe condotto, ma ora sapeva dove voleva essere. Una vita con Josie era l'unica avventura che desiderava ormai.

«Dovremmo rapire un vicario, e in fretta», mormorò Ronnie. «Non mi sorprenderei se arrivasse un bambino prima di Natale.»

Per Dio, Gavin non ci aveva nemmeno pensato. Josephine poteva già essere incinta. Di certo avevano fatto l'amore abbastanza volte da renderlo possibile.

«Oh, sì, non ci hai pensato, vero?» Ronnie rise. «Faresti meglio a sposarti in fretta, *papà Gavin*».

Lui rispose all'amico con un calcio nello stinco, poi

entrambi risero mentre prendeva posizione con gli uomini per aiutarli a remare. Anche se gli sembrava di aver lasciato il suo cuore sull'isola, il pensiero di avere figli con Josephine lo riempiva di una gioia incredibile. La bella vita che voleva con lei era a portata di mano. Tutto quello che doveva fare era battere Griffin all'altare.

CAPITOLO 14

Gavin e Ronnie fissarono l'uomo sdraiato a faccia in giù nel fango di un porcile.

«Suppongo che dovremo farcelo andar bene», commentò Gavin.

«Sì, per forza. Sheridan è l'unico vicario dell'isola. Non possiamo rischiare di andare da nessun'altra parte.»

Si erano fermati a Sugar Cove, un noto paradiso dei pirati su cui, per fortuna, la marina non aveva ancora messo gli occhi.

Gavin indicò l'uomo addormentato con un cenno del capo. «Molto bene, svegliatelo.» I due marinai che li avevano accompagnati sollevarono i secchi e gettarono acqua fredda sull'uomo che giaceva nel porcile. Questi si inginocchiò, borbottando, mentre l'acqua fangosa gli scivolava sul corpo.

«Oi!» ruggì il vicario, e Gavin fu sorpreso di vedere che era molto più giovane di quanto si aspettasse e aveva una corporatura più simile a uno che combatteva in incontri di boxe che a un uomo di chiesa. Non poteva avere più di venticinque o trent'anni.

«Siete il vicario Henry Sheridan, non è vero?» chiese Gavin.

«Tra le altre cose, sì.» L'uomo si tolse il fango dal cappotto un tempo elegante e si guardò intorno in cerca di qualcosa.

Gavin sollevò la bottiglia di rum che era rimasta appena fuori dal recinto del porcile. «Cercate questa?» Il vicario allungò la mano, ma lui capovolse la bottiglia e versò il contenuto a terra.

«Avete appena *sperperato* il miglior rum speziato che si possa trovare da questa parte dell'Atlantico.» Sheridan gli lanciò un'occhiata minacciosa che prometteva vendetta.

«Venite con noi e vi pagherò abbastanza per comprare tutto il rum della Giamaica. Fino ad allora, ho bisogno che siate sobrio.»

«Sobrio?» Il vicario uscì lentamente dal porcile. «Nemmeno per tutto il denaro del mondo. Che cos'è questo compito che volete che io faccia che richiede l'infelice stato di sobrietà?»

«Ho bisogno di un uomo di chiesa che mi sposi.»

Sheridan sbuffò. «Senza offesa, ma non siete il mio tipo.»

Ronnie gli diede uno spintone da dietro. «È il capitano che vi parla. Mostrate un po' di rispetto.»

«Ho visto molti capitani in vita mia. E posso contare su una mano quanti meritano rispetto.»

«È una donna di alto lignaggio che desidero sposare», spiegò Gavin, imperturbabile. «Le vostre licenze – o qualsiasi cosa i vicari necessitino oggigiorno – sono in ordine? Ho bisogno che il matrimonio sia perfettamente legale.»

«Sì, purtroppo, tutte le mie licenze sono valide. Ricevo ogni giorno richieste da pirati che desiderano sposare delle dannate prostitute su questa maledetta roccia che qualche idiota ha deciso di chiamare isola», rispose acidamente il vicario.

«Bene. Venite con noi, allora.» Gavin guidò il gruppo attraverso il covo di pirati. Decine di uomini bevevano o litigavano per strada, mentre le prostitute offrivano i loro servigi mostrandosi in abiti colorati ma logori. Il vicario si fermò un attimo per lasciar passare alcuni uomini che trasportavano un ubriaco per gettarlo attraverso una finestra aperta in una taverna.

«Ehi. Di solito gli uomini vengono buttati fuori dalle taverne, non dentro», commentò seccamente, poi continuarono per la loro strada. Le urla fuoriuscirono dall'edificio in seguito al suono dei boccali rovesciati sul pavimento.

«Vi posso chiedere come è finito un uomo di chiesa in un posto come questo?» domandò Gavin.

«Ero un ufficiale della marina.»

«Un ufficiale», sibilò Ronnie dietro di loro.

«Ovviamente, non lo sono più», sputò Sheridan. «Ho intrapreso la carriera ecclesiastica dopo essermi dimesso dal mio incarico. In quanto secondogenito, le mie opzioni erano limitate.»

«Posso capire il desiderio di lasciare la marina, ma non sembrate un uomo destinato alla chiesa.»

«È una lunga storia e non mi va di raccontarla.»

«D'accordo.» Gavin non era tipo da ficcare il naso nei segreti altrui. Sheridan era un uomo abbastanza bello, di corporatura da marinaio. Sembrava molto più un capitano che un vicario. Doveva essere stato davvero disperato per cadere così in basso.

Avevano quasi raggiunto il molo quando Gavin vide un volto familiare. Dominic Greyville era lì, a parlare con il capitano del porto. L'uomo scosse la testa e scrollò le spalle a qualsiasi cosa Dominic gli avesse chiesto.

«Accidenti.»

Gavin fece cenno agli altri che erano con lui di accovacciarsi dietro il muro della taverna più vicina. Aveva pagato il capitano del porto quando erano arrivati a Sugar Cove per il suo silenzio sui loro movimenti. Era un accordo di lunga data il loro e ben compensato. Gavin aveva lasciato la *Pixie* dall'altra parte dell'isola. Non era uno sciocco. Non avrebbe osato lasciarla in bella vista, non quando c'era la possibilità che Dominic riconoscesse la sua nave.

«Che c'è, capitano?» chiese uno degli uomini con aria preoccupata.

Gavin imprecò sottovoce. Aveva cercato di evitare di dire alla ciurma della *Pixie* che era un pirata che aveva rubato la nave. Pensò in fretta una storia da raccontare ai due uomini che avevano accompagnato lui e Ronnie.

«Ehm... è un vecchio amico, a cui devo dei soldi. Non è qualcuno che voglio vedere in questo momento, e temevo che sarebbe stato qui, ecco perché ho fatto girare la *Pixie* intorno all'isola.»

«Oh, d'accordo.» Il marinaio annuì come se tutto ciò avesse perfettamente senso.

«È Dominic?» mormorò Ronnie dietro di lui.

«Sì», sussurrò Gavin di rimando.

«Chi è Dominic?» chiese il vicario a bassa voce.

«Il fratello maggiore della mia promessa sposa», rispose Gavin.

Il vicario ridacchiò, poi cercò di soffocare il suono. «No, davvero, chi è?»

«*Il fratello maggiore della mia promessa sposa*», ripeté Gavin, lanciandogli il suo sguardo più minaccioso.

Imperturbato, il vicario gli rispose con un'espressione accigliata. «Buon Dio, sono finito in una specie di dramma shakespeariano, non è vero?»

«Faremmo meglio a tornare alla barca prima che ci veda», suggerì Ronnie.

«D'accordo.» Gavin fece cenno al gruppo di tornare dove avevano nascosto la loro piccola imbarcazione. Per miracolo, riuscirono a raggiungere l'affioramento roccioso mezz'ora dopo senza essere avvistati. La scialuppa li stava aspettando dove l'avevano lasciata e, una volta che furono in mare, la *Pixie* apparve dietro l'isola come la creatura magica della Cornovaglia a cui doveva il nome.

Una volta che tutti, compreso il vicario, furono a bordo e la barca fu stivata, la *Pixie* si lanciò verso il mare aperto, con il vento in poppa. Gavin si fermò a guardare Sugar Cove svanire all'orizzonte. Ma non tirò un sospiro di sollievo. Non ancora. Con Dominic sulle loro tracce, non si sarebbe dato pace finché Josephine non fosse divenuta sua moglie. Anche allora, l'uomo avrebbe potuto tentare di ucciderlo. Greyville era un brav'uomo da avere come alleato, ma un avversario temibile come nemico.

৩৩

GRIFFIN FISSAVA IL MARE, CON IL CUORE INQUIETO. SI erano fermati in un posto chiamato Sugar Cove per cercare notizie di Gavin o della *Cornish Pixie*, ma si era rivelato un vicolo cieco. Tutti a bordo erano irrequieti. Purtroppo, le possibilità di trovare Josephine in tempo per salvarla da qualsiasi cosa suo fratello intendesse fare con lei si assottigliavano di giorno in giorno. Sapeva che Gavin non le avrebbe fatto del male, ma temeva che l'avrebbe sedotta e l'avrebbe fatta innamorare di lui prima di abbandonarla. La freddezza nel cuore di suo fratello lo preoccupava oltre ogni dire.

La sera precedente, a cena, lui e Nicholas Flynn avevano ascoltato Dominic e Brianna discutere delle loro teorie su dove potesse essere Gavin. Brianna aveva fatto notare che Gavin conosceva le piccole isole delle Indie Occidentali alla perfezione e poteva nascondersi in una qualsiasi di esse. Si diceva che avesse un posto da qualche parte nelle vicinanze dove teneva tutti i suoi tesori, ma Brianna non ne conosceva la posizione. Dominic aveva suggerito di contattare il resto dei Fratelli per vedere cosa sapessero dell'ubicazione del re dei pirati. Di certo qualcuno lo aveva visto. Questo presupponeva, ovviamente, che quel qualcuno lo tradisse, il che non era così probabile.

Griffin poteva solo fissare il mare e preoccuparsi. Sembrava che la sventura si stesse per abbattere su di loro e non riusciva a scrollarsi di dosso la sensazione che qualcosa di terribile stesse per accadere.

Vesper lo raggiunse a prua della nave e le loro braccia si toccarono. I capelli dorati le cadevano sciolti sulle spalle e, data l'alba all'orizzonte, lui immaginava che si fosse svegliata e fosse andata dritta sul ponte. La vista della donna calmò quella terribile tensione in lui e gli diede un immenso senso di pace.

«Sono giorni che mangi e dormi a malapena», mormorò.

«Mi crederesti sciocca se ti dicessi che ho una brutta sensazione? Non voglio portar sfortuna, ma temo che la nostra missione di salvare Josephine si rivelerà infruttuosa. Lady Camden è d'accordo con me. Dice di sentire dei cattivi presagi nell'aria.»

«No, lo sento anch'io», ammise lui.

Rimasero a lungo in silenzio e, dopo qualche istante, Griffin le strinse la mano. Aveva osato rubarle qualche bacio dopo cena ogni sera, ma ogni volta gli era parso un tradimento. Josephine non aveva alcun desiderio di sposarlo e il contratto di matrimonio era stato firmato da suo padre, non da lei. Eppure, lui aveva fatto una promessa. Voleva Vesper con ogni fibra del suo essere. Sarebbe stato disposto a venir meno al dovere e rinunciare all'onore per stare con la donna che amava veramente? La risposta era semplice: *sì*.

«Vesper... Se vengo meno al contratto di matrimonio prima di trovare Josephine, il mio nome sarà macchiato di infamia.»

Lei inspirò ma non disse nulla, così lui continuò.

«Se dovessi farlo e poi ti chiedessi di sposarmi, il disonore sarebbe troppo per te da sopportare?» Distolse lo sguardo, spaventato da ciò che la donna avrebbe potuto dire.

Vesper gli toccò la guancia e gli girò il viso per guardarlo negli occhi. «Sai che ho già la mia parte di vergogna.»

«Ecco perché mi preoccupo. Non voglio arrecarti altro dolore.»

Lei sorrise. «Quando le persone si amano, condividono i fardelli. Non mi turba portare il tuo.»

«Mi sposeresti, dunque?» chiese di nuovo Griffin, insistendo più chiaramente sulla vera domanda.

Vesper sorrise e le lacrime le brillarono negli occhi. «Sì.»

Lui la prese tra le braccia, baciandola. Non c'era

bisogno di parole per mostrare quanto si sentisse sollevato, ma un grido di avvertimento li separò troppo presto.

«Vele dritto a prua!» urlò la vedetta sul pennone di trinchetto.

Griffin e Vesper si voltarono nella direzione indicata dall'uomo. Una vela era visibile all'orizzonte.

L'ora successiva fu piena di nervosismo mentre la nave di Brianna si avvicinava pian piano all'altro vascello. Dominic si aggirava per il ponte come un lupo che ha fiutato la preda. Lord Camden e Adrian sembravano combattuti tra guardare lui e la nave.

«Non è la *Pixie*!» ringhiò Dominic con il cannocchiale all'occhio.

«Non lo è?» domandò Camden.

Brianna prese il cannocchiale per studiare l'imbarcazione. «Ha ragione. Non è la *Pixie*, ma la conosco. È la nave di Encino.»

«Chi è Encino?» chiese Adrian.

Brianna e Dominic si scambiarono sguardi d'intesa mentre tutti si riunivano sul ponte.

«Encino è uno dei Fratelli», spiegò Dominic.

«Un pirata», sussurrò Adrian a Griffin, guadagnandosi un'occhiataccia dal padre.

«È uno dei capitani della nostra corte dei pirati», chiarì Brianna, avvicinandosi al marito. «O lo era. Non avrebbe mai permesso a un vascello come questo di raggiungerlo, non senza alzare una bandiera di segnalazione. Qualcosa non va.»

Tutti guardarono la nave mentre la raggiungevano. Le vele di Encino erano spiegate, ma il vascello era deserto. Non c'era un solo marinaio sul ponte o appeso al sartiame. Il timone girava lentamente da una parte all'altra mentre il veliero scivolava senza meta ovunque il vento lo spingesse.

«Nick, padre, venite con me», ordinò Dominic.

Griffin si fece avanti al fianco di Lord Camden e Nicholas. «Vengo anch'io.»

Dominic sembrava pronto a discutere, poi cambiò idea. «Non dimenticare la promessa che mi hai fatto.»

«Non lo farò», rispose Griffin.

Gli uomini salirono a bordo di una barca e remarono verso la nave alla deriva. Adrian faceva la guardia dalla ringhiera, insieme a Vesper, Roberta e Lucia. Le tre donne che avevano osato affrontare il lungo viaggio con loro li osservavano con preoccupazione. Tutti sapevano che era pericoloso. Brianna era rimasta al timone della *Sea Serpent*, pronta a portarli via al primo segno di pericolo. Griffin seguì Dominic su per il fianco della nave, aggrappandosi alle assi di legno che formavano una scala.

«Tenetevi pronti. Potrebbe essere una trappola», sussurrò Dominic mentre salivano sul ponte. Poi strinse le mani a coppa. «Encino! Sono Dominic Grey», urlò, ma nessuno rispose.

«Griffin, vieni con me. Nick, va' con mio padre. Perlustreremo la nave da cima a fondo.»

Lui e Dominic si spostarono sottocoperta. Non impiegarono molto a trovare l'equipaggio. I corpi erano riversi sul ponte dei cannoni. Avevano tutti la gola tagliata, più altre ferite o colpi di arma da fuoco. Griffin impallidì. Non aveva mai visto una tale carneficina. Appoggiò il palmo della mano sulla spada che teneva appesa al fianco, avendo bisogno del conforto dell'acciaio.

«Guardati le spalle», mormorò Dominic mentre lo conduceva più in profondità nella nave. Raggiunsero quella che Griffin immaginò fosse la cabina del capitano. La porta si socchiuse mentre lo scafo dondolava sulle onde. Non era di buon auspicio per chiunque potesse esservi all'interno. Dominic la spalancò con il palmo della mano.

La cabina era in disordine. Una lampada oscillava sopra il tavolo, anche se il sole splendeva luminoso attraverso le finestre. Griffin ipotizzò che chiunque avesse commesso quei crimini avesse voluto che la scena fosse visibile anche al buio. Il corpo di un uomo giaceva sul tavolo, il petto nudo e il corpo pieno di tagli.

Dominic si avvicinò e gli toccò la spalla. «Encino.»

L'uomo ansimò, facendo sobbalzare Griffin. Aveva creduto che fosse morto, ma la fine non poteva essere lontana per lui.

«Dominic...» gemette il capitano.

«Sono qui, amico mio. Chi è stato a farti questo?»

Griffin guardò l'uomo gravemente ferito. Gli occhi scuri di Encino si spostarono da Dominic a lui.

«Tu... Sta venendo per te, Castleton.»

«Chi?» chiese Griffin.

«Beau... champ...» Il nome sfuggì dalle labbra del pirata proprio mentre la luce svaniva dai suoi occhi.

«*Beauchamp*... Quel nome... Lo conosco», disse Griffin.

«Era un membro della ciurma di Gavin», spiegò Dominic. «L'ho incontrato una volta.»

«È l'uomo che mio fratello ha detto che ha guidato l'ammutinamento contro di lui», dichiarò. Il capitano lo aveva scambiato per il suo gemello.

Entrambi fissarono il morto per un lungo istante.

«Dobbiamo scendere da questa nave», disse Dominic. «Beauchamp potrebbe seguirla a distanza. Ho notato che ha inchiodato i cannoni in modo che non possano essere usati. Anche il timone è stato manomesso, così che la nave non possa essere governata. Chiunque vi salga a bordo resta facilmente intrappolato. Tutto il carico è stato rimosso... Penso che Beauchamp volesse tendere una trappola a qualcuno.»

Dominic si diresse verso la porta con Griffin alle calcagna. Nessuno parlò di gettare i morti in mare. Non c'era nemmeno il tempo di raccogliere i corpi e offrire loro una cerimonia veloce. Ogni vita a bordo della nave di Brianna, compresa quella di Vesper, era in grave pericolo.

❧

Josephine era in piedi insieme a Sam sulla spiaggia, con l'acqua alle ginocchia. Entrambi impugnavano lance, in cerca di pesci. Quel giorno aveva lasciato il suo vestito nell'armadio e aveva indossato di nuovo gli indumenti presi in prestito da Dominic, che Jada era stata così gentile da lavare per lei.

«Aspetta», consigliò Sam mentre un pesce argenteo nuotava lentamente intorno ai loro piedi.

«Quando?» sussurrò Josephine, anche se l'animale non poteva udirla.

Il bambino preparò la lancia. «Non ancora... Adesso!»

Josephine affondò l'asta in profondità nell'acqua, trafiggendo il pesce. Poi, con un grido di trionfo, lo sollevò. Le sue squame argentee scintillavano alla luce del sole.

Sam sorrise. «Lo cucineremo stasera. Ti mostrerò come rimuovere le lische. Abbiamo solo bisogno di...» La sua voce si spense mentre fissava qualcosa dietro di lei.

«Sam? Che succede?» Josephine si voltò verso l'orizzonte e vide un vascello che navigava in direzione della baia. Calò l'àncora appena fuori dall'area che solo Gavin sapeva come navigare.

«Quella non è la *Pixie*», mormorò lei tra sé e sé mentre si portava una mano sugli occhi per proteggerli dal sole.

Sam indicò il veliero con un grido. «È la *Siren*!»

«La *Siren?*» Un'improvvisa sensazione di terrore le riempì lo stomaco. Se Gavin avesse recuperato la sua nave, l'avrebbe portata nella baia. Ma l'imbarcazione era al sicuro lontano dal labirinto di scogli, il che significava che Gavin non era al timone.

«Sam!» Afferrò il ragazzino per le spalle e lo scosse. «Ascoltami. Quello non è Gavin. Devi andare! Di' a tutti di nascondersi. Oh Dio...» C'era un posto in quel piccolo angolo di paradiso in cui nascondersi da una simile minaccia?

Josephine diede un'occhiata alla nave e vide che stavano calando una scialuppa in acqua.

«Josie...» cominciò Sam incerto, con gli occhi scuri spalancati dal terrore.

«Vai, Sam!» Lei lo spinse in fretta verso la riva. Alla vista delle vele, alcuni abitanti dell'isola avevano lasciato i campi e le case per accogliere i nuovi arrivati. Josephine urlò loro di correre. Avevano solo pochi minuti prima che i ribelli raggiungessero la terraferma.

Jada li incontrò a metà strada sulla spiaggia. Quando vide la nave e il volto di Josephine, capì subito che non si trattava di Gavin.

«Dobbiamo nasconderci. Quell'uomo ha cercato di uccidere Gavin e ucciderà chiunque si trovi sul suo cammino», spiegò mentre correvano verso la casa.

Jada attraversò di corsa il portico anteriore e si diresse verso una campana d'argento che pendeva da una trave sopraelevata. Afferrò la corda marrone che pendeva da sotto di essa e suonò forte. L'allarme echeggiò in lungo e in largo in tutta l'isola.

«Questo metterà in guardia gli altri. Dobbiamo andare alle grotte.» Jada prese sia lei che Sam per mano.

«Le grotte?»

«Gavin ha sempre temuto che potesse succederci qualcosa mentre era via, così ha allestito un rifugio nelle grotte per noi in caso di tempesta o attacco.»

«Ma Beauchamp e i suoi uomini non lo sapranno?»

Jada scosse la testa. «È l'unico posto sull'isola che la ciurma di Gavin non ha mai visitato, a parte Ronnie.»

«Ci staremo tutti in queste grotte?» Josephine era preoccupata per tutti gli uomini e le donne che vivevano lì. Non poteva sopportare il pensiero che accadesse loro qualcosa.

«Sì, se ci adattiamo. Le grotte si diramano in profondità nel centro dell'isola, ma non si allagano mai quando piove.» Jada fece loro strada, fermandosi a spiegare cosa stava succedendo il più velocemente possibile a coloro che incontravano.

Quando raggiunsero l'ingresso della grotta, Josephine rimase sbalordita nel constatare che si trovava proprio nella pozza d'acqua sorgiva in cui lei e Gavin erano andati a fare il bagno. Uomini e donne vi si tuffavano dentro. Josephine vide un uomo nuotare verso il basso e lungo il fondo prima di scomparire improvvisamente.

«Sai nuotare, vero?» chiese Jada.

«Sì.»

«L'ingresso della grotta è sott'acqua. Non temere, non è lontano. Si apre su cavità con molta aria.» Jada esortò diverse donne a passare loro davanti. Poi si guardò intorno e spalancò gli occhi.

«Sam? Sam!» Il bambino era stato con loro per la maggior parte del tempo... Eppure, in qualche modo, l'avevano perso nel caos.

Il numero di persone che si tuffavano a turno nell'acqua stava diminuendo. Jada cercò di spingerla verso la pozza.

«Vai, Josie. Nuota fino alla grotta. Mi unirò a te una volta trovato mio figlio.»

«Potresti aver bisogno di aiuto. Non ho intenzione di abbandonarti.» Josephine non aveva intenzione di lasciare che Jada affrontasse da sola una dozzina di pirati assassini.

Le due si precipitarono lungo il sentiero in direzione della casa. Raggiunsero il punto in cui finiva la giungla e iniziava il campo che portava alla spiaggia e Josephine vide Sam che si dimenava tra le braccia di un pirata. Era troppo tardi. L'uomo si caricò il ragazzino sulla spalla. Jada fece per abbandonare il loro nascondiglio tra le fronde, ma Josephine la fermò.

«Rimani qui. Andrò io.»

«Ti uccideranno.» Jada ansimò, il volto rigato di lacrime. «Dovrei essere io a farlo. Sono sua madre. Sono io che devo andare, non tu.»

«Non hanno motivo di risparmiare te, ma io, in quanto moglie di Gavin, posso essere più preziosa da viva che da morta.»

Jada scosse freneticamente la testa. «O forse ti uccideranno nell'istante in cui glielo dirai.»

«È un rischio che sono disposta a correre per salvare Sam.» Josephine prese il viso della donna tra le mani finché non fu sicura che fosse concentrata su di lei e non sulla sagoma del figlio che si allontanava.

«Qualcuno deve raccontare a Gavin cos'è successo e aiutare gli altri abitanti dell'isola. Capisci? Devi essere tu a restare», disse all'amica.

«Ma... mio figlio...»

«Lo salverò... e, se non riuscirò a salvarlo, lo difenderò con la mia vita», giurò, parlando sul serio. Avrebbe ucciso o sarebbe morta per proteggere il bambino.

«Adesso, va'! Devi nasconderti prima che ti vedano!» Spinse Jada nella foresta e si avvicinò alla casa, facendo attenzione a non lasciare alcuna traccia che li avrebbe condotti alla donna o al sentiero per le grotte.

Si arrampicò da una finestra al pianterreno ed entrò in salotto. Lì, vide due pirati che perquisivano la casa. Le davano le spalle, ma non ci sarebbe voluto molto perché la trovassero. Si precipitò verso il camino, dove erano state appese un paio di lame incrociate a scopo decorativo. Pregò che l'acciaio fosse ancora abbastanza affilato da uccidere. Non appena ebbe liberato una delle spade, sentì i pirati urlare contro di lei dall'ingresso della stanza.

Diede le spalle al focolare e abbatté il primo uomo che avanzava verso di lei. Il sangue schizzò sulle pareti e sul suo viso mentre la lama affondava nel collo e nella spalla dell'aggressore. Questi mugolò e gorgogliò prima di inciampare all'indietro, le mani strette intorno alla ferita mortale.

L'altro pirata la fissò, sbalordito, per un breve istante prima di alzare la sciabola e avventarsi su di lei. Anni di addestramento con suo padre e Adrian, tuttavia, le avevano dato una certa abilità, e il pirata aveva commesso l'errore fatale di sottovalutarla in quanto donna. La lotta finì quasi prima di iniziare. Solo più tardi avrebbe osato pensare alle vite che aveva appena tolto.

Si precipitò nel cortile e inseguì l'uomo che trasportava

Sam verso l'acqua. La barca li stava aspettando per condurli alla *Siren*.

«Tu!» urlò al brutale pirata che stringeva il bambino, il quale ancora si dimenava, e questi sogghignò.

Josie gli puntò la spada al petto mentre avanzava. «Metti giù il ragazzo.»

Sam cadde nell'acqua bassa e tossì, travolto da un'onda. Il pirata si diresse verso di lei. Nonostante la paura che la attanagliava, la sua presa sull'arma era salda.

«Lascia quest'isola e non tornare mai più», disse con voce gelida.

«Altrimenti?» replicò un uomo alle sue spalle.

Josephine udì un colpo di pistola, seguito da un dolore lancinante che le esplose nella parte superiore del braccio destro. Sam urlò il suo nome, ma lei non osò guardarlo. Si voltò ad affrontare l'uomo che teneva ancora la pistola puntata contro di lei.

«Hai usato il tuo colpo unico», disse, la sua voce rauca. «Non ne hai un altro.»

«Forse no. Ma lui sì.» Il pirata indicò con un cenno un terzo uomo che si era unito a loro, la pistola puntata su di lei e pronta a sparare. Quello che aveva rapito Sam lo sollevò di nuovo da terra e il terzo pirata gli puntò l'arma alla tempia.

«Getta la spada. *Subito*», ordinò il primo pirata. «O il tuo cervello o quello del ragazzino schizzeranno su questa spiaggia, e il corpo dell'altro nutrirà gli squali nella baia.»

Sconfitta, Josephine gettò a terra la lama, che affondò nella sabbia bianca. Non era una battaglia che poteva vincere. Si stava già indebolendo per il dolore e la perdita di sangue.

«Chi sei?» chiese l'uomo.

Era il momento di vedere se, in quanto donna di Gavin, sarebbe valsa di più da viva che da morta.

«Sono la moglie di Gavin.»

«Ma davvero? Questo sì che è *interessante*.» L'uomo sorrise e la malvagità nei suoi occhi le disse che doveva essere Beauchamp.

«Prendetela», ordinò ai suoi uomini. «E anche il ragazzino. Se proverà a combatterci, le ricorderemo tutte le cose *terribili* che possono accadere a un bambino in mare.»

Josephine rimase senza fiato quando l'enorme pirata che per primo aveva catturato Sam la afferrò all'improvviso da dietro, stringendole il collo fino a farle perdere il fiato, prima di trascinarla verso la barca in attesa in lontananza.

«Ora ho ciò che mi serve per uccidere un fantasma.»

CAPITOLO 15

C'era qualcosa che non andava. Gavin lo percepì nel momento in cui sentì l'odore del fumo nel vento.

Qualcosa sta bruciando.

Erano a circa un'ora dall'Isola del Canto quando vide del fumo all'orizzonte.

«Capitano?» Ronnie si mise al suo fianco e gli porse un cannocchiale.

«Non mi piace, Ronnie», mormorò Gavin. «È troppo presto per bruciare i campi di canna da zucchero.»

«Sì.» Il quartiermastro incrociò le braccia, lo sguardo fisso all'orizzonte, dove il fumo si alzava nel cielo.

La colonna si ingrandiva man mano che si avvicinavano all'isola. Gavin prese il timone e guidò la *Pixie* nella baia. Lo spettacolo che si presentò ai suoi occhi era uno di quelli che non avrebbe mai immaginato. La sua bella casa non era altro che travi annerite e cenere che turbinava nel vento come neve infuocata.

«Cristo... Che cosa è successo?» chiese il vicario mentre

lo raggiungeva al timone. Gavin non disse nulla. La vista – uno spettacolo che pareva uscito da un incubo – lo aveva ammutolito.

«Gettate l'àncora!» ordinò Ronnie e Gavin non aspettò che una barca venisse calata.

Si arrampicò sul lato della nave e si tuffò in acqua, così da poter raggiungere a nuoto la riva. Non c'era nessuno ad accoglierlo con risate o sorrisi. La sua Isola del Canto era silenziosa. Persino gli uccelli non osavano cinguettare.

Corse, bagnato fradicio, fino al prato un tempo erboso che aveva condotto alla sua bella casa. L'erba carbonizzata scricchiolava sotto i suoi stivali. Il secondo piano dell'edificio era crollato. Rimaneva solo il pianterreno, anche se tutte le stanze erano state sventrate.

Gavin strinse le mani a coppa e chiamò: «Josie! Jada! Sam! Kai!» Urlò finché la sua voce non si fece rauca.

Proprio quando stava per perdere le speranze, una figura femminile uscì dal bosco. Jada, con gli occhi spalancati dal terrore e dalla speranza. La donna gemette e corse verso di lui, ma crollò a terra prima di raggiungerlo, il corpo scosso dai singhiozzi. Lui si inginocchiò accanto a lei e lei strillò.

«Jada, sono io. Che cosa è successo?» chiese mentre la prendeva tra le braccia, placando il suo tremore. Lentamente, la donna si riprese a sufficienza da respirare.

«Gav... Gavin?» sussurrò con una tale disperazione che lui si inquietò per ciò che avrebbe detto dopo.

«Dove sono Josie e Sam? Che cosa è successo?»

«La *Siren* è tornata.»

L'orrore di ciò che era accaduto sull'isola divenne all'improvviso chiaro.

Era stato Beauchamp. Incapace di ucciderlo direttamente, aveva distrutto la sua casa, lasciandola come una ferita aperta, nel caso in cui Gavin non fosse morto dopo essersi gettato in mare durante l'ammutinamento. In quell'istante, si rese conto che tutti coloro di cui si era fidato o con cui si era alleato in passato erano in pericolo. Beauchamp avrebbe ucciso chiunque avesse messo in discussione il suo diritto sulla *Siren*. Si era recato lì a cercare l'oro che pensava Gavin avesse nascosto? Perché aveva aspettato tanto?

«Quando è arrivata la nave, pensavamo che fossi tornato, ma Josie ha detto che dovevamo correre e nasconderci.» Jada si asciugò le lacrime che le rigavano il viso.

Il corpo di Gavin si irrigidì al nome di Josephine. «Dov'è?»

«*Andata*.» La donna gemette. «Hanno preso Sam e lei lo ha seguito. Ha detto che non l'avrebbero uccisa se avessero saputo che era tua moglie.» La voce di Jada era esitante mentre combatteva contro un nuovo dolore.

Ora Beauchamp avrebbe saputo che Gavin era vivo. Doveva essere giunto sull'isola alla ricerca del tesoro che pensava lui avesse nascosto, e invece aveva trovato Josephine.

Buon Dio...

«Mi ha detto di rimanere per raccontarti cosa è successo. Ho nascosto gli altri nelle grotte.»

Per fortuna, Gavin aveva mostrato solo a Ronnie e a coloro che vivevano sull'isola il sistema di grotte sotterranee che aveva scoperto sotto la piscina naturale. Aveva pensato che sarebbe stato un ottimo rifugio nel caso in cui un uragano si fosse abbattuto su di loro o se fossero stati scoperti dalla marina, ma non lo aveva rivelato al resto della ciurma proprio a causa di pericoli come quello.

«Da quanto tempo se ne sono andati?»

«Mezza giornata», rispose Jada. «Hanno dato fuoco alla casa mentre se ne andavano...» Scoppiò di nuovo in lacrime, coprendosi il viso con le mani.

«Ti riporterò tuo figlio, Jada. Te lo prometto.» Anche mentre lo diceva, temeva che fosse una promessa che non avrebbe potuto mantenere.

La aiutò ad alzarsi. «Andiamo. Dobbiamo dire a Ronnie e agli altri cosa è successo.»

Quando raggiunsero i resti della casa, videro che Ronnie e un certo numero di marinai della *Pixie* erano sbarcati, incluso il vicario. L'espressione di Sheridan si indurì quando vide Jada piangere.

«Quanto è grave, capitano?» chiese Ronnie.

«Beauchamp ha preso Josie e il figlio di Jada. Tutti gli altri sono vivi e al sicuro.»

Ronnie toccò la lama che teneva al fianco, gli occhi scuri di rabbia e il viso rosso come i capelli. «Questa volta lo uccideremo, giusto, capitano?»

Gavin non aveva dubbi in proposito. Avrebbe voluto uccidere Beauchamp mille volte per quello che aveva fatto quel giorno.

Bartholomew mormorò: «Capitano?»

«Che c'è?» chiese Gavin, cercando di nascondere l'asprezza, ma sapendo di aver fallito.

«Noi... Voglio dire, gli uomini della *Pixie*... Sappiamo che non siete il nostro vero capitano... che siete un pirata e tutto il resto...» L'anziano marinaio si fissò i piedi, quasi timido.

«Sapevate che non era il capitano?» lo interruppe Ronnie.

«Sì. Vedete, siamo stati tutti pirati. Alcuni di noi hanno

navigato con Dominic Grey, gli altri con vari equipaggi. La maggior parte dei ragazzi sa che siete il capitano della *Lady Siren*. Dominic ce l'avrebbe detto se vi avesse assunto, ma dal modo in cui siamo partiti, tutto in segreto, dalla baia di St. Ives, abbiamo pensato che non avreste dovuto essere sulla nostra nave. Ci piacevate, però, e pensavamo che vostra moglie fosse una vera e propria signora. Così abbiamo deciso di accettarvi come nostro capitano. Comunque, quello che sto cercando di dire è che... Avete bisogno di una nave e di un equipaggio per ritrovare vostra moglie. E noi siamo i *vostri* uomini ora. Vogliamo aiutarvi a salvare la signorina Josephine.»

«Moglie?» interruppe il vicario. «Pensavo che dovessi sposarvi?»

«È solo una questione di renderlo legale, Sheridan», chiarì Gavin.

«Ah, capisco. Beh, una volta ero un buon tiratore, e un ottimo spadaccino. Odierei vedere questa azione malvagia rimanere impunita.» Il vicario si chinò per raccogliere una spada che era mezza sepolta nella sabbia ai suoi piedi.

Gavin riconobbe l'elsa della lama. Era quella appesa sopra il camino nel salotto. Come diavolo era finita sulla spiaggia?

«Dove credi che possa essere andato Beauchamp, capitano?» chiese Ronnie. «Potrebbero essere andati in qualsiasi direzione.»

Ronnie aveva ragione. Gavin poteva solo azzardare un'ipotesi.

«L'Isola Nera», dichiarò ad alta voce. Era l'unico posto rimasto con cui aveva un legame nelle Indie Occidentali. Era stato eletto capo dei Fratelli della Costa e l'Isola Nera era il centro del potere. Una risata amara gli sfuggì dalle labbra. Si era rivelato un gran re. Durante il primo anno di regno aveva subito un ammutinamento e sua moglie era stata rapita dal nemico... Non era degno del titolo.

Beauchamp sarebbe andato sull'Isola Nera per rivendicare la *Siren* come legittimo capitano... E avrebbe ucciso chiunque si fosse messo sulla sua strada.

«Ehm... Capitano, abbiamo un problema», annunciò tutt'a un tratto Ronnie, indicando la baia.

Un vascello più grande della *Pixie* aveva raggiunto l'isola e aveva gettato l'àncora, bloccando loro l'accesso al mare. Era la *Sea Serpent*, la nave di Brianna. Gavin aggrottò le sopracciglia mentre una scialuppa remava verso di loro. Nonostante la distanza, riconobbe Dominic, Griffin e altri due uomini che, dato il loro aspetto, erano molto probabilmente il padre e il fratello gemello di Josephine.

«Dannazione», mormorò. Non aveva tempo per affrontarli in quel momento. Il tempo era l'unica cosa che si frapponeva tra lui e la morte di Josephine per mano di Beauchamp, supponendo che non fosse già stata uccisa.

«Mmh», rifletté il vicario mentre si avvicinava a lui. «Non saranno forse i familiari della vostra promessa sposa? E vostro fratello?»

«Sì, purtroppo sembrerebbe di sì», ringhiò Gavin.

Aveva raccontato a Sheridan della sua situazione durante il viaggio di ritorno sull'isola. Il vicario si era dimostrato un uomo degno di fiducia e non lo aveva giudicato per le scelte che aveva compiuto, o per il discutibile inizio del suo corteggiamento con Josephine. Gavin raggiunse la riva, appena oltre la portata dell'acqua, in attesa che la scialuppa approdasse. Griffin, Dominic e il padre di Josie furono i primi a scendere dalla barca.

«Dominic, non abbiamo tempo per...» cominciò

Gavin, ma l'uomo, senza preavviso, gli sferrò un pugno così forte che lo fece inciampare all'indietro. Sarebbe caduto se Ronnie non lo avesse preso. Dominic scosse le nocche ammaccate, pronto ad attaccare di nuovo, ma il padre gli mise una mano sul braccio per fermarlo.

«Dov'è mia figlia, pirata?» chiese Lord Camden. L'odio nei suoi occhi lo colpì più forte di quanto avesse fatto il pugno di Dominic.

Gavin si strofinò la mascella. «È stata presa. Il mio ex nostromo, quello che ha organizzato un ammutinamento e rubato la mia nave, l'ha rapita. Ha anche rapito il giovane figlio della mia governante.» Fece un cenno verso il punto in cui Jada era ancora seduta sulla sabbia, lo sguardo assente puntato sulle onde.

Dominic si voltò verso le braci ardenti e ciò che restava della casa. «E dove diavolo eri tu? Perché non li hai protetti?»

«Pensavo di proteggerli. Pensavo che Josephine sarebbe stata al sicuro qui.» Ora si rendeva conto di quanto fosse stato sciocco pensare che quel posto fosse sicuro. Beauchamp era già stato sull'isola ed era prevedibile che cercasse lì Gavin o l'oro che credeva lui avesse nascosto all'equipaggio.

«Perché l'hai lasciata sola?» domandò Griffin. «Perché non l'hai portata con te?»

«Perché stavo andando a prendere un maledetto vicario e non volevo che tu mi trovassi e la portassi via.»

«Un *vicario*?» ringhiò Dominic. «E a cosa diavolo ti serviva un vicario?»

Sheridan sbuffò. «Beh, o un matrimonio o un battesimo, e immagino che preferiate un matrimonio.»

Dominic sembrava combattuto tra il voler strozzare il vicario o Gavin.

«Ebbene?» domandò Camden.

«Per me e Josephine», sbottò lui. «La amo, dannazione, e voglio sposarla.»

Incontrò lo sguardo di suo fratello e vide che aveva gli occhi spalancati per la sorpresa.

Camden e Dominic si lanciarono entrambi su di lui, ma Griffin si frappose, alzando una mano per fermarli.

«Vi prego, ascoltatelo prima.» Griffin si voltò di nuovo verso di lui. «Stavi davvero per sposare Josephine? Lei vuole sposarti? Ciò che mi sta più a cuore sono i suoi desideri. È qualcosa che ha accettato, o la stai costringendo?» chiese.

«Sì, è un'ottima domanda», intervenne seccamente Camden, con gli occhi che minacciavano violenza. «Rispondi molto attentamente, perché ne va della tua vita.»

«Non la costringerei mai. È più che disposta a diventare mia moglie.»

Sheridan fece un passo avanti. «Non li sposerei se lei non fosse d'accordo», dichiarò.

Era un barlume di sollievo quello che Gavin aveva visto sul volto del suo gemello, o l'aveva semplicemente immaginato?

«Così pianificavi di sposarla; è un problema di cui ci occuperemo più tardi. Ora dobbiamo discutere di dove diavolo è mia figlia.» Camden fissò i resti carbonizzati della casa, un tempo bellissima. «È stato l'uomo che ha ucciso quell'Encino a rapirla?»

Gavin si irrigidì nel sentire il nome dell'amico. «Encino è morto?»

«Beauchamp ha massacrato la sua ciurma e torturato lui. È morto pochi istanti dopo che abbiamo trovato la sua nave due giorni fa. Temevamo di un'imboscata, ma non è successo nulla. Poi abbiamo visto il fumo salire dall'isola e abbiamo temuto il peggio», spiegò Griffin.

«Dove può aver portato mia figlia?» chiese Camden.

«Sull'Isola Nera, immagino. Vuole legittimare il suo ruolo di capitano della *Siren*. Ora che ha scoperto che sono vivo, vorrà uccidermi, e sa che cercherò di salvarla.»

«Perché sta facendo tutto questo?» chiese Dominic.

«Si tratta del tesoro?» indagò Griffin. «Gavin, mi hai detto che i tuoi uomini si sono ribellati perché credevano che tu avessi un tesoro nascosto da qualche parte.»

Gavin si voltò a guardare la sua casa in rovina. «Sì, anche se non potrebbe essere più lontano dalla verità. Abbiamo avuto dei mesi di magra e lui credeva che stessi trattenendo parte del bottino. Ho investito tutto il mio denaro nella *Siren* e in questa casa. Quest'isola era il mio vero tesoro. Quel dannato idiota non potrebbe mai capirlo.»

Griffin fece un passo avanti e gli mise una mano sulla spalla, guardando ciò che restava dell'edificio. «Immagino che fosse una casa piuttosto bella.»

«Lo era», ammise. «E io e Josie... Avremmo potuto essere liberi qui.» Gli si spezzò la voce e lui strinse le mani a pugno. «Gli strapperò quel suo cuore nero dal petto e glielo darò in pasto quando lo troverò».

«Potrai avere ciò che resta di lui quando avrò finito», disse cupamente Camden. «Nessuno fa del male a mia figlia. *Nessuno*.»

Almeno su una cosa erano tutti d'accordo: Beauchamp era un uomo morto. Ben presto non avrebbe più avuto storie da raccontare e avrebbe appreso cosa succede quando un uomo ruba il più grande tesoro di un re pirata.

LA PRIMA COSA CHE JOSEPHINE NOTÒ FU IL DOLORE ALLA testa, poi quello al braccio si fece insostenibile. Qualcosa di tagliente stava pungendo la sua carne ferita. Cercò di allontanarsi.

«Fermati, ragazza», mormorò un uomo.

Lei sbatté le palpebre e sollevò la testa, cercando di vedere dove fosse. Sembrava essere in una stanza buia. Le lanterne ondeggiavano sopra di lei e l'odore pungente e acre dell'alcol si diffondeva dal respiro di un uomo anziano, chino su di lei per scrutare il suo braccio destro. Aveva occhiali spessi appollaiati sulla punta del naso.

«Dove sono?» Josie faticava a ricordare cosa fosse successo. Ricordava di aver combattuto i pirati sulla spiaggia e Sam. *Oh Signore, Sam!*

Cercò di mettersi a sedere, ma l'uomo le indicò le cinghie di cuoio intorno alla vita e al petto che la tenevano legata al tavolo.

«Sei sulla *Lady Siren,* ragazza. Ora stai zitta e ferma.» L'uomo riprese a ricucirle il braccio.

«Il bambino... Sam... Sta bene?» Cercò di ignorare il dolore dell'ago che le tirava la carne. Se non altro, era una forma di tortura che avrebbe dovuto aiutarla, anche se non sembrava.

«Sì, per ora», mormorò il dottore. «Ma faresti meglio a fare quello che dice il capitano Beauchamp. Lo ucciderà, altrimenti.» Gli occhi grigio pallido del dottore si addolcirono mentre le dava una pacca sulla spalla in segno di compassione. «Ora cerca di riposare. Devo ricucirti o si infiltreranno cattivi umori.»

«Il capitano», sbuffò lei. «Quell'uomo è un traditore. Un *ladro*.»

Durante il viaggio con Gavin, aveva appreso tutto su Beauchamp. Era un uomo avido e sempre pronto a causare problemi. Pirati come lui non erano una rarità, naturalmente, ma non era frequente che si arrivasse all'ammutinamento. Josephine era rimasta sconvolta nell'apprendere che l'equipaggio aveva creduto così prontamente che Gavin avesse accumulato più tesori di ciò che gli spettava. Le persone, pareva, erano sempre disposte a credere il peggio degli altri.

«Faresti meglio a tenere a freno la lingua», avvertì il dottore. «O il capitano te la taglierà, credimi. Meglio fare quello che chiede e non lamentarsi. Mi ha detto di ricucirti e di portarti nei suoi alloggi, ed è quello che io farò. Cenerai con lui stasera.»

Josephine avrebbe tenuto a freno la lingua, non a causa del suo avvertimento, ma per darsi il tempo di pensare. Doveva trovare Sam e poi dovevano scendere dalla nave in qualche modo. Fino ad allora, avrebbe recitato la parte che gli uomini si aspettavano da lei. Una donna silenziosa era una donna con il tempo di riflettere e pianificare. Beauchamp era un uomo morto, anche se non lo sapeva ancora. Josephine aveva già ucciso due uomini e la loro morte non aveva lasciato alcuna macchia sulla sua anima. Quel bastardo non sarebbe stato diverso.

Quando ebbe finito di ricucirla, il dottore rimosse le cinghie di pelle e la aiutò a rimettersi in piedi prima di scortarla dall'infermeria alla cabina del capitano. Un pirata alto e dall'aspetto feroce la spinse dentro e le indicò un abito che giaceva sul letto. Poi le sbatté la porta in faccia e lei sentì il rumore del chiavistello. Era sola e al sicuro, almeno per il momento.

Si toccò cautamente il braccio fasciato. La ferita era più profonda di un'escoriazione, ma non sembrava aver colpito l'osso. Era una piccola benedizione, ma faceva comunque male come se il diavolo l'avesse trafitta con un attizzatoio ardente. Esaminò la cabina, alla ricerca di possibili armi. Non ce n'erano. C'era solo il letto sfatto e una grande polena di una sirena appoggiata al muro in un angolo. Niente che potesse essere usato come arma. Persino sul tavolo al centro della stanza non si vedeva nulla di utile.

Con un ringhio frustrato, Josephine si voltò di nuovo verso il letto. Un abito elegante giaceva sulle lenzuola stropicciate. Era di un rosso intenso con riflessi aranciati, come il colore delle foglie autunnali. Sembrava pulito, forse nuovo. C'erano anche indumenti intimi e *panier*. Nonostante la bellezza dell'abito, però, lei non aveva alcun desiderio di indossarlo.

Tuttavia, sapendo che Beauchamp poteva entrare da un momento all'altro, si tolse i vestiti e si cambiò rapidamente. Non voleva essere costretta a vestirsi davanti a lui.

Il corpetto si allacciava sul davanti e una pettorina ne celava i nastri alla vista. Tre strati di pizzo sottile ornavano la scollatura e le estremità delle maniche lunghe fino ai gomiti. Un portagioie sul letto conteneva una collana con un ciondolo di giada nera cinese intagliata a forma di teschio.

«Affascinante», mormorò.

L'argento era stato modellato in ossa incrociate sotto il cranio. Era una collana degna dell'amante di un pirata. Era chiaro che Beauchamp avesse scelto tutti quei pezzi da solo. Un'ondata di nausea la investì mentre indossava la collana. I suoi capelli erano sciolti e si affrettò a spazzolarli con le dita per sistemare quell'orrore crespo che erano diventati. Se avesse avuto un aspetto presentabile, avrebbe potuto mantenere Beauchamp di umore migliore, il che avrebbe fatto guadagnare più tempo a lei e Sam.

Aveva appena finito di vestirsi quando la porta della cabina si aprì. L'uomo che le aveva sparato sulla spiaggia era lì, con lo sguardo avido che vagava su di lei.

Beauchamp.

Dietro di lui, il pirata alto e silenzioso con gli occhi malvagi che aveva catturato Sam teneva un grande vassoio con due piatti di cibo e una bottiglia di vino.

Beauchamp le fece un beffardo inchino cortese. «Ah, mia cara ospite.» Il bruto accanto a lui posò il vassoio sul tavolo e poi, con un ultimo sguardo che le diede i brividi, uscì dalla stanza.

«Non preoccuparti di Billy, è ansioso di avere il suo turno con te... una volta che avrò finito io, ovviamente.» Beauchamp rise e poi fece un cenno verso il cibo sul tavolo. «Siediti e mangia. Non ti farò morire di fame. Mi piacciono le donne con un po' di carne sulle ossa.»

Josephine si sedette, ignorando l'impulso di assalirlo, e studiò il pollo nel piatto.

«Non ho le posate», disse. Quando alzò lo sguardo, si rese conto che nemmeno lui le aveva.

Il pirata ridacchiò. «Ho visto il modo in cui hai maneggiato quella spada sulla spiaggia e non ho intenzione di darti nemmeno un coltello da burro.» Prese il pollo per l'osso e lo addentò. Josephine fece lo stesso con riluttanza. Aveva fame e mangiare l'avrebbe mantenuta in forze.

«Allora dimmi, come sei diventata la donna di Gavin? Non riesco a immaginare che abbia accettato di prendere moglie, non visti i suoi modi dissoluti e le sue *molte* conquiste femminili.»

Beauchamp stava cercando di ferirla, farle dubitare dell'affetto di Gavin, ma non avrebbe funzionato. Lui era stato onesto riguardo al passato. Le aveva raccontato delle poche donne con cui era stato, tra cui Brianna Holland, ma aveva detto che non frequentava i bordelli quando la sua nave ormeggiava in porto. Non aveva motivo di dubitare di lui.

«*Tu* dimmi, piuttosto, perché sei così determinato a uccidere Gavin?» chiese, cambiando argomento. Voleva che Beauchamp parlasse. Doveva capire in che genere di pericolo si trovavano e come lei e Sam ne sarebbero potuti uscire vivi.

«Ucciderlo? Il mio obiettivo è annientarlo. Lui e tutto ciò che lo riguarda.»

«Che cosa ha fatto per guadagnarsi una tale inimicizia?»

Beauchamp batté un pugno sul tavolo. «Mi ha tradito. Ha tradito il suo equipaggio. E un uomo del genere non merita di vivere.»

Ben sapendo quanto fosse rischioso, Josephine lo incalzò ulteriormente. «Come ha fatto a tradirvi?»

Il pirata sembrò calmarsi un po', come se si fosse ricordato all'improvviso che stava recitando la parte di un educato padrone di casa, non di un pazzo squilibrato.

«Si è accaparrato più tesori di quanto gli spettasse», disse.

«Hai delle prove?» Josephine finì il pollo e poi bevve un sorso di vino di Madeira. Aveva una sete disperata, ma almeno la fame si era placata. Si sentiva già meno stordita.

«Un uomo sa quando qualcuno gli sta mentendo e

Gavin è pieno di segreti. Quel rospo del suo quartiermastro, Ronnie, lo stava aiutando a nascondere l'oro.»

«Ronnie? In che modo?»

«Il quartiermastro ha il compito di contare il denaro, non è vero? Quale modo migliore per rubare al resto di noi? Loro due, che lavorano insieme e intascano i tesori», sogghignò Beauchamp. «Ci hanno presi tutti per idioti.»

Josephine, forse per la prima volta in vita sua, vide della vera follia negli occhi di qualcuno. Beauchamp era pazzo e ossessionato da quei discorsi sui tesori. Forse avrebbe potuto usarlo a suo vantaggio.

Spinse via il piatto vuoto. «Mi piacerebbe vedere Sam ora.»

«No», rispose Beauchamp senza alcuna emozione.

«Per favore.» Josie strinse i denti e si sforzò di suonare educata.

«No», rispose di nuovo lui, sorseggiando il vino.

«Perché no?» Josephine strinse le mani a pugno sotto il tavolo.

«Perché non ti sei ancora guadagnata alcun privilegio. Tre giorni ci separano dall'Isola Nera. Sono sicuro che riuscirai a trovare un modo per *tentarmi* e ottenere di vedere il ragazzino.»

Si alzò e girò intorno al tavolo verso di lei. Josephine balzò subito in piedi e indietreggiò. Beauchamp pareva un predatore. Cercò nella stanza qualsiasi cosa che potesse essere usata per tenerlo a bada, ma dovette accontentarsi della sedia su cui era stata seduta poco prima. Nel momento in cui la sollevò, tuttavia, avvertì un forte dolore al braccio. Gridò e la sedia ricadde a terra.

Beauchamp si lanciò su di lei e la afferrò per la gola, sbattendola contro la parete della cabina. Le guardò la bocca, poi il corpo fino ai seni, gli occhi di ghiaccio che bruciavano mentre lei cercava di liberarsi.

«Cosa ti rende speciale, eh? Non sei diversa da qualsiasi altra donna che allarga le gambe per un uomo. Si è convinto di essere innamorato di te?» Beauchamp rise. «Se sei così importante per lui, forse dovrei strapparti il cuore e offrirglielo quando verrà qui per te.» Inclinò la testa, come se stesse considerando i meriti della violenta minaccia. «O forse, quando si arrenderà per salvarti, ti fotterò e ti torturerò davanti a lui, a meno che non mi dica dov'è l'oro.»

«Se mi fai del male, perderai una montagna d'oro.» Josephine ansimò, ancora vittima della sua presa soffocante.

«L'oro di Gavin? Lo avrò comunque.»

«Sciocco... Gavin non ha oro. Tutto quello che aveva lo ha speso per la sua casa e per le case degli abitanti di quell'isola su cui mi hai presa. Vuoi sapere perché sono speciale? Mio padre è un conte ed è ricco. Mio fratello maggiore è ricco. E anche l'uomo che avrei dovuto sposare prima che Gavin mi rapisse è ricco. Stanno tutti inseguendo Gavin per trovarmi e pagheranno molto per riavermi sana e salva. Ma non pagheranno per una donna violata o morta.»

Il pirata strinse le mani intorno alla sua gola. «Come faccio a sapere che non stai mentendo?»

«Non ho motivo di mentire. Come pensi che abbia fatto Gavin a inseguirti così velocemente dopo che ti sei impossessato della sua nave e della sua ciurma? Ha rubato uno dei mercantili di mio fratello con tutto l'equipaggio. La mia famiglia ha molti soldi. Gavin mi ha rapita e ha rubato anche la nave, sapendo che avrebbe potuto chiedere un riscatto per entrambe.» Josie pregò che Beauchamp credesse al racconto.

«Lascia me e il bambino illesi e guadagnerai una fortuna.»

L'uomo ci pensò, poi la lasciò andare. Josephine si strofinò la gola, cercando di riprendere fiato.

«Una fortuna», mormorò, con l'avidità che gli brillava negli occhi. Si voltò verso di lei e la colpì forte in faccia prima che potesse reagire. Josie inciampò, scontrandosi con il tavolo, ma non cadde.

«Sei robusta, vero?» mormorò, poi urlò a Billy di entrare.

«Portala nella stiva e gettala nella cella con il ragazzino. Nessuno deve toccarla, compreso te. Lo saprò se subirà qualche danno. Vale una fortuna e tu e gli altri potrete avere tutte le puttane di Sugar Cove con i soldi che guadagneremo.»

Billy strinse gli occhi e grugnì, poi la afferrò per i capelli, trascinandola fuori dalla cabina. Lei dovette affrettarsi per mantenere il passo e non cadere. L'uomo aveva chiaramente uno strano concetto della parola "danno".

Raggiunsero la stiva e Josephine individuò Sam in una delle celle, dietro robuste sbarre di ferro. Il bambino guardò con occhi spalancati e terrorizzati mentre il pirata la spingeva dentro insieme a lui. Josie aveva il cuoio capelluto in fiamme, ma non emise alcun suono finché lei e Sam non furono soli.

«Stai bene?» chiese al bambino.

«S-sì», balbettò lui, con le labbra tremanti.

«Mio coraggioso Sam. Vieni qui.» Aprì il braccio illeso e il ragazzino si accoccolò contro di lei come un cucciolo spaventato. Non avrebbe mai ammesso di avere paura, ma lei lo avrebbe comunque confortato come meglio poteva.

«Moriremo?» chiese il bambino con un filo di voce.

Josie gli strinse le spalle. «Pensi che Gavin lo permetterebbe?»

«No», sbuffò Sam con sicurezza. «Ucciderà tutti questi maledetti pirati.»

«Sì, lo farà. Verrà a salvarci. Dobbiamo solo mantenere la calma.»

Sam emise un sospiro tremante. «Sono contento che tu sia qui, Josie.»

«Anch'io, Sam. Anch'io.» Gli accarezzò i capelli e lo strinse nell'oscurità della stiva. Aveva guadagnato un po' di tempo, ma non era sicura di quanto a lungo sarebbe riuscita a tenere a bada Beauchamp e i suoi uomini.

Gavin... Sbrigati...

CAPITOLO 16

L'Isola Nera era a tre giorni di distanza, e ogni minuto di quel breve viaggio era una tortura per Gavin. Dormiva e mangiava a malapena e sbottava contro chiunque osasse rivolgergli la parola. Aveva un solo scopo che lo teneva in piedi. Doveva salvare Josephine e Sam. Era colpa sua se erano in pericolo.

Tutte le donne che avevano viaggiato dall'Inghilterra sulla *Sea Serpent* avevano scelto di rimanere sull'Isola del Canto, a eccezione di Brianna, che doveva essere pronta a capitanare la sua nave in caso di pericolo. Nessuno poteva eguagliarla in arguzia e abilità di navigazione, il che sarebbe stato determinante se avessero affrontato Beauchamp in una battaglia navale. Gavin aveva avvertito un dolore allo stomaco mentre la guardava baciare la fronte del figlioletto addormentato mentre gli diceva addio. C'era la concreta possibilità che lei e Nicholas morissero nell'imminente combattimento, e quel pensiero lo attanagliava come non avrebbe fatto prima del suo incontro con Josephine. Continuava a pensare alla possibilità di avere dei figli con lei e il pensiero di lasciare quei bambini soli al mondo lo raggelava nel profondo dell'anima.

Anche Adrian era rimasto sull'isola, e gli era stato affidato il comando della *Pixie*, insieme a un equipaggio sufficiente per gestire la nave. Griffin aveva creduto che Dominic gli dicesse di restare, ma l'uomo lo aveva preso da parte e gli aveva spiegato che c'era bisogno di chiunque fosse in grado di combattere. Adrian e la ciurma che gli era stata data avrebbero fornito agli abitanti dell'isola un mezzo di fuga nel caso in cui fossero stati attaccati di nuovo. Gavin sapeva che tutto quel crepacuore, tutto il pericolo era responsabilità sua e delle scelte che aveva compiuto.

«Gavin.»

Sussultò al suono della voce di suo fratello, poi gli lanciò un'occhiata mentre questi si avvicinava e gli afferrava il braccio.

«È quella?» chiese, indicando l'isola avvolta nella nebbia che si profilava all'orizzonte.

Gavin ebbe un tuffo al cuore. «Sì», ringhiò.

Un altro uomo avrebbe potuto sussultare, ma suo fratello si limitò a stringere la presa sul suo braccio. «Li salveremo entrambi. Ma,» continuò, abbassando la voce, «tu devi stare attento, o metterai a rischio loro e te stesso».

La preoccupazione del gemello sembrò risvegliare un po' dell'affetto che Gavin aveva sepolto da tempo.

«È quello che vuole questo Beauchamp, non è vero? Vuole che tu reagisca in maniera avventato», continuò Griffin, ogni parola ponderata e misurata. «Se perdi la calma, gli darai un vantaggio che non possiamo permetterci.»

«Salveremo Josephine e Sam. Ma tu devi mantenere il sangue freddo. Non cadere nella sua trappola.»

Griffin aveva ragione. Gavin fece un respiro profondo e fissò la sagoma lontana dell'isola. Il cielo era nero e l'odore della burrasca in arrivo riempiva l'aria. Il vento in quella parte dell'oceano suscitava frequenti tempeste. Presto una coltre di nebbia avrebbe avvolto la loro nave proprio come avvolgeva l'isola. Dominic e Lord Camden li raggiunsero alla ringhiera.

«Qual è il piano?» chiese Dominic. «Tu conosci Beauchamp meglio di chiunque altro.»

Gavin continuò a fissare l'isola. «Brianna e Nicholas devono restare qui con la maggior parte dell'equipaggio. Voglio che la *Serpent* sia pronto a salpare, nel caso avessimo bisogno di una precipitosa ritirata.»

«Va bene», concordò Dominic. «E noi altri?»

«Diamo la caccia a Beauchamp e ai suoi uomini e li uccidiamo tutti. Nessuna pietà», disse Gavin, la sua voce abbastanza dura da nascondere la paura per Josephine e Sam.

Mentre la *Serpent* navigava nella nebbia e si avvicinava al rifugio dei pirati, che ospitava anche la corte dei Fratelli della Costa, il silenzio scese sulla ciurma. Gli ordini venivano impartiti nel modo più rapido e quieto possibile. Ogni scricchiolio del legno, ogni spruzzo poteva allertare i nemici del loro arrivo. Quando entrarono nella baia, intravidero solo una nave che galleggiava. La *sua* nave. Ma vedere la *Siren* non gli diede alcuna gioia. Era troppo immobile, troppo stranamente silenziosa nella pallida luce del sole che riscaldava l'Isola Nera quando le nebbie si diradavano. Altre tre navi nella baia erano state affondate, i loro relitti quasi inghiottiti dal mare. Solo le punte dei loro alberi sporgevano dall'acqua.

«Non sono mai stato in un rifugio di pirati prima d'ora,

ma immagino che quelle navi non dovrebbero essere così, vero?» chiese Griffin.

Gavin fissò i resti dei velieri. Non c'era traccia di cadaveri. Che diavolo aveva fatto Beauchamp? Era entrato nel porto e aveva aperto il fuoco sulle navi ormeggiate? Era così che appariva.

«No, non dovrebbero. Qualcuno le ha attaccate.»

La *Siren* sembrava completamente priva di vita, il che significava che Beauchamp e i suoi uomini erano da qualche parte sull'isola... forse in agguato.

«Manda un piccolo gruppo armato sulla *Siren*. Dobbiamo trovarli.»

Lord Camden aggrottò le sopracciglia. «Pensi che vogliano attirarci in una trappola?»

«È molto probabile», replicò Gavin. Controllò le due pistole e la lama affilata che teneva nella cintura. «Tenetevi pronti.»

Mentre gli uomini salivano a bordo della scialuppa, Gavin tirò da parte Brianna. Lei era sempre stata in grado di decifrarlo. Gli anni di amicizia fra loro avevano creato un legame di fiducia e un'intesa tra pari.

«State in guardia», sussurrò. «Questa situazione non mi piace per niente.»

«Sì, lo faremo.» Brianna annuì solenne, il viso fiero. «Gavin», aggiunse poi mentre lui si allontanava. Il suo sguardo si addolcì e gli premette un bacio sulla guancia, un bacio veloce tra vecchi amici. «Stai attento. E riporta indietro Josephine.»

Gavin era molto grato di avere quelle persone disposte a rischiare la vita e la famiglia per il bene della donna che amava e di un bambino.

«Hai rischiato tutto per venire qui, per aiutarmi, ma se

qualcosa va storto, tu e Nicholas dovete lasciare l'isola. Tuo figlio ha bisogno di te.» Le afferrò le spalle, lo sguardo serio.

Brianna deglutì a fatica, ma annuì e si allontanò da lui.

«Grazie», replicò Gavin, con voce spezzata, mentre combatteva contro un'ondata di emozioni.

«Vai. Salva Josie e il ragazzo», lo esortò Brianna prima di tornare al timone per prendere il comando della sua nave. Nicholas gli fece un cenno di saluto mentre saltava sulla scialuppa che stavano calando in acqua.

Avvolsero un panno intorno ai remi per attutire il più possibile il suono. Tutti trattennero il respiro e cercarono di smorzare i grugniti mentre remavano. L'aria intorno a loro era fresca e umida, il che accresceva il nervosismo che provavano man mano che si avvicinavano alla riva. Una volta raggiunta la terraferma e messo piede sulla spiaggia, si guardarono intorno in cerca di Beauchamp e dei suoi uomini. La fitta giungla che copriva gran parte dell'isola era insolitamente silenziosa. Nessun cinguettio di uccelli, nessuna scimmia urlante. L'isola sembrava... *morta*, e un brivido attraversò la schiena di Gavin. Nessuno disse nulla mentre usavano le lame per farsi strada tra le fronde per raggiungere il cuore dell'isola.

Al centro dell'Isola Nera due file di case formavano una stradina dove i pirati si riunivano durante le grandi assemblee dei capitani, o dove le ciurme si fermavano a riposare tra un viaggio e l'altro. Ma quel giorno il piccolo villaggio era silenzioso. Non c'erano pirati che festeggiavano la cattura dei loro bottini. Il piccolo gruppo di uomini e donne che vivevano in pianta stabile sull'isola non si vedeva da nessuna parte. Non c'erano camerieri nelle taverne o albergatori; persino le prostitute sembravano svanite.

«Qualcosa non va. Quest'isola non dovrebbe essere...

vuota. C'erano almeno tre navi affondate nella baia. Dove diavolo sono gli equipaggi?» borbottò Dominic, lanciando un'occhiata a Gavin, che alzò le spalle. Nemmeno lui conosceva la risposta.

«Forse si stanno nascondendo? Controlla la taverna», suggerì.

Dominic si avvicinò di soppiatto alla porta della taverna e la aprì lentamente. Poi si fermò di colpo, il corpo rigido e immobile. Si allontanò di un passo, il viso pallido mentre si voltava verso di loro. Gavin non l'aveva mai visto così scosso prima.

«Ho trovato gli abitanti del villaggio... e le ciurme di quelle navi, immagino. I loro corpi sono sparsi per tutta la taverna. Anche i bambini...» Quasi soffocò mentre pronunciava l'ultima parola.

«Bambini?» ripeté il vicario, Henry Sheridan, con uno sguardo di orrore che fece sussultare tutti gli altri.

I bambini... C'erano sempre bambini che correvano per l'isola, di solito la prole di pirati e prostitute, e qualche ragazzo che voleva diventare mozzo. Erano sempre stati al sicuro lì, accuditi dagli abitanti... Un sapore metallico gli riempì la bocca e Gavin sentì lo stomacò stringersi mentre combatteva contro i conati di vomito.

Lord Camden aprì la porta di una locanda dall'altra parte della strada e indietreggiò lentamente. Appena dietro di lui, Gavin intravide cadaveri insanguinati sparsi su tutto il pavimento.

«Credo che questi siano gli altri marinai», disse Camden, senza scomporsi troppo. Poi chiuse la porta e si allontanò da quel luogo di morte. Beauchamp aveva infranto le regole dell'isola. Aveva infranto ogni codice che i Fratelli avessero mai redatto.

Quando si fu ripreso a sufficienza, Gavin scambiò un'occhiata con il suo gemello. «Se li troviamo, voi mi aiuterete a liberare Josie e il ragazzo. Uccidete chiunque vi si metta davanti, ma Beauchamp è mio.»

Si spostarono oltre il piccolo villaggio che era stato così impregnato dalla morte e si fecero strada verso le imponenti scogliere sul lato opposto dell'isola. Quando raggiunsero il confine sempre più sottile della giungla, Gavin vide esattamente ciò che aveva temuto.

Una dozzina di pirati li aspettavano sul bordo della scogliera. Un uomo teneva Sam per la gola, la canna di una pistola puntata alla testa. Nessuno degli uomini era Beauchamp, tuttavia, e non c'era traccia di Josephine. Una fossa nera si aprì dentro di lui. Perché non era lì, e dov'era il bastardo che l'aveva rapita?

Gavin alzò una mano, facendo segno al gruppo di fermarsi prima di lasciare la giungla e rivelarsi ai pirati.

«Dov'è Josephine?» chiese Griffin in un sussurro.

«Non lo so. Tenetevi pronti. Uscirò per primo. Voi rimanete nascosti.» Gavin lasciò il riparo degli alberi. Nel momento in cui emerse, gli uomini vicino alla scogliera si irrigidirono e si voltarono ad affrontarlo.

«Bene, bene, se non è il nostro vecchio capitano», sogghignò l'uomo che impugnava la pistola. «Mi hai appena fatto perdere una piccola scommessa con il nuovo capitano. Pensavo che saresti stato più furbo e saresti rimasto a casa.»

«Mi dispiace deluderti, Spades.» L'uomo era stato soprannominato così perché si diceva consegnasse assi di picche ai pirati condannati per tradimento. A Gavin non era mai piaciuto, ma Beauchamp aveva garantito per lui quando aveva firmato per la prima volta lo statuto. Non era facile ottenere l'equipaggio desiderato e spesso i capitani erano costretti ad accontentarsi. Gavin si rese conto in quel momento che Beauchamp aveva approfittato della situazione e aveva riempito i suoi ranghi di uomini che potevano facilmente essere rivoltati contro di lui.

«Dov'è mia moglie, Spades?» chiese.

«Ah-ah! Non fare un altro passo, capitano. Non vorremmo che succedesse qualcosa al ragazzino, vero?»

Sam si dimenò, le mani legate dietro la schiena, il viso segnato dai lividi. Gavin strinse la pistola.

Spades indicò con un cenno la sua cintura. «Deponi le armi. *Tutte.*»

Lui esitò per un secondo prima di accovacciarsi e lasciar cadere a terra le due pistole e la spada.

«Ho fatto quello che mi hai chiesto. Lascia andare il ragazzo.»

«Oh, lo lascerò andare eccome», esclamò Spades con una risata crudele. Poi spinse il ragazzino giù dalla scogliera. Il debole urlo di Sam si smarrì nel vento.

«No!» ruggì Gavin, affrettandosi a recuperare le armi.

La lotta scoppiò all'istante quando i suoi compagni si precipitarono in suo aiuto. Sheridan gli si fermò accanto e gli afferrò la spalla mentre sparava sopra la sua testa a uno dei pirati, uccidendolo con un colpo ben mirato. «Vado a recuperare il ragazzo. Tu occupati di questi bastardi.»

«La caduta potrebbe ucciderti», lo avvertì Gavin. «Ci sono rocce direttamente sotto e l'acqua è bassa.»

Sheridan rise. «Se l'ammiraglio non è riuscito a uccidermi, di certo non lo faranno dei sassi.» Il vicario corse verso la scogliera e si tuffò oltre il bordo, senza esitazione.

«Gavin! Dietro di te!»

L'avvertimento di Dominic gli permise di girarsi appena in tempo per parare un colpo letale di Spades.

Gavin si abbassò e la lama del pirata gli passò sopra la testa. Ne approfittò per dargli un pugno allo stomaco e Spades grugnì forte mentre l'aria gli usciva dai polmoni. L'uomo lo guardò in tono cupo mentre sollevava la spada per ucciderlo, ma una lama gli trafisse il petto da dietro prima che potesse farlo. Dominic afferrò il pirata per la spalla e spinse la spada più a fondo. Spades abbassò lo sguardo, sorpreso, poi fissò Gavin mentre le forze lo abbandonavano e cadde in ginocchio.

Gavin lo afferrò per la camicia e lo scosse. «Dov'è mia moglie, bastardo?»

Spades rise mostrando i denti insanguinati. «È... troppo tardi.»

«Che cosa vuoi dire? Troppo tardi per cosa?» Dominic gli scosse la spalla. «Dov'è diavolo è mia sorella, bastardo?»

Un lontano suono di cannoni echeggiò nella giungla silenziosa.

«Te l'ho... detto.» Spades rise, sputando sangue, e il suo corpo si afflosciò. Il volto di Dominic impallidì mentre guardava Gavin.

«Brianna», dissero all'unisono.

Dovevano andare, ma prima Gavin corse verso il bordo della scogliera e guardò in basso. Due figure nuotavano verso la costa rocciosa sottostante. «Sheridan ha il bambino. Torneremo per loro.»

Gavin si voltò verso la radura e vide che tutti i pirati erano morti e che alcuni dei suoi marinai giacevano uccisi o morenti. La vista era raccapricciante e avrebbe avuto un pesante costo sulla sua anima. Voleva fermarsi e recuperare i feriti per portarli sulla nave, ma non c'era tempo. Griffin lo stava osservando, il respiro affannoso e il viso macchiato di sangue.

«Resterò con loro, capitano», si offrì volontario uno dei marinai illesi della *Pixie*. «So qualcosa di come curare i feriti.»

«Ti ringrazio», rispose Gavin, dandogli una pacca sulla spalla. «Torneremo per voi. Dillo anche a Sheridan.» Tutte le teste si voltarono al suono dei cannoni che sparavano di nuovo.

«Torniamo alla nave!» urlò Gavin.

JOSEPHINE FU SPINTA CONTRO L'ALBERO DI TRINCHETTO della *Siren* da uno degli uomini di Beauchamp. Il vento sferzava le vele spiegate sopra la sua testa mentre il pirata girava intorno a lei e all'albero con la corda. Cercò di liberarsi, ma il pirata la colpì con un rovescio che le fece venire le vertigini.

Non osò guardare verso Beauchamp, che si aggirava sul ponte. Negli ultimi giorni era diventato spaventosamente chiaro quanto soffrisse a causa della follia dell'oro. Lo consumava al punto che aveva ordinato ai suoi uomini di sparare sulle altre navi pirata nella baia... e massacrare gli equipaggi e gli abitanti del villaggio. Il ricordo delle urla di quelle persone innocenti che venivano uccise da un pazzo l'avrebbe perseguitata per sempre. Era terrorizzata per Sam, che era stato lasciato a riva con un piccolo gruppo di pirati.

La maggior parte dell'equipaggio di Beauchamp si era nascosto nelle vicinanze nel bosco, mentre un piccolo gruppo di uomini aveva portato via Sam come esca. Beauchamp si aspettava che quegli uomini venissero massacrati da Gavin, ma le aveva detto che era un prezzo ragionevole da pagare per il riscatto che avrebbe potuto ottenere per lei. Poi Beauchamp aveva dato il segnale e i suoi uomini erano tornati a bordo della *Siren* come topi che si arrampicano sulle cime. Erano stati avvistati solo una volta che avevano raggiunto il ponte e levato l'àncora.

La nave che era arrivata nella baia non era la *Cornish Pixie*, come si era aspettata. Era una nave più grande, con un drago come polena. Sapeva che era la nave di Brianna per averla vista dal molo della baia di St. Ives in Cornovaglia. Se la *Serpent* era lì... Significava che la sua famiglia era venuta a prenderla. Gavin era con loro? Poteva solo pregare che lo fosse. In quale altro modo avrebbero potuto sapere dove trovarla?

La nave di Brianna aveva aperto il fuoco, ma la *Siren* era più vicina all'ingresso della baia e con l'angolazione giusta per evitare gran parte dei colpi. I lampi luminosi squarciavano la nebbia mentre i boati riecheggiavano sulle colline dell'isola. Josephine voleva coprirsi le orecchie, ma aveva le mani intrappolate.

La *Siren* era fuggita dalla baia, nonostante i cannoni della *Sea Serpent*. Il tempo sembrava essersi fermato, tutto era diventato una confusione di combattimenti furiosi e terrore.

Il pirata che la stava legando all'albero maestro tirò con forza la corda, che premette contro le sue costole, facendola urlare.

«Chiudi la bocca!» L'uomo la colpì con sufficiente violenza da offuscarle la vista. La nebbia che circondava la nave iniziò a diradarsi quando la *Siren* incontrò un forte vento e iniziò a volare verso il mare aperto, lasciandosi l'isola alle spalle.

Beauchamp rimase a poppa, gli occhi rivolti verso l'isola che diventava sempre più piccola, prima di voltarsi con un sorriso malvagio sul volto. Il suo piano stava funzionando. La sera precedente le aveva rivelato cosa intendeva fare. L'aveva fatta cenare con lui mentre si vantava del suo grandioso e subdolo piano: usare Sam per tenere Gavin sull'isola mentre lui fuggiva via mare e la portava lontano. Poi avrebbe potuto contattare la sua famiglia e chiedere un riscatto. Il piano di distrarlo con la promessa di altro oro aveva funzionato un po' troppo bene, purtroppo.

Josephine si morse il labbro per trattenere un singhiozzo, sofferente per le costole contuse e il colpo al viso. Beauchamp scese lungo il ponte verso di lei, con quel ghigno malvagio che ancora aveva sulle labbra. L'aveva fatta legare all'albero perché l'equipaggio della *Serpent* potesse vederla. Sapeva che li avrebbe fatti esitare a sparare sui ponti superiori.

«Non ci prenderanno. Castleton sarà andato all'estremità dell'isola a cercarti, e non potrà raggiungerci in tempo, non una volta che saremo in mare aperto. Nessuno può prendere la *Siren* in mare aperto.»

Nessuno tranne la *Serpent*, pensò lei in silenzio. Gavin le aveva raccontato della nave di Brianna, di come un tempo fosse appartenuta a Thomas Buck, il padre adottivo della donna e il precedente Re Ombra delle Indie Occidentali. Gavin una volta le aveva detto che una nave veloce poteva essere battuta se la nave che la inseguiva aveva un capitano migliore e il vento giusto. E secondo lui, Brianna era uno dei migliori capitani viventi. Josephine si era sentita piena d'orgoglio al pensiero che una donna pirata fosse uno dei migliori capitani dei Sette Mari.

Ti prenderà, Beauchamp. È abbastanza veloce.

Dalla sua posizione sul ponte di fronte all'isola, Josephine si concentrò sulla sagoma lontana della *Serpent*. L'aiutava a distrarsi dal dolore alle costole e dalla mancanza di respiro.

«Capitano! Sta salpando!» gridò la vedetta.

Beauchamp pareva sconcertato da quella piega degli eventi. «Gettate il carico!» ordinò. L'equipaggio si affrettò a lanciare ciò che non era necessario oltre il lato della nave per aumentare la velocità. Josephine temeva che avrebbe dato alla *Siren* un grosso vantaggio nella corsa sull'acqua.

Beauchamp poi la indicò. «Billy! Versa l'olio!»

Il grosso pirata muto di nome Billy afferrò una lampada a olio spenta e si avvicinò. Versò il liquido in un grande cerchio intorno a lei e all'albero di trinchetto. Poi la fissò con un sorriso che metteva in mostra una fila di denti marci prima di andarsene. Josephine guardò in basso verso il cerchio di olio intorno a lei e poi verso Beauchamp. Il pazzo aveva in mente di bruciarla viva se la *Serpent* li avesse raggiunti. Lottò ancora più duramente contro le corde, ma era stata legata troppo saldamente anche solo per muoversi. Le sue mani erano già intorpidite.

«Preparate i cannoni!» Il grido risuonò sul ponte e i marinai si affrettarono a scendere in posizione.

I pirati della *Siren* si arrampicarono sui ponti e sul sartiame per spiegare le vele, ma fu inutile. Il tempo si era improvvisamente rivoltato contro Beauchamp. Nonostante il dolore che provava, Josephine riuscì a sorridere. Era come aveva sempre creduto: il mare e il vento erano femminili, e volevano vendicarsi.

La *Sea Serpent* li inseguiva da vicino. Josephine sapeva che Brianna era al timone. La nave toccava a malapena l'acqua mentre volava verso di loro come un falco pellegrino che si avventa sulla preda. Anche se la sua vita era in terribile pericolo, Josephine faceva il tifo per la *Serpent*.

Quando l'altra nave li raggiunse, il ponte della *Siren* si riempì di pirati pronti a combattere. Un artigliere urlò i comandi per preparare i cannoni. Josephine fissò con orrore le canne nere della *Serpent*, puntate contro la *Siren*... e lei.

Le due navi fecero fuoco nello stesso istante. Palle incandescenti squarciarono i corpi degli uomini a poppa, lontani da lei legata all'albero di trinchetto. Le urla di dolore si mescolarono alle grida di comando mentre l'artigliere ordinava di preparare il colpo successivo. Josephine cercò di vedere attraverso la cortina di fumo l'altra nave. C'era Gavin? Era riuscito a salire a bordo prima che la *Serpent* si gettasse all'inseguimento?

Le navi erano vicine, *troppo* vicine, in effetti. Con un brivido agghiacciante, Josephine guardò la *Serpent* schiantarsi contro la *Siren*. Entrambe le navi gemettero all'impatto, anche se nessuno dei due scafi si ruppe. Attraverso la foschia, vide degli uomini che usavano le corde per gettarsi sul ponte della *Siren*. Gridò il nome di Gavin, sperando che lui potesse sentirla.

«Uccideteli tutti!» urlò Beauchamp, sguainando la spada. Poi Josie lo guardò terrorizzata mentre si dirigeva verso di lei invece di unirsi alla mischia. Afferrò una delle lampade a olio accese e la fracassò ai suoi piedi. Un urlo le sfuggì dalla gola quando le fiamme divamparono intorno a lei, imprigionandola dietro un muro rovente.

GAVIN E GRIFFIN ATTERRARONO FIANCO A FIANCO SUL ponte della *Siren*, insieme al resto della squadra d'abbordaggio. I fratelli avevano le pistole cariche e le spade sguainate. Griffin osservò il sangue e la morte che li circondavano e fece un cenno con la testa.

«Tu fa' strada, io ti seguirò.» Era ciò che avevano sempre fatto da ragazzi. Gavin aveva sempre condotto finte battaglie con gli altri bambini, e Griffin lo aveva sempre seguito. Non perché Gavin fosse più assertivo o sfrontato, ma perché suo fratello capiva il valore del sostegno. Insieme, erano stati imbattibili.

Si muovevano con la grazia di pantere sui ponti, massacrando chiunque si frapponesse tra loro e Josephine. Tra il fumo dei cannoni, Gavin aveva intravisto la sua figura legata all'albero di prua.

«Trova Josephine! Ti guarderò le spalle», disse Griffin mentre si voltava nella direzione opposta per tenere a bada una nuova ondata di aggressori.

Gavin vide Beauchamp proprio mentre si fermava davanti a Josephine. Troppo tardi capì cosa intendesse fare quel bastardo con la lampada a olio accesa che aveva in mano. Un cerchio di fiamme la avvolse e lui la sentì urlare il suo nome. Gavin imprecò, infuriato.

Attraversò il ponte di corsa, con le pistole puntate e sparò al suo nemico. Il colpo mancò la testa di Beauchamp di un centimetro e si conficcò nel legno. Il traditore salì di corsa le scale fino al cassero, ridendo come un folle.

«Scegli, Castleton! La tua donna o me!» Poi scomparve dietro un muro di pirati e marinai in lotta.

«Vai!» gridò Griffin, correndo verso il fuoco. «La prenderò io!»

Proprio come quando erano bambini, i gemelli si completavano a vicenda. Gavin era la spada, Griffin lo scudo. Un fratello poteva distruggere la minaccia, l'altro proteggere chi era in pericolo. Sapevano chi era il più adatto a trattare con Beauchamp, e ciò significava che Griffin doveva concentrarsi su Josephine. Gavin odiava lasciarla, lo feriva profondamente, ma solo lui poteva proteggerla distruggendo la minaccia. Gavin inseguì il pirata su per i gradini, estraendo la spada mentre gettava via l'inutile pistola.

«Affrontami, maledetto codardo!» lo sfidò mentre Beauchamp si accovacciava dietro un enorme pirata che brandiva un paio di sciabole. Gavin lo riconobbe; era Billy, l'ennesimo marinaio che aveva accolto nella sua ciurma su raccomandazione del nostromo. Con Billy in mezzo, Gavin non poteva raggiungere il suo obiettivo e Beauchamp fuggì.

Billy sbuffò come un toro e si lanciò su di lui. Gavin sollevò la spada, deviandone l'attacco. Poi si accucciò mentre una lama gli passava sopra la testa e appoggiò un ginocchio a terra, cercando un'apertura per colpire. Con un movimento fluido, si sollevò e conficcò la spada nel petto dell'avversario.

Billy grugnì e barcollò, con le dita che armeggiavano per afferrare l'elsa della spada ed estrarla. Presto, però, iniziò a sputare sangue e le mani gli caddero lungo i fianchi. Gavin balzò all'indietro mentre l'omone cadeva, scuotendo il ponte nell'impatto.

Gavin cercò freneticamente un'altra arma e trovò una delle sciabole di Billy abbandonata per terra. Quando si alzò in piedi, guardò verso l'albero di trinchetto, ma era vuoto. Non c'era traccia di Josephine. Dov'era? Dov'era Griffin? Impiegò alcuni minuti per farsi strada attraverso il ponte, uccidendo chiunque gli si parasse davanti. Appena poteva, si guardava intorno alla disperata ricerca della donna e di suo fratello.

Eccoli!

Griffin dava le spalle al mare, ma era intrappolato. Josephine era riversa tra le sue braccia.

Beauchamp aveva approfittato della confusione per raggiungerli e aveva una pistola puntata al petto di Griffin, con un ghigno trionfante sul volto.

No! Gavin scavalcò la ringhiera del ponte superiore e corse verso la prua della nave.

Griffin voltò le spalle a Beauchamp per fare da scudo a Josephine con il proprio corpo. Un attimo dopo, risuonò uno sparo. Griffin inciampò, poi cadde in avanti con la donna ancora tra le braccia. Nessuno dei due si mosse mentre crollavano sul ponte.

Il ruggito che sfuggì dalla bocca di Gavin scosse l'intera nave. Beauchamp si girò, con gli occhi spalancati, mentre lui gli piombava addosso come un oscuro angelo vendicatore.

«Non può essere... Io ti ho ucciso!» urlò il suo nostromo, lanciando un'occhiata al corpo di Griffin, chiaramente confuso.

«Non si può uccidere un uomo morto!» Gavin colpì un pirata che si trovava sulla sua strada per raggiungere Beauchamp.

Nessuno dell'equipaggio, tranne Ronnie, sapeva che aveva un fratello. Nel fervore della battaglia, lui e Griffin dovevano essere sembrati completamente identici a quel bastardo.

Le loro lame cozzarono, il suono come un inno di morte. Beauchamp era uno spadaccino forte e di talento, ma Gavin era determinato a vincere. Quel traditore gli aveva preso tutto: la sua donna, suo fratello, la sua casa, la sua nave. E avrebbe pagato con la vita.

Gavin balzò all'indietro mentre Beauchamp gli assestava un colpo basso, con l'obiettivo di tagliargli le gambe. Atterrò con agilità e ripartì all'attacco, ferendo l'avversario al braccio, ma senza riuscire a infliggere danni più gravi.

Tutt'intorno, i due equipaggi lottavano per la sopravvivenza, ma Gavin vedeva un solo uomo, un solo cuore che doveva far smettere di battere per sempre. Era stanco di perdere coloro che amava. Beauchamp rubò una pistola da un uomo morto e sparò. Il proiettile gli si conficcò nella spalla. Gavin indietreggiò e grugnì mentre il dolore lo colpiva come un albero cadutogli addosso. Si aggrappò a una ringhiera vicina e si costrinse a continuare a muoversi.

«Non riuscirai a farlo di nuovo», lo avvertì mentre avanzava.

«Un colpo era tutto ciò di cui avevo bisogno», sibilò il bastardo, sollevando la spada. Gavin aveva solo un istante per colpire prima di perdere le forze.

La nave era diventata stranamente silenziosa. Beauchamp si guardò intorno e vide che quasi tutti i suoi uomini erano caduti e che sempre più occhi si stavano voltando verso di lui. Capendo di essere prossimo alla fine, sorrise, ansioso di gustarsi un ultimo momento di gloria. Beauchamp si lanciò su di lui proprio mentre Gavin faceva lo stesso. Si scontrarono e Gavin affondò la lama nello stomaco dell'uomo, mentre quella di Beauchamp lo sfiorò appena. Un colpo di pistola echeggiò sul ponte, repentino come lo schiocco di una frusta. Beauchamp spalancò gli occhi. Entrambi caddero sul ponte, sdraiati fianco a fianco, mentre Gavin fissava il sangue che si diffondeva intorno alla ferita nel petto di Beauchamp. Gli occhi del pirata erano vuoti.

Confuso, Gavin sollevò la testa e si guardò intorno.

Lord Camden era in piedi proprio dietro di loro, appena visibile tra il fumo e la luce del sole, e aveva in mano una pistola fumante.

«Nessuno fa del male a mia figlia», disse con una voce così gelida che avrebbe potuto congelare l'intero oceano.

Gavin gemette mentre il suo corpo si arrendeva al dolore alla spalla e crollò, respirando affannosamente. Camden si avvicinò e gli tese una mano per aiutarlo ad alzarsi.

«Josie? Mio fratello?»

Il conte non rispose, ma gli cinse le spalle e lo aiutò a camminare lungo il ponte. Gli occhi di Gavin cercarono subito le due figure immobili che giacevano a terra.

No... Non può essere...

Le due persone che amava di più al mondo non si muovevano. Quella nave gli era costata tutto. Incespicò giù per i gradini e corse verso la folla che si era radunata intorno ai loro corpi. Griffin giaceva mezzo disteso su Josephine.

L'aveva *protetta* con il suo corpo. Gavin era sempre stato la spada e Griffin lo scudo. Ma era stato lo scudo a salvare la donna che Gavin amava, non la spada.

Cadde in ginocchio accanto a loro. Brianna era lì, con la camicia chiazzata di sangue, per fortuna non suo. Prese la mano di Josephine e si chinò su di lei per controllare il respiro. Il viso di Josie era coperto di fuliggine, ma sembrava che stesse dormendo.

«È viva, Gavin, ma credo che abbia respirato troppo fumo.» La mano di Brianna si spostò per controllare il polso. Il petto della donna si alzava e si abbassava ritmicamente. Gavin annaspò, terrorizzavo, mentre si voltava verso il suo gemello.

«Griffin...» Lo girò e vide il punto in cui una pallottola gli aveva trapassato l'addome. Suo fratello era vivo, ma faticava a respirare.

«Gavin...» sussurrò, con gli occhi offuscati dal dolore. Griffin cercò di alzare una mano, ma Gavin gliela afferrò e la tenne mentre gli scostava i capelli dagli occhi. In quel momento, ebbe la strana sensazione di vedersi morire mentre guardava il viso del suo gemello. Avevano sempre condiviso il dolore, così come la gioia. Avrebbero condiviso anche la morte?

«Ti dovevo... una *vita*... fratello...» disse Griffin con voce rauca, poi gli occhi rotearono all'indietro e svenne.

«Aiutatelo! Qualcuno lo aiuti, *per favore*!» La voce di Gavin si spezzò in preda all'agonia. Mille immagini di loro da ragazzi gli balenarono nella mente, e il vuoto lasciato dagli anni di separazione gli squarciò il petto. Era stato così dannatamente sciocco. *Un codardo.* Se fosse rimasto, tutto sarebbe stato diverso. Tutto...

«Qualcuno mi aiuti a riportarlo sulla nave», disse Brianna, e diversi uomini li raggiunsero per sollevare Griffin e portarlo verso la *Serpent*.

«La *Siren* sta affondando. Dobbiamo muoverci, ragazzo.» Camden gli mise una mano sulla spalla illesa.

La sua nave era perduta. La cosa per cui aveva così stupidamente creduto valesse la pena combattere e morire sarebbe stata presto inghiottita dal mare. Non riusciva nemmeno a provare dolore. Poteva solo sentire il vuoto.

Non poteva piangere la *Siren* mentre le acque blu delle Indie Occidentali la reclamavano. Si alzò in piedi quando Camden sollevò Josephine tra le braccia.

«Lasciate che la prenda io.» Si fece avanti, ma Camden esitò.

«Sei ferito, ragazzo. Hai perso molto sangue. Porterò io mia figlia. Ci occuperemo del tuo braccio, e poi potrai sedere accanto a lei», disse. Il suo tono era fermo ma gentile, e Gavin si sentiva troppo stanco per discutere con lui. Voleva stringerla a sé, ma il conte aveva ragione, non poteva portarla sull'altra nave in quelle condizioni.

Camden attraversò la passerella tra i due vascelli e Gavin lo seguì. Quando raggiunsero la *Sea Serpent*, Dominic prese Josephine dalle braccia del padre.

«Facciamola sistemare di sotto così che possa riposare», disse. Poi si rivolse a lui: «E tu hai bisogno che qualcuno ti dia un'occhiata alla spalla». Il suo tono era sorprendentemente gentile per un pirata così feroce.

Perché mio fratello sta morendo...

Gavin sentiva dentro di sé un grande e terribile vuoto, come un cielo notturno nero privo di stelle. Il sangue gli colava lungo il braccio e inciampò quando cercò di scendere sottocoperta alle spalle di Dominic.

«Andiamo, ragazzo.» Camden lo aiutò come un padre avrebbe fatto con un figlio ferito. «Da questa parte... Stai attento...»

Il dolore e la sofferenza avevano intorpidito tutto il suo corpo. Se avesse perso suo fratello o Josephine, sarebbe sicuramente morto.

CAPITOLO 17

Josephine si sentiva come se fosse sott'acqua, con un peso oscuro e terribile che premeva su di lei da tutti i lati. Lottò per respirare e la prima cosa di cui si rese conto fu il calore di una mano che teneva la sua. La presa si strinse mentre si sforzava di aprire gli occhi. Desiderava vedere un'unica persona, ma l'uomo che aveva davanti non era lui.

«Dov'è Gavin?» La sua voce era rauca. Ogni parola le raschiava la gola.

Suo padre le accarezzò i capelli, gli occhi infinitamente dolci. «È con suo fratello.»

«Suo fratello?» Griffin... Griffin era lì. E anche suo padre. Ma come? Le girava la testa, ma poi ricordò...

Griffin l'aveva liberata dall'albero di trinchetto poco prima che fosse troppo tardi. Il fumo e il calore l'avevano quasi sopraffatta. Poi, scampati al fuoco, aveva visto Beauchamp correre verso di loro. Aveva visto una pistola alzarsi e il bagliore di una scintilla mentre Griffin si voltava. E poi... niente.

«Griffin è...?» Le sue labbra tremarono e non riuscì a finire la domanda.

Camden distolse lo sguardo. «Se n'è quasi andato, figlia mia. Non ci vorrà molto ormai.»

Il dolore la trafisse e le lacerò l'anima così profondamente che le sembrò di morire. Griffin aveva dato la vita per salvarla. Gavin aveva perso il gemello a causa sua. Se lei avesse perso Adrian a causa di qualcosa che Gavin aveva fatto, sarebbe stata in grado di perdonarlo?

«Posso vederlo?» chiese al padre.

«Suppongo di sì, se pensi di poter camminare. Hai inalato molto fumo e il dottore ritiene che dovresti riposare.»

Suo padre la aiutò a sedersi. Lei restò ferma per un istante, cercando di orientarsi nella piccola cabina. Si sentiva ancora a corto di fiato e le faceva male respirare.

«E tutti gli altri?»

«Ci sono state alcune perdite tra l'equipaggio, ma non così tante come avevamo temuto. Tuo fratello, Brianna e Nicholas stanno bene. Solo qualche ferita minore qua e là. Gavin ha preso una pallottola nella spalla, ma il chirurgo dice che guarirà con il tempo.» Suo padre allungò la mano per toccarle il braccio, ma lei sussultò.

«Che cosa ti è successo, figlia mia?» chiese.

«Stavo cercando di salvare Sam. E...» Un pensiero la colpì di repente. «Oh mio Dio, Sam!»

«Il bambino? Sta bene.» La rassicurazione le tolse un grande peso di dosso.

«Dimmi che Beauchamp e i suoi uomini sono morti.» Aveva bisogno di sentire le parole.

Suo padre la guardò negli occhi mentre si alzava. «Beauchamp lo è. Gli ho sparato io stesso. I suoi uomini sono morti, tranne una manciata che si sono arresi. La *Siren* è in fondo al mare.»

Il peso tornò a gravarle sul petto. Gavin aveva perso sia la nave che il fratello a causa sua. Forse era davvero imperdonabile.

Suo padre la accompagnò in un'altra cabina e bussò delicatamente alla porta. Quando nessuno rispose, abbassò la maniglia e la porta si aprì. Griffin giaceva immobile sul letto, il petto che si alzava e si abbassava lentamente. Gavin era seduto su una sedia accanto a lui, la mano stretta intorno al suo braccio nudo. Griffin era stato spogliato fino alla vita e l'addome fasciato con strisce di stoffa.

«Ti ringrazio, papà. Starò bene.» Josephine abbracciò suo padre, poi raggiunse Gavin al capezzale del fratello.

Stava vegliando così profondamente che non si accorse di lei. Solo quando spostò una delle sedie per sedersi accanto a lui, lui sussultò e si voltò a guardarla, con gli occhi pieni di lacrime.

Josie aprì le labbra, ma non uscì alcun suono. Non era sicura che le parole potessero servire in un momento come quello. Mise la sedia accanto a lui e, per un attimo, Gavin si limitò a fissarla. Lei allungò un braccio e gli cinse le spalle. L'uomo cominciò a tremare e chinò la testa. I capelli gli caddero sul viso mentre si premeva le dita sugli occhi e piangeva.

Josephine si aggrappò a lui, come un'àncora di salvezza nella tempesta, e non disse nulla. Sperava di dire con il suo tocco ciò che non era in grado di esprimere a parole.

Passò del tempo e, alla fine, Gavin smise di tremare. I suoi respiri si erano fatti più regolari. Entrambi guardarono il viso pallido di Griffin addormentato. Poi, senza preavviso, le labbra di Griffin si aprirono e un sussurro vi sfuggì.

«Vesper...» Il nome aleggiò nel silenzio della stanza.

«Vesper?» ripeté Josephine ad alta voce, afferrandogli la mano. L'aveva frainteso?

I muscoli dell'uomo si irrigidirono impercettibilmente. «Vesper», disse ancora. «Dille...»

Gavin lanciò un'occhiata tra lei e suo fratello, confuso. «È la tua cameriera personale, non è vero? Era sulla nave con Griffin e gli altri.»

Gli occhi di Josephine si offuscarono. «È venuta? Ma Vesper ha paura dell'acqua.» La sua cameriera, la sua *amica*, teneva così tanto a lei da attraversare un intero oceano per trovarla? Ciò significava che aveva trascorso più di un mese a bordo della nave con Griffin. Forse avevano passato del tempo insieme a parlare e...

«*Dille...*» ripeté Gavin con un fil di voce.

«Che cosa?» All'improvviso, capì. «Lui la *ama*», sussurrò. «Ama Vesper.»

Aveva senso. Vesper era tranquilla, generosa e gentile. Era molto simile a Griffin, proprio come lei era più simile a Gavin.

Josephine ebbe un'improvvisa esplosione di speranza. «È sulla nave?»

Gavin scosse la testa. «No. Vesper e il resto della tua famiglia sono sull'Isola del Canto. Li abbiamo lasciati lì con la *Pixie* e alcuni membri dell'equipaggio, in caso avessero avuto bisogno di fuggire.»

«Griffin, Vesper è vicina. Devi resistere.» Josephine gli afferrò delicatamente la mano.

Le ciglia dell'uomo svolazzarono e il nome della donna gli sfuggì di nuovo dalle labbra, ma non si svegliò completamente.

«Non possiamo arrenderci.» Josie appoggiò la testa

contro la spalla di Gavin. Era così chiaro per lei che la vita era un arazzo di mille fili intrecciati insieme. Era stato quello il loro destino fin dall'inizio? Trovarsi lì a lottare per mantenere in vita Griffin?

Gavin trasse un respiro profondo. «Hai ragione. Non si è mai arreso con me. Io non posso arrendermi con lui.»

«Quanto siamo lontani dall'Isola del Canto?» chiese.

«Con il vento favorevole? Due giorni.»

Due giorni. Se avesse visto Vesper, forse avrebbe trovato la forza di combattere, di restare con la donna che adorava. Suo padre avrebbe dichiarato che l'amore avesse poco a che fare con la guarigione di una ferita fisica, ma Josephine credeva profondamente nel potere del sentimento. Dopo tutto quello che lei e Gavin avevano passato, credeva nell'amore sopra ogni altra cosa.

Gavin abbassò con delicatezza il braccio del fratello, poi le prese il viso tra le mani. Josephine sapeva di avere un aspetto terribile. Le faceva male il viso per i colpi che aveva subìto, i capelli erano un disastro e avvertiva dolori dappertutto. Non era più il bel bottino di un pirata.

Gli occhi marroni dell'uomo, tuttavia, si scaldarono mentre la osservava. «Sei la cosa più bella che abbia mai visto.» Abbassò la testa e le loro labbra si incontrarono in un bacio delicato che sembrò durare ore.

«Devo avere un'aria assolutamente spaventosa, e mi sento anche peggio», disse Josie, sebbene Gavin avesse acceso in lei una scintilla che Beauchamp aveva quasi spento per sempre. Le parole di lui e quell'unico bacio pieno di tutto l'amore che c'era tra loro, un bacio che racchiudeva in sé mille belle parole non dette, l'avevano riportata in vita.

«Mi dispiace di non essere stato lì al tuo risveglio», le disse. «Non potevo sopportare di lasciarlo. Io...»

Josephine gli premette le dita sulle labbra.

«È qui che dovresti essere. Ed è qui che dovrei essere anch'io. In questo momento, ha bisogno di entrambi.»

Restarono a vegliare al capezzale di Griffin e Josephine lanciò una preghiera nella brezza marina. Pregò che il mare li portasse rapidamente a casa e che il vento riempisse le loro vele in modo che potessero raggiungere l'Isola del Canto il più rapidamente possibile.

Salvalo...

❧

DUE GIORNI DOPO

Vesper si stava tenendo occupata, aiutando un'altra donna a cucinare in una delle piccole case dell'isola, quando un grido risuonò in tutto il villaggio. Era stata avvistata una vela. Con la speranza che le ardeva nel cuore, Vesper appese il grembiule a un gancio prima di seguire gli abitanti del villaggio fino alla riva.

Un misto di speranza e paura serpeggiava tra loro; speranza che fossero Gavin e gli altri, paura che Beauchamp fosse tornato per finire ciò che aveva iniziato. Qualcuno sembrò riconoscere la *Sea Serpent*, però, perché gli isolani cominciarono presto a salutare e ad applaudire.

Vesper sorrise quando vide calare una piccola barca, con Josephine a prua, e si precipitò nell'acqua, incurante di bagnare l'abito. Tutto ciò che contava era che Josephine fosse viva. La donna si sollevò le gonne e saltò giù nella risacca, poi la strinse in un forte abbraccio.

«Mia signora, state bene!»

«Sto bene. Non posso credere che tu sia venuta fin qui per me», disse Josephine.

«Farei qualsiasi cosa per voi, mia signora. Qualsiasi cosa.»

«Anche io farei qualsiasi cosa per *te*, Vesper.» Josephine sembrava essere sull'orlo delle lacrime. Lei poteva solo immaginare il calvario che aveva dovuto affrontare nei giorni precedenti.

Vesper si voltò verso il resto dei passeggeri, alla ricerca del volto che desiderava vedere più di ogni altro, a parte Josephine. Griffin non era tra loro. Sorrise. Conoscendolo, aveva lasciato che gli altri arrivassero a riva per primi. Lord Camden, Dominic e un bambino saltarono giù dalla barca, insieme a un uomo alto, piuttosto attraente, dai capelli scuri e dagli occhi marroni, che vegliava sul bambino con un'aria paterna che a Vesper non sfuggì. Quella che indossava, anche se sbiadita, era chiaramente un'uniforme navale. Non si trattava, tuttavia, di una nuova. Lavorando come cameriera, era diventata abile nel riconoscere i vestiti vecchi che la gente faceva del proprio meglio per tenere ben rammendati.

Jada, una delle donne dell'isola, si precipitò verso il bambino, quello che era stato rapito insieme a Josephine. La donna lo chiamò per nome e il ragazzino le si gettò tra le braccia, stringendola forte. L'uomo dai capelli scuri lo seguiva da vicino, senza perderlo di vista. Sam lo indicò e raccontò eccitato di come quell'uomo, che pareva fosse un vicario, lo avesse salvato.

«Mi chiamo Jada.» La donna tese la mano all'uomo, che la prese delicatamente e le baciò le nocche con rispetto.

«Henry Sheridan», si presentò.

«Non posso ringraziarvi abbastanza, signor Sheridan.»

«Per favore, chiamami Henry.» Le sue guance si tinsero leggermente di rosso mentre fissava il bel viso di Jada.

Vesper distolse gli occhi dall'incantevole scena, perché le ricordava troppo l'uomo con cui avrebbe voluto essere in quel momento.

«Dov'è Grif... Lord Castleton?» chiese a Josephine. «C'era bisogno di lui sulla nave?»

La preoccupazione sul volto della donna si trasformò in una profonda agonia. «Griffin è...» La voce della sua amica si smorzò, riempiendola di terrore.

«No...» Griffin non poteva essere morto. *Non poteva.* Non era giusto. Era l'unico in grado di vedere la *vera* lei. L'unico che aveva osato credere che l'amasse davvero.

Josephine le afferrò le spalle. «Respira, Vesper.»

I suoi polmoni si rifiutavano di collaborare.

«È vivo, ma ha bisogno di te. Per favore, seguimi.» Josephine le prese la mano e insieme tornarono alla scialuppa. Lord Camden le aiutò a salire a bordo e poi i marinai le riportarono alla nave.

Una volta che ebbero raggiunto la *Serpent*, l'equipaggio chinò rispettosamente il capo davanti a lei e la voragine nel suo stomaco si fece più profonda. Era chiaro che non si aspettavano che Griffin sopravvivesse.

«È qui.» Josephine la condusse in una delle cabine sottocoperta.

Vesper trovò Griffin sdraiato su un letto, con il petto fasciato. Un uomo sedeva accanto a lui, con una mano sul suo braccio. L'uomo sulla sedia si voltò al loro avvicinarsi e Vesper sussultò. Assomigliava così tanto a Griffin che per un momento quasi corse da lui.

Josephine li presentò. «Vesper, questo è Gavin. Il fratello di Griffin.»

«Ha chiesto di te», disse lui, la voce densa di emozione. Si alzò e fece un passo indietro per permetterle di sedersi accanto al suo amore.

«Sì?»

«Sì», dichiarò Josephine. «Speravo... So che può sembrare sciocco, ma speravo che se avesse udito la tua voce e sentito il tuo tocco...»

Gli occhi di Vesper si riempirono di lacrime, ma prese la mano di Griffin e se la portò alla guancia.

«Sono qui, Griffin. *Sono qui.*» La sua voce tremava mentre parlava. «Mi hai promesso che saremmo stati insieme. Ti ricordi? Non puoi infrangere la tua promessa. Non te lo permetterò.» Premette le labbra sul suo palmo e chiuse gli occhi. «Ti *prego*, combatti per me.»

«Vesper...» Le labbra di Griffin si mossero per pronunciare il suo nome e un barlume di speranza le vibrò nel petto.

«Sì. Sono qui. Torna da me.»

⚜

GRIFFIN NON AVEVA MAI CAPITO IL MARE, O IL MODO IN cui chiamava alcune persone e non altre. Aveva sempre amato la sensazione della terra solida sotto i piedi. In quel momento, però, stava andando alla deriva in acque oscure e senza fine da cui non poteva fuggire. L'oceano gli chiedeva di lasciarsi *andare* e di sprofondare nel dolce nulla. Arrendersi sarebbe stato facile.

Eppure, ogni volta che cercava di farlo, qualcosa gli teneva la testa a galla. *Occhi verdi, morbidi capelli biondo miele, una risata calda, un cuore ancora più caldo...* Quelle immagini e sensazioni lo stuzzicavano, lo ossessionavano, lo rendevano incapace di abbandonarsi al mare. Il richiamo della sirena stava iniziando a svanire quando una voce gli sussurrò nel vento: *"Torna da me, Griffin..."*

Un'isola apparve in lontananza. L'orizzonte dietro di essa era immerso in un brillante bagliore dorato. Ma ogni bracciata in acqua gli faceva male, ogni istante più agonizzante del precedente. Eppure, più diventava difficile, più voleva *sentire* quel dolore invece di sfuggirgli.

"Combatti per me..."

Era così maledettamente stanco, ma non poteva arrendersi. Non con quella voce che lo implorava di combattere. La riva era più vicina ora. Così vicina. Era quasi arrivato... poi tutto svanì nel nulla...

I suoi occhi si aprirono. Una luce soffusa filtrava nella stanza in cui giaceva. Sbatté le palpebre e si leccò le labbra secche. Una donna sedeva su una sedia accanto al letto, il corpo piegato sul materasso mentre dormiva con una mano avvolta intorno alla sua. Le visioni dell'oceano e dell'isola svanirono e cominciò a ricordare la battaglia sulla *Siren*.

Aveva preso un proiettile alla schiena per proteggere Josephine, come testimoniava il peso delle bende avvolte intorno al suo petto. La donna accanto a lui, però, non era Josephine, ma Vesper. *Vesper*. La vista di lei al suo fianco lo riempì di una gioia che, per un momento, lo privò della capacità di parlare

Alla fine, pronunciò il suo nome e lei si mosse. Quando sollevò la testa, i suoi occhi verdi erano spalancati e pieni di speranza e amore.

«Griffin?»

Lui sorrise stancamente. «Sono tornato.» Non riusciva a dire altro in quel momento, ma lei sembrò capire cosa intendesse. Quelle tre parole riecheggiarono tra loro con la stessa forza delle due parole che avrebbe dovuto pronunciare invece. *Ti amo.*

Vesper si asciugò le lacrime e gli sorrise. «Sei libero.»

«Libero?» chiese lui.

La donna annuì. «Josephine e tuo fratello desiderano sposarsi. Questo significa che sei libero.»

Quella sì che era una buona notizia, pensò, e un'ondata di gioia gli attraversò il petto.

«Per quanto tempo sono stato... qui?» chiese.

«Sono passate due settimane», rispose lei. «Non potevamo portarti a terra, non nelle tue condizioni. Ti ho dato da mangiare zuppa e acqua.»

Davvero lo aveva fatto? Lui non si era reso conto di nulla.

Qualcuno bussò alla porta, interrompendoli, e Gavin varcò la soglia.

«Mi era sembrato di sentire delle voci», esordì suo fratello, il volto segnato da rughe di preoccupazione.

«Vi lascerò parlare.» Vesper si alzò, gli diede un rapido bacio sulle labbra e sgattaiolò fuori dalla stanza.

Gavin si sedette accanto al letto dopo che lei se ne fu andata e, per un lungo momento, i due rimasero in silenzio. Alla fine, suo fratello parlò.

«L'hai salvata.»

C'era solo un "lei" a cui Gavin poteva alludere. La nave e il mare non possedevano più il suo cuore come un tempo. Era Josephine che amava sopra ogni cosa ora.

«Certo che l'ho fatto», rispose. Desiderava ardentemente un bicchiere d'acqua, ma prima c'erano cose che doveva dire.

«Quando siamo arrivati su quell'isola e abbiamo visto la tua casa in fiamme e abbiamo scoperto che Josephine era sparita, sapevo che c'era un unico modo in cui potevo aiutarti. Farei qualsiasi cosa per te, Gavin. Siamo *fratelli*.» Lo disse con un tale orgoglio e una tale gioia che, per un attimo, gli sembrò di essere tornato a prima che Charity entrasse nelle loro vite. Prima che spezzasse il cuore di suo fratello amando la stessa donna.

«Quando Beauchamp ha sollevato quella pistola, sapevo di non avere scelta. È per Josephine che batte il tuo cuore. Non potevo permettere che tu fossi derubato dell'amore una seconda volta.»

Gli occhi di Gavin si fecero lucidi e sbatté rapidamente le palpebre. «Lei è il mio sogno.»

Griffin sorrise. Nonostante il dolore, si sentiva *gloriosamente* vivo.

«Rinuncerai dunque ai tuoi diritti su di lei?» chiese Gavin. «E strapperai quel maledetto contratto di matrimonio?»

Griffin avrebbe voluto avere la forza di ridere. «Avevo già deciso di rompere il fidanzamento prima di venire qui, a patto che Josephine fosse d'accordo. Ne ho parlato con Camden prima di trovare la tua isola. Ha accettato, a una condizione.»

Gavin aggrottò la fronte. «Che *condizione*?»

«Non ne ho idea. Tutto quello che ha detto è che avrebbe dovuto parlarne con te.»

Gavin si rilassò sulla sedia, ma Griffin capì che stava riflettendo.

«Resterai qui... per il matrimonio? Resterai con me?» gli chiese, la voce fioca e quasi timida.

Griffin sollevò la mano dal letto e Gavin gliela strinse.

«Non c'è posto in cui preferirei essere se non al tuo fianco.»

Gavin aprì la bocca, poi la richiuse e sorrise. Dopo un lungo momento, si alzò e chiamò Vesper. La donna si precipitò al suo fianco, senza nemmeno degnare Gavin di uno sguardo mentre gli passava accanto. Fu allora che Griffin seppe con certezza che tutto ciò che era andato storto sette anni prima era stato riparato.

Vesper era sua e solo sua, mentre Josephine era sempre stata destinata a suo fratello. Griffin sospirò e chiuse gli occhi. Per un breve momento, gli sembrò di scorgere una donna con un abito argentato in piedi sulla soglia, che gli sorrideva tristemente prima di svanire in un raggio di sole. Non poteva essere Charity... se n'era andata. Lo aveva semplicemente immaginato. Vesper gli strinse la mano e gli baciò le nocche, e lui sorrise.

«Siamo liberi», disse.

Le labbra di lei si incurvarono, offrendogli la promessa di una vita di gioia. «Sì, lo siamo.»

SUL PONTE, GAVIN VIDE JOSEPHINE CHE PARLAVA CON suo padre, entrambi rivolti verso il mare aperto. Quando lo notò, lei si allontanò da Lord Camden e si precipitò verso di lui, e lui la strinse forte a sé. Non riusciva mai a stringerla abbastanza a lungo o a baciarla abbastanza a lungo. Averla quasi persa lo faceva desiderare di passare ogni singolo istante con lei. Naturalmente, con Lord Camden che li osservava come un falco, si era dovuto comportare al meglio. Dopotutto, lo aveva visto sparare alla schiena di un pirata per aver fatto del male a sua figlia. Poteva solo immaginare cosa avrebbe fatto a lui. Naturalmente, non gli era stato permesso di dormire nella stessa cabina con lei e gli era mancato il conforto di averla accanto ogni notte.

«Va tutto bene?» gli chiese

«Sì», dichiarò lui. «Griffin si è svegliato. La febbre è finalmente scesa. Il dottore non è d'accordo, ma io credo che sia stato l'amore di Vesper a riportarlo indietro, proprio come avevi detto tu. È un dannato miracolo.»

Il chirurgo credeva che nessun organo fosse stato perforato dal proiettile. Tuttavia, aveva arrecato molti danni ai muscoli. Tutto ciò che avevano potuto fare era ricucire le ferite e pregare per il meglio. Ci sarebbe voluto ancora molto tempo prima che guarisse del tutto.

«Josie. Ha accettato di rescindere il contratto di matrimonio.»

La donna lanciò un'occhiata al padre dall'altra parte del ponte. «Lo sospettavo.»

Gavin si schiarì la gola. «Allora mi sposerai?»

Lei lo guardò, con un luccichio improvviso negli occhi. «Ebbene, ti sei preso la briga di andare a prendere un vicario e di salvarmi. Suppongo di doverlo fare.»

Gavin sapeva che lo stava prendendo in giro, ma sentiva comunque i nervi.

Le strinse il viso tra le mani. «Per tutta la vita sono andato alla deriva in mare, inseguendo l'orizzonte e lasciando che il vento mi spingesse sempre più lontano. È stato solo quando ti ho incontrata che ho capito quanto mi fossi perso e quanto volessi tornare a casa.» Il suo respiro si fermò; tutt'a un tratto, gli era difficile parlare. «*Tu* sei la mia casa.»

L'amore le trasformò il viso in uno sguardo di stupore e Gavin si chiese che cosa vedesse in lui. Era un pirata, un uomo sfregiato dentro e fuori. La donna alzò le mani e gli strinse entrambi i polsi.

«Sposami», sussurrò. «Sposami, sposami.» Era un'eco dei loro voti sull'Isola del Canto.

«Ti sposerò oggi. Ti sposerò domani. Ti sposerò ogni giorno per il resto della nostra vita.»

Josephine si alzò in punta di piedi e premette le labbra sulle sue. Gavin chiuse gli occhi, sentendo il vento alzarsi intorno a loro. Per una volta, però, la brezza non avrebbe gonfiato le sue vele, portandolo lontano. Era *lì*, ancorato al suo amore per lei. Griffin aveva ragione.

Mentre Josephine lo baciava, sentì la forza del suo amore per lui, puro come la luce del sole al mattino dopo una violenta burrasca estiva. Lo aveva trovato nel bel mezzo di una tempesta, dopotutto. Quella notte di tanto tempo prima, quando lui era caduto tra le sue braccia e lei gli aveva mostrato l'alba.

Le loro bocche si separarono e Gavin si ritrovò affannato per l'eccitazione.

«Un uomo come me non merita di essere così felice», le confessò mentre le passava i pollici sulle guance e le accarezzava il naso.

«Beh, devi ancora parlare con mio padre», rispose lei con una risata, e lui la baciò di nuovo.

«Diavolo, lo so. Sarebbe molto più facile fuggire a Sugar Cove e farci sposare lì dal vicario.» Gemette. «Resta qui.» Attraversò il ponte fino al punto in cui ancora si trovava Lord Camden. L'uomo aveva una mano sulla ringhiera e stava guardando la luce che si rifletteva sull'acqua.

«Lord Camden...» Onestamente non aveva idea di come iniziare quella conversazione. «Mi scuso per il modo in cui ho preso vostra figlia, ma non mi posso scusare per averla voluta reclamare.»

Camden sorrise tristemente. «Ti sbagli, ragazzo mio. È stata lei a reclamare te. Questa è la prima lezione sul matrimonio che devi imparare. Nessun uomo può possedere una donna. C'è chi pensa stupidamente di poter trattare le donne come farfalle intrappolate in un barattolo, ma quel barattolo con il tempo soffocherà qualsiasi creatura selvaggia e bellissima. Lascia libera una donna e, se ti ama veramente, ti reclamerà come suo. Capisci?»

«Credo di sì», replicò Gavin.

L'uomo si voltò a guardarlo. «Ho due figli, entrambi bravi uomini. Mi rivedo in loro. Ma la mia piccola Josie è sempre stata qualcosa di *più*. Le figlie sono così. Cerchi di proteggerle dai mali del mondo. La cosa più difficile nella vita è lasciarle andare.»

Guardò ancora una volta l'acqua. «Era così piccola e perfetta quando l'ho tenuta tra le braccia per la prima volta. Non pensavo fosse possibile amare qualcuno in quel modo all'istante, ma così è stato. E non posso affidarla a un *uomo qualsiasi*.» Batté le dita sulla ringhiera e poi strinse il legno, combattuto da un'ondata di emozioni.

«Ti sposerà, a prescindere da quello che dico. Ma voglio la tua parola, Castleton. Donale il mondo, donale la libertà e donale la possibilità di essere sé stessa. È l'unica cosa che posso chiederti, ma è ciò che conta di più.»

«È lei che fa battere il mio cuore», disse Gavin, con la gola stretta. «Mi possiede e, finché avrò fiato, le darò tutto ciò che desidera. Vi prometto che sarà sempre libera.»

Camden si voltò lentamente verso di lui e gli tese la mano. «Allora faremmo meglio a trovare quel maledetto vicario ubriaco.»

Gavin rise mentre si stringevano la mano. «Prima è, meglio è per me.»

CAPITOLO 18
UN MESE DOPO

Gli uccelli cantavano in tutta l'isola mentre Josephine e Gavin pronunciavano i loro voti di fronte alla sua famiglia, Brianna, Nicholas, Griffin, Vesper, il reverendo Sheridan e gli isolani. Indossava l'abito azzurro che sua madre aveva destinato al matrimonio con Griffin. L'ultima volta che lo aveva infilato, era stata un'altra donna in un'altra vita. Era contenta che non si fosse rovinato durante la fuga dalla Cornovaglia.

E, proprio come lei, l'abito era cambiato da allora. Ora, quell'abito azzurro impreziosito da perle ondeggiava intorno a lei nella brezza marina e la faceva sentire come Venere che nasce dalle onde.

Quanto lontano era arrivata da quella notte, quando Gavin si era intrufolato nella sua camera da letto e l'aveva portata via. Quella vita, quella strada non intrapresa, quello era stato il sogno. Quella che stava vivendo ora era la realtà.

"Tutti i sognatori devono svegliarsi prima o poi... Ma se noi ci svegliassimo e trovassimo qualcosa di ancor più piacevole della finzione?"

Aveva avuto tanta paura di credergli quando lo aveva detto, ma Gavin aveva sempre avuto ragione.

Quella che Josie stava vivendo era certamente una realtà migliore di qualsiasi finzione. Tutti coloro che amava erano lì su quella piccola isola e lei si stava muovendo verso un futuro che aveva scelto. Non la sua famiglia, non la società, ma *lei*.

Prima di avviarsi verso la navata, suo padre si chinò e le baciò la guancia.

«Non ti affiderei a nessun altro.» Le sue parole erano soffocate dall'emozione e i suoi occhi si riempirono di lacrime mentre lei lo abbracciava. Suo padre era sempre stato un uomo orgoglioso e testardo, ma non aveva mai dubitato che avesse a cuore la sua felicità.

«Sarò sempre tua figlia, papà. *Sempre*», sussurrò.

Il conte la strinse un po' più forte. «Non so come faremo io e tua madre senza di te.» Poi la lasciò andare e fece un passo indietro. Si asciugò gli occhi e sua moglie si fece avanti per prenderlo per un braccio e gli baciò la guancia. Josephine si rivolse a Gavin. Verso il futuro.

Griffin era in piedi al fianco del fratello, appoggiato a un bastone. Le rivolse un sorriso pieno di affetto fraterno. Lui e Vesper si erano sposati il giorno prima, il che aveva spronato un certo numero di isolani a chiedere che il vicario sposasse anche loro, persino quelli che stavano insieme da molti anni. Alla fine, Henry Sheridan si era lamentato di aver sposato metà dell'isola e di essere stato pagato solo per una cerimonia.

Josephine e Gavin avevano aspettato un mese intero. Volevano che Griffin stesse abbastanza bene da stare in piedi per la cerimonia. Ancor di più, Gavin aveva voluto avere una casa da donarle come regalo di nozze.

In soli trenta giorni, erano riusciti a ricostruire l'edificio che era stato distrutto dall'incendio. Con la benedizione di Dominic, Adrian aveva preso il comando della *Pixie*, con Ronnie in veste di primo ufficiale. Avevano portato il legname dalle isole più grandi e avevano assunto un architetto di Port Royal, su insistenza di suo padre, per supervisionare i lavori. La casa era stata ricostruita con un nuovo disegno che prevedeva una camera da letto per lei e Gavin al pianterreno.

Durante quei giorni intensi di lavoro, la famiglia di Josephine si era stabilita in alcune delle casette vuote del villaggio che erano state costruite nel caso in cui Gavin avesse portato qualcuno di nuovo sull'isola. Era stata una fortuna che gli uomini di Beauchamp avessero bruciato solo la casa di Gavin.

Tutti avevano lavorato insieme per riedificare l'isola e lasciarsi il passato alle spalle. Josephine si era occupata, insieme a Jada e alle altre donne, di cucinare per i lavoratori prima di cadere a letto ogni sera esausta. Suo padre aveva insistito perché dormisse nel suo letto da sola, anche se sapeva bene che non era più vergine. Le mancava avere Gavin sdraiato accanto a sé, ma sapeva che sarebbe valsa la pena di aspettare.

Ora era giunto il momento per loro di iniziare ufficialmente la loro vita insieme in quel piccolo paradiso.

Ripeterono i loro voti davanti a Henry Sheridan, con il capo chino, impegnato a unirli in matrimonio. Alla fine, Gavin le rubò un bacio mentre il sole tramontava all'orizzonte dietro di loro e il mondo veniva avvolto in un silenzio crepuscolare. Josephine gli gettò le braccia al collo e si aggrappò a lui mentre quel bacio la rapiva. Sembrava che stessero volando insieme sull'acqua a prua di una nave, inseguendo la luce morente. Baciare Gavin sarebbe sempre stato così, come navigare verso un bagliore senza fine, navigare verso l'eternità. La sua bocca calda si spostò e lei aprì le labbra in modo che lui potesse approfondire il bacio.

«*Ehm.*» Il vicario si schiarì la gola. «Avrai un sacco di tempo per farlo più tardi, quando tuo suocero avrà bevuto un po' più di rum.»

Arrossendo, Josephine si staccò da Gavin. Era la prima volta che lo vedeva almeno un po' in imbarazzo. Suo padre lo stava fulminando con lo sguardo per aver osato dare un tale spettacolo di fronte ai loro ospiti.

Gavin strinse le mani di Josephine tra le sue. «Mi dispiace, vicario. Anche un pirata si lascia trasportare il giorno del suo matrimonio.»

La sua forte presa la faceva sentire al sicuro e le ricordava quanto fosse completamente innamorata di lui. Se qualcuno avesse provato a spiegarle quella sensazione in Inghilterra, lei non sarebbe stata in grado di immaginarlo. Era totalizzante, amare qualcuno con tutto il cuore. Invece di temere un sentimento così travolgente, però, provava solo eccitazione e gioia.

Non era stato solo l'amore per suo marito a darle le ali per volare. Era stato anche un ritrovato amore per sé stessa, difetti compresi, e non sentirsi come se dovesse scusarsi per essere quella che era. Aveva fallito, aveva dubitato, eppure aveva anche dimostrato di essere coraggiosa, di essere forte. Amarsi le aveva dato la forza e il coraggio di amare qualcuno come Gavin. Aveva reso quel momento ancora più dolce.

Avrebbe voluto poter tornare indietro nel tempo e trovare la ragazza che era stata una volta e dirle di non perdere la speranza, che tutto ciò che aveva sempre sognato un giorno sarebbe diventato realtà se fosse rimasta forte.

Gavin la prese tra le braccia mentre le persone riunite sulla spiaggia applaudivano. Josie non poteva immaginare una felicità più grande. Alcuni marinai fischiarono e il corpo di Gavin fu scosso da una risata.

«Vieni, moglie.» Gavin la condusse tra la folla. Prima si fermarono da sua madre, che la strinse in un lungo abbraccio e poi guardò il suo sposo.

«Benvenuto nella nostra famiglia», disse. Le guance di Gavin si imporporarono.

Dominic e Roberta si avvicinarono subito dopo e suo fratello gli tese una mano.

«Suppongo che non sia un problema avere un altro pirata in famiglia», commentò.

«Pirata in pensione, vorrai dire», replicò Gavin lanciandole un'occhiata. «Stavo pensando, se hai bisogno di un altro capitano per la tua flotta commerciale, accetterei volentieri il posto, a condizione che Josephine possa venire con me.»

Il sorriso di Dominic si fece più ampio. «Penso di poterti trovare una nave.»

Roberta rise mentre abbracciava Josephine. La rossa che aveva conquistato il cuore di suo fratello le mormorò all'orecchio: «Sembra che tu abbia finalmente un pirata tutto tuo».

Josephine ridacchiò. «È così, vero?»

Adrian e Gavin si strinsero la mano, poi il giovane chiese un momento da solo con la sua gemella. La aiutò a scendere lungo il sentiero sabbioso verso la riva finché non furono abbastanza lontani dagli altri per parlare senza essere uditi. Il volto di Adrian era pieno di gioia e di dolore. Si schiarì la gola.

«Sarà tutto diverso ora, non è vero? Quando stavi per sposare Griffin, sembrava che nulla sarebbe cambiato. Saresti rimasta nelle vicinanze. Ma ora è *diverso*. Tu ami Gavin, vero?»

Lei annuì. «Alla follia.»

«Lo sento.» Si toccò il petto. «*Qui*. Sapere quanto sei felice rende più facile lasciarti andare.»

Josie si asciugò una lacrima sulla guancia. «Lo sono davvero, ma mi mancherai.» Erano stati solo loro due contro il mondo per così tanto tempo. Come per tutte le cose, però, il loro rapporto era destinato a cambiare, anche se non erano pronti.

«Sai», disse Adrian con un sorriso ironico, «ho mantenuto la promessa che ti ho fatto».

«Quale promessa?»

«Quella che ti ho fatto prima che te ne andassi. Ho detto che avresti sposato Castleton, solcato i mari e avuto la vita che hai sempre sognato. Non ho mai detto che sarebbe stato Griffin. Dopotutto, Gavin è in realtà il conte di Castleton. Poiché non è morto, il titolo tornerà a lui. Io non mai ho detto quale Castleton avresti sposato.»

Josephine rise dell'arguzia di suo fratello.

La risata, tuttavia, morì quando il suo cervello elaborò le parole. Non aveva mai pensato al fatto di essere sposata con il *maggiore* dei fratelli Castleton. Gavin aveva vissuto sette anni senza quella parte della sua vita e probabilmente non ci aveva fatto caso. Sarebbe dovuto tornare in Inghilterra per riassumere il titolo e gestire la tenuta?

«Cosa c'è che non va?» chiese suo fratello.

«Avevo dimenticato che in realtà è lui il conte e non

Griffin». Fissò la sabbia bianca mentre le sue speranze si assottigliavano rapidamente.

Adrian le sollevò il mento. «Parlane con lui. Immagino che nemmeno lui ci abbia pensato. Forse c'è una soluzione. Suo fratello e Vesper torneranno in Inghilterra. Se fossi in voi, farei in modo che Griffin si occupi di tutti gli affari più urgenti, consentendo a voi di restare qui. Nessuno vi obbliga a vivere in Inghilterra. Sarà il conte a prescindere da dove si trova. Non è raro udire di signori che affidano la gestione delle loro terre e delle proprietà ad altri mentre vivono altrove. Sono sicuro che Gavin preferirebbe di gran lunga questo tipo di vita.»

«Sei davvero brillante.» Josephine gli gettò le braccia al collo.

«Sono sempre stato quello intelligente... *ahi*!» Adrian sussultò quando lei gli diede un pugno sulla spalla. «Torna da tuo marito, piccola peste!»

Entrambi scoppiarono a ridere.

Quando tornarono sulla spiaggia, Gavin li stava aspettando. Aprì le braccia e Josephine seppellì il viso contro il suo petto.

«Tutto bene?» le domandò con voce dolce.

«Certo. Stavo parlando con mio fratello di... beh, del fatto che ora sei il conte. Griffin ha assunto il titolo dopo la morte di tuo padre perché ti credevano morto. Ma ora le cose sono cambiate. Avevo paura di ciò che questo avrebbe potuto significare per noi. Adrian ha suggerito di riprendere il titolo, ma di affidare a Griffin e Vesper la gestione della tenuta in Cornovaglia. Così io e te possiamo restare qui.»

Gavin rimase in silenzio per un lungo istante. «Onestamente non ci avevo pensato. Sono stato un pirata così a lungo, ho vissuto questa vita per così tanto tempo che non mi è nemmeno passato per la testa. Credo che tuo fratello abbia ragione. Griffin e Vesper possono restare nella nostra tenuta di famiglia in Inghilterra e tu ed io possiamo rimanere qui e fare vista in Cornovaglia una o due volte l'anno per vedere come stanno le cose. Sono sicuro che i tuoi fratelli ti verranno a trovare di frequente. È una vita che potresti trovare appagante?»

«Appagante? No... direi più che mi sento benedetta», rivelò lei. «Mi mancherà vedere la mia famiglia tutte le volte che desidero, ma questa vita... su quest'isola, qui con te e Jada e gli altri... è tutto ciò che ho sempre sognato.»

«Bene.» Gavin sembrò rilassarsi. «Sei pronta a ritirarti per la notte?»

«Sì.» Si allontanarono silenziosamente dalla folla e si diressero verso la loro casa. Tutto all'interno sapeva di nuovo. Il legno luccicava e gli arredi, anche se ancora scarsi, sarebbero bastati per il momento. Avevano un grande letto nella loro camera condivisa e una camicia da notte sottile era stata adagiata sulle lenzuola blu.

Gavin ridacchiò mentre sollevava il panno luccicante, le sue mani visibili attraverso il tessuto che lasciava ben poco all'immaginazione. «È deliziosa, ma stasera non ne avrai bisogno.»

Josie rimase ferma mentre lui le slacciava lentamente l'abito da dietro. Tremò quando le sue dita le toccarono la pelle; si sentiva come la prima volta che erano stati insieme. Presto fu nuda e le mani di Gavin esplorarono tutto il suo corpo, le palparono i seni e il fondoschiena, si strinsero intorno ai fianchi e alle spalle fino a quando non si sciolse completamente. Poi la girò e la baciò. C'era qualcosa di meravigliosamente peccaminoso nel baciare un pirata vestito mentre era nuda come il giorno in cui era nata.

«Ti sento sorridere contro le mie labbra», disse lui con una risatina. «A cosa diavolo stai pensando?»

Josephine gli avvolse le braccia intorno al collo e gli accarezzò la mascella. «Stavo pensando a quanto mi hai resa spudorata a godere di momenti come questo.»

«Quanto *io* ti ho resa spudorata? Tesoro, ci sei nata. Sono solo contento che possiamo essere spudorati insieme.» Gavin spostò la mano sul suo sedere, poi fece scivolare le dita tra le sue cosce, stuzzicandola finché non si dimenò nell'abbraccio. Voleva così tanto che lui scivolasse dentro di lei, che facesse l'amore con lei.

«Smettila di prendermi in giro.» Gli tirò una ciocca di capelli mentre gli baciava il mento e poi la bocca. «*Ti prego*, Gavin. Ho bisogno di te.»

«E io di te. Sdraiati.» Josephine si sedette sul bordo del letto e poi si sdraiò, con le ginocchia un po' piegate. Lui le afferrò la vita e la tirò a sé, in modo da poterla facilmente raggiungere. Le piaceva come la trattava, non con gesti rudi, ma con sicurezza e desiderio.

Gavin si chinò su di lei e iniziò a leccarle i seni, poi le succhiò i capezzoli finché non divennero troppo sensibili. Spostò le labbra giù verso il suo ventre, poi ancora più in basso, per raggiungere la parte più sensibile di lei. La parte che doleva per il bisogno. Ben presto, Josie si trovò sull'orlo dell'orgasmo, ma Gavin si fermò poco prima che lei potesse raggiungerlo. Piagnucolò per protesta, ma la sua frustrazione si attenuò quando si rese conto che si era fermato solo per potersi togliere i vestiti.

Alzò il viso per ammirare lo spettacolo che il marito nudo offriva. L'uomo aveva muscoli dappertutto. Persino le sue mani e i suoi piedi erano belli e forti. Josephine non era una donna piccola, ma lui la faceva sentire minuta e femminile. Gavin si mise a carponi sul letto e avanzò verso di lei, ingabbiandola con il proprio corpo. Ma ancora non le diede ciò che bramava; si limitò a baciarla e farla sentire amata.

«Come pirata, la mia mente era sempre concentrata sulla cattura di un mercantile, la ricerca del prossimo bottino», sussurrò quando finalmente entrò in lei. Josephine gemette e sollevò i fianchi, incontrandolo con entusiasmo. Nel momento in cui fu completamente dentro di lei, entrambi rimasero immobili, prendendosi un attimo per assaporare la connessione. Non si era mai sentita così vicina a qualcuno. Lui le baciò le labbra, poi la punta del naso e la fronte.

«Oh? E dimmi... Qual è stato il tesoro più grande che hai trovato?» Quando Gavin alzò la testa, Josie sospirò di piacere. Si mosse dentro di lei, dolcemente, poi la passione li colpì entrambi e iniziarono a fare l'amore con completo abbandono. Il piacere la scosse come una tempesta tropicale e iniziò a calmarsi solo quando lo fece rotolare per sdraiarsi sopra di lui, il respiro affannoso. Suo marito le sfiorò la guancia con le dita, i loro sguardi incatenati.

«Ho trovato qualcosa di molto più prezioso dell'argento o dell'oro. Ho trovato te.» L'amore nei suoi occhi lavò via tutte le preoccupazioni. Stavano navigando ancora una volta verso un orizzonte incantevole e luminoso, la loro nave sospesa tra le nuvole. Lei era il mare e Gavin la riva; una riva da cui non si sarebbe separata mai. Il loro amore era infinito come la sabbia sulla scia delle maree.

E, fuori dalla loro finestra, la musica degli uccelli dell'Isola del Canto si fondeva con le onde e il mare.

TRE SETTIMANE DOPO

Adrian era in piedi sul ponte della *Cornish Pixie,* con le mani aggrappate al timone. Sopra di lui, nel cielo ancora buio, le vele si gonfiavano, riempite dal vento. La *Pixie* solcava le onde, diretta verso il mare aperto, l'Isola del Canto ormai alle spalle. Sorrise mentre il sole iniziava a sorgere sull'oceano, impreziosendone l'acqua blu brillante con schizzi d'oro.

«Non c'è niente di simile al mondo, vero?» chiese Ronnie, giungendogli al fianco.

«È il più vicino possibile al volo», confessò Adrian.

Non si era ritenuto pronto a capitanare una nave, ma Dominic si era fidato di lui e aveva voluto che provasse. Negli ultimi due mesi, lui e Ronnie avevano fatto la spola tra l'Isola del Canto e le isole vicine per recuperare il materiale necessario per la ricostruzione della casa di Gavin e Josephine. Le cose erano andate molto bene durante i viaggi e suo fratello maggiore aveva deciso di nominarlo ufficialmente capitano della *Pixie*. Adrian si era sentito in colpa per aver sottratto a Gavin la nave che aveva comandato così bene, ma Dominic gli aveva assicurato che c'era un altro vascello della sua flotta fermo a Port Royal che sarebbe stato recapitato all'Isola del Canto come regalo di nozze tardivo per Josie e suo marito.

«Nervoso all'idea di capitanare questa bellezza verso qualcosa di più di un semplice viaggio di rifornimento?» chiese Ronnie.

Adrian era sorpreso di quanto potesse essere perspicace il suo primo ufficiale. «Un po'.»

Ronnie sorrise. «Non preoccuparti. Ti insegnerò tutto quello che devi sapere, ragazzo.»

«Grazie.» Adrian si stupì dall'onestà dell'uomo. «Dimmi, perché non hai chiesto di essere capitano? Hai molta più esperienza di me.»

Ronnie alzò le spalle. «Non ne sono sicuro. Non mi è mai interessato. Preferisco essere un quartiermastro. Ehm... Primo ufficiale», si corresse con un sorriso.

«Beh, sono dannatamente felice di averti qui con me», ammise Adrian.

Aveva condiviso con Dominic le sue preoccupazioni sul fatto di essere troppo giovane per diventare capitano, ma suo fratello si era messo a ridere. «Ero un capitano alla tua età. Tutto ciò di cui hai bisogno è un vero primo ufficiale che ti insegni ad ascoltare la tua nave, leggere l'acqua e sentire il vento.» In tal senso, Adrian sentiva di essere stato lasciato nelle migliori mani possibili.

«Ebbene, ragazzo, dove andiamo?» domandò Ronnie. «A gustare i favori di quelle belle signore spagnole a Cadice? O forse verso la costa berbera, dove possiamo cavalcare sul dorso degli elefanti?» Gli occhi gli brillarono di eccitazione. «O lo Spanish Main? Potremmo andare a caccia di tesori!»

«Siamo diretti verso le colonie. New York, per l'esattezza», esclamò Adrian con una risata. «Dominic vuole che venda rum e zucchero, e poi avremo molto da comprare e riportare indietro quando torneremo.»

«Dov'è il tuo senso dell'avventura, ragazzo?» Ronnie gli diede una gomitata scherzosa nelle costole. «Hai la pirateria nel sangue. Perché non inseguire un po' d'oro lungo la strada, eh?»

Adrian fece finta di pensarci un attimo. «Forse

potremmo fare una *piccola* deviazione, se si presentasse l'occasione».

Il suo primo ufficiale gli diede una pacca sulla spalla. «Ecco il mio capitano!» disse con orgoglio. «A New York! E qualsiasi avventura troveremo lungo la rotta!»

Ronnie urlò ordini all'equipaggio mentre il vento cambiava leggermente direzione. Adrian si tenne stretto al timone, con lo sguardo rivolto verso l'orizzonte orientale.

Regolò leggermente la rotta mentre l'equipaggio lavorava alle vele sopra di lui. Poi, senza volerlo, si mise a cantare sottovoce un vecchio canto marinaresco, uno di quelli che piacevano a suo padre. L'oro brillante del sole nascente era così affascinante. Aveva anche la forma di un doblone spagnolo.

In quel momento, Adrian capì perché uomini come Dominic e Gavin avessero preso il largo e inseguito l'orizzonte.

> *Our names shall be blazed,*
> *And spread in the sky.*
> *Come all you brave boys,*
> *Whose courage is bold.*
> *Will you venture with me?*
> *I'll glut you with gold...*[1]

---

1. *I nostri nomi arderanno/E si propagheranno nel cielo./Venite voi tutti, ragazzi ardimentosi,/Voi il cui coraggio è audace./Partirete con me all'avventura?/Vi ricoprirò d'oro...*

EPILOGO
1752 - DIECI ANNI DOPO - CADICE, SPAGNA

Il bordello era affollato, nonostante fosse pomeriggio. I marinai riempivano la sala comune e alcuni si erano persino radunati fuori dalla porta sotto il sole cocente. Molte navi erano giunte quella mattina in porto per scaricare merci destinate al commercio, il che significava che centinaia di marinai avevano riempito la città portuale alla ricerca di posti dove spendere le loro monete. L'alcol e le donne erano i due piaceri più ricercati.

Di norma, Adrian non avrebbe visitato un bordello, ma lui e Ronnie erano passati davanti a quello e avevano notato la folla che vi si era radunata. Divisi tra la curiosità e la preoccupazione per ciò che stava accadendo all'interno, si infilarono tra la ressa per accedere alla stanza illuminata da lampade a olio. Era una grande sala piena di divani e cuscini sparsi sul pavimento, al momento vuoti, ma sui quali di solito sedevano donne pronte a intrattenere gli uomini al giusto prezzo.

L'attenzione di tutti era rivolta verso una piattaforma rialzata che probabilmente serviva a ospitare danzatrici e cantanti. Quel giorno, tuttavia, non c'era niente del genere. Un uomo dalla faccia sudicia, con un bel panciotto e calzoni dai colori piuttosto sgargianti, stava parlando ad alta voce. Adrian si irrigidì quando udì le parole "donna in vendita" risuonare tra gli uomini intorno a lui.

Si accarezzò la mascella, contento della barba corta e ben curata che nascondeva molte delle sue espressioni, specialmente il cipiglio che portava in quel momento. Non gli piacevano le aste come quella nei bordelli. In realtà, gli facevano rivoltare lo stomaco. Negli ultimi dieci anni, da quando aveva preso il comando della nave di suo fratello maggiore, la *Cornish Pixie*, aveva visto molte cose che lo avevano fatto sentire *impotente*. Ma le donne vendute nei bordelli lo riempivano di rabbia.

«Calmo, Adrian», mormorò Ronnie al suo fianco. Come sempre, il suo primo ufficiale riusciva a percepire la tensione, il bisogno di intervenire, che irradiava da lui. «Ci sono una dozzina di guardie. Ti ricordi cosa è successo l'ultima volta che hai cercato di portare via una donna da un posto come questo? Siamo riusciti a non lasciarci la pelle solo per un soffio.»

Era un ricordo che Adrian avrebbe voluto dimenticare. Aveva cercato di convincere una donna a fuggire con lui, ma lei aveva avuto troppa paura di andarsene e lo aveva combattuto. Le guardie si erano accorte del trambusto e avevano accerchiato lui e la sua ciurma.

«Confido che i nostri uomini abbiano quasi finito di disporre il carico?» chiese, la sua voce tesa.

«Sì, hanno quasi finito, capitano.» Ronnie incrociò le braccia. Adrian si guardò intorno e riconobbe una dozzina di uomini. Erano pirati. Uomini che aveva incrociato negli anni e che avevano cercato più volte di derubarlo.

«Che ci fanno qui, Ronnie? Questi bastardi di solito non *comprano* le donne, le pagano e basta.» La maggior parte dei pirati non voleva donne a bordo delle navi, il che gli faceva temere per il destino a cui la povera sventurata sarebbe andata incontro.

«Per lei, immagino...» Ronnie indicò una giovane che stava salendo i gradini fino alla pedana di legno, dove l'uomo sudicio che gestiva l'asta afferrò la corda che le era stata legata intorno alla gola.

Lunghi capelli castani le ricadevano sulle spalle, sciolti e disordinati, e la sua pelle d'avorio era piena di sporcizia. Non era insolito vedere donne vendute all'asta nei bordelli. Molte navi pirata con capitani poco onorevoli attaccavano mercantili e vascelli privati e rapivano passeggeri, soprattutto donne. Di solito non le tenevano a bordo a lungo. O le usavano e le uccidevano o le vendevano in luoghi lontani per ragioni solitamente molto oscure a persone malvage. Adrian chiuse per un istante gli occhi, i pugni serrati.

L'uomo che gestiva l'asta afferrò la giovane donna per i capelli e la trascinò di qualche passo più vicino alla folla. Indossava uno straccio sporco e logoro, con una manica strappata sulla spalla nuda, e che le copriva a malapena le cosce. Aveva i polpacci pieni di graffi e le ginocchia sanguinanti. Adrian la guardò in viso. La ragazza lo stava osservando e i suoi occhi blu fiordaliso lo colpirono come un fulmine.

Il banditore cominciò a parlare in lingua franca in modo che la maggior parte degli uomini presenti potesse capirlo.

«Bella signora inglese. Inviolata. Buoni denti, fianchi robusti e larghi.» Le diede un forte schiaffo sul sedere e la giovane donna gridò, facendo ridere gli uomini che la guardavano.

«Ronnie...» sussurrò Adrian.

«Sì?»

«Fa' preparare la nave. Dovrete essere pronti a levare l'àncora non appena salirò sul ponte.»

Il suo primo ufficiale imprecò. «Ah, ragazzo, che diavolo vuoi fare?»

«Intendo intervenire.» Adrian si rimboccò le maniche, il sangue che gli ribolliva nelle vene.

Una mano gli afferrò però la spalla, fermandolo prima che potesse caricare verso il palco.

«Pensa con la testa, ragazzo. Non puoi scatenare una rissa.»

«Ciò che non posso fare è stare qui a guardare mentre viene venduta a qualcuno che la userà e poi probabilmente la ucciderà.»

Il suo primo ufficiale lo guardò negli occhi. «Non puoi, ragazzo. Non puoi salvarla. Non possiamo salvare tutti.» Le iridi azzurre di Ronnie erano velate di tristezza.

«Fa' preparare la nave, Ronnie. *Subito*», ordinò Adrian.

«Non fare mosse avventate, ragazzo», lo avvertì il suo primo ufficiale, ma sospirò quando si rese conto che non avrebbe lasciato il bordello senza di lei. «Va bene. Preparerò la nave», mormorò, voltandosi per tornare al molo.

Adrian sapeva che tentare di liberare quella donna avrebbe potuto rivelarsi fatale per lui, ma doveva provarci. Quegli occhi azzurri non lo avevano implorato di aiutarla, lo avevano sfidato a liberarla. E lui era un Greyville, in tutto e per tutto, e i Greyville non si tiravano mai indietro di fronte al pericolo quando qualcuno aveva bisogno di soccorso.

. . .

Ti RINGRAZIO CON TUTTO IL CUORE PER AVER LETTO *Il diavolo dei Sette Mari*! Presto uscirà la storia di Adrian e altri libri sui pirati. Assicurati di seguirmi sui social media e su Amazon per non perderti le novità! Nel frattempo, puoi dare un'occhiata agli altri miei libri in italiano qui: https://laurensmith books.com/genre/italian/

L'AUTORE

Autrice di bestseller per *USA Today*, Lauren Smith è un avvocato dell'Oklahoma di giorno, autrice di sera, che scrive storie romantiche piene di avventura e di tensione alla luce della torcia del suo cellulare. Ha capito di essere destinata a scrivere storie d'amore quando ha cercato di riscrivere l'intero film *Titanic* solo per salvare Jack.

La sua passione è legare con i lettori scrivendo storie commoventi, realistiche e sexy, non importa l'epoca. Ha vinto una serie di premi in diversi sottogeneri, compresi: New England Reader's Choice Awards, Greater Detroit BookSeller's Best Awards, e un premio come semifinalista al Mary Wollstonecraft Shelley Award. Nel 2018 è stata finalista del Romance Writers of America Contest.

Per connettervi con Lauren, visitate il suo
sito: www.laurensmithbooks.com